花田

神仙，卖个萌呗

SHENXIAN,
MAI GE MENG BEI

蔡芹芹 著

江西高校出版社
JIANG XI UNIVERSITIES AND COLLEGES PRESS

图书在版编目（CIP）数据

神仙，卖个萌呗 / 蔡芹芹著. — 南昌：江西高校出版社，2013.1

ISBN 978-7-5493-1710-3

Ⅰ. ①神… Ⅱ. ①蔡… Ⅲ. ①长篇小说—中国—当代 Ⅳ. ①I247.5

中国版本图书馆 CIP 数据核字（2013）第 006206 号

神仙，卖个萌呗

蔡芹芹　著

责任编辑	邱建国　陈启辉
封面设计	杨　青
排版制作	邓娟娟
出版发行	江西高校出版社
社　　址	江西省南昌市洪都北大道 96 号
邮政编码	330046
总编室电话	（0791）88504319
编辑部电话	（0791）88523090
发行部电话	（0791）88517295
网　　址	www.juacp.com
印　　刷	南昌市红星印刷有限公司
经　　销	全国新华书店
开　　本	890mm × 1240mm　1/32
印　　张	8
字　　数	240 千
版　　次	2013 年 3 月第 1 版第 1 次印刷
书　　号	ISBN 978-7-5493-1710-3
定　　价	19.80 元

赣版权登字-07-2013-22

目录 CONTENTS

CONTENTS

目录

人物资料表

原名:宇文神祈

年龄:不详(永远保持二十一岁时的模样)

身高:182 厘米

体重:55 千克(是维维的时候体重是 0 千克)

发色:长发,黑色;苍溪解开血界之后转为银白色,原因不明。

眼睛:黑琉璃一样的黑色。

生日:呃……维维,你还记得吗?

爱好:修行、养宠物、看电视

特长:做菜,家务全能。

最喜欢的人:君怜(君莲)

最喜欢的食物:汤类

最喜欢的活动:飘来飘去

最喜欢的动物:老鼠(长毛类的动物他都喜欢)

目前最大的愿望:能让君怜活过十八岁。

简介:洛阳王侯府的七公子,年方十七,就已经成为名满洛阳的才子,谦谦有礼,玉树临风,是当时闺中少女的梦中情人。十八岁发觉自己有不死之身,便入长白山修行,修行百年后在山中救了受伤九尾狐苍溪,又收一徒越朔夜。后出世,为君怜情动。

朋友经常说的一句话——

君怜:维维,电视关掉!洗碗!

杰克斯:维维,快来看,“小白”生了一窝小老鼠,你可不可以分我两只?

苍溪(柔声危险地道):君怜毁你修行,误你前程,你让我杀了她,好不好?

越朔夜:师父,有没有把男孩子变成女孩子的法术?

原名:君莲

年龄:十七

身高:162 厘米

体重:45 千克

发色:黑色

眼睛:黑色

生日:7 月 7 日

爱好:欺压杰克斯

特长:同上

最喜欢的人:老爸第一,维维第二

最喜欢的食物:冷饮,基本上她不挑食

最喜欢的活动:跑步

最喜欢的动物:乌龟

目前最大的愿望:老爸不再用捉鬼这一借口来骗钱。

简介:没什么好说的。

朋友经常说的一句话——

维维(微笑):怜,我好喜欢你。

杰克斯:君怜,我都已经连续吃了一个月的西红柿汤了,可不可以让维维换个口味,我想喝人血!

小精灵:姐姐,杰克斯他欺负我!

梵音:君怜,我一定会让你幸福的!

苍溪(狐狸笑):有什么需要帮忙的吗,君怜同学?

越朔夜:请你离梵音远一点!不然我就对你不客气了!

老爸:乖女儿,我又骗到钱了,一起大吃大喝一顿庆祝吧!

年龄:十六

身高:179 厘米

体重:49 千克

发色:目前是褐色(喜欢染头发的家伙)

眼睛:黑色

生日:5 月 13 日

爱好:吃喝玩乐

特长:自恋

最喜欢的人:君怜

最喜欢的食物:辣的东西

最喜欢的活动:翘课

最喜欢的动物:斑点狗

目前最大的愿望:君怜,我一定会让你幸福的!

简介:上海东天国际贸易总裁的继承人,也是明远学校的“明远三公子”之一。虽然是个天才儿童,但是由于家族对他过于保护,所以个性十分单纯。为人仗义,唯一的不足就是过于自恋。前世是君怜没有血缘关系的妹妹。

朋友经常说的一句话——

君怜:梵音,自恋也是一种病,有时间去看看心理医生吧!

苍溪:翘课的不是好学生噢!

越朔夜:梵音,你想逃到哪里去?

陈老师:把你的蚯蚓字练一练吧!考试的时候会被扣分的!

年龄:七千多

身高:189 厘米

体重:54 千克

发色:变成九尾狐的时候是银白长发

眼睛:红色

生日:12 月 4 日

爱好:偷盗秘籍

特长:耍阴谋

最喜欢的人:应该是维维

最喜欢的食物:不喜欢吃东西,维维做的例外

最喜欢的活动:睡觉

最喜欢的动物:没有

目前最大的愿望:杀死君怜,夺回神祈。

简介:《山海经·海外东经》记载:“青丘之国,有狐而九尾。”九尾狐被认为是在西王母身边服侍的灵兽,但九尾狐苍溪私逃仙界,四处偷盗仙丹,最终堕入妖道。因为受伤被神祈所救,对神祈的感情特殊,便想杀死任何神祈喜欢的人。

朋友经常说的一句话——

神祈:苍溪,不准你对我的朋友出手!

君怜:你笑的时候很奇怪,就像一种叫狐狸的动物噢!

越朔夜:你不是要动手杀死君怜吗?为什么还不动手?

年龄：不详
身高：188 厘米
体重：61 千克
发色：黑色
眼睛：黑色
生日：1 月 4 日
爱好：亲吻梵音算不算？
特长：威胁梵音
最喜欢的人：梵音
最喜欢的食物：没有
最喜欢的活动：没有
最喜欢的动物：没有
目前最大的愿望：梵音能变成女孩子。

简介：只知道他是魔界魔王的儿子。拜神祈为师。

朋友经常说的一句话——

梵音：你……你……你再碰我！小心我对你不客气！

神祈：小越，没有把男孩子变成女孩子的法术，不要再白费力气了。

苍溪：要记得叫我“师叔”噢！乖师侄！

年龄：三千九百七十六
身高：190 厘米
体重：64 千克
发色：金褐色
眼睛：蓝色
生日：12 月 24 日
爱好：吸血
特长：会变成蝙蝠倒挂着睡觉
最喜欢的人：维维
最喜欢的食物：任何红色的食物都喜欢
最喜欢的活动：夜游
最喜欢的动物：蝙蝠（物以类聚嘛）
目前最大的愿望：可以吸到梵音的血。

简介：自称是欧洲“中西冥界文化交流中心”派来中国的代表，每年来这里一次交流中西冥界文化，誓为两国冥界文化共同促进共同繁荣共同发展作出巨大贡献……其实是来维维家骗吃骗喝。

朋友经常说的一句话——

君怜：死蝙蝠，一边去！

维维：不要欺负“小白”和“肉团”。

小精灵：坏人，你去死！

君怜的老爸

原名：……很早就忘记了
年龄：也不记得了
身高：182 厘米
体重：77 千克
发色：黑色
眼睛：白的多，黑的少
生日：1 月 1 日
爱好：骗钱
特长：装神弄鬼
最喜欢的人：君怜
最喜欢的食物：过桥米线，茅台酒
最喜欢的活动：开坛作法
最喜欢的动物：狗
目前最大的愿望：女儿能幸福。

简介：有些复杂，还是不要解释了。其实也没什么要解释的。

朋友经常说的一句话——

君怜：老爸，少喝酒，不要再骗钱了！

维维：请放心将君怜交给我。

梵音：……岳父大人，你好！

哪怕毁我千年修行,我也愿意与你双宿双飞。

——神祈

Chapter 01
租房遇神仙

“黄泉路第四站……黑色星期天咖啡馆的对面……王老五花……花圈店后街十三号住房？”君怜满脸发黑，额头上布满了樱桃小丸子似的黑线。她颤抖的手里是一张刚刚从墙上撕下来的“招租启事”，嘴角实在克制不住地抽搐了几下，小手摸摸额头，果然是早就吓出了一头冷汗。

明明是烈日当空的好天气，可她的身体却冷得仿若置身冰窟。

原因就是那张见鬼的“招租启事”，君怜长长地叹了一口气，低头重新认真地浏览了一遍，同时在心底嘀咕着：“怪不得租金这么便宜，这么不吉利的地方，即使免费……不！倒贴给我钱请我住我都不去！”

唉！可是尽管她一路上省吃俭用，但在她到新学校把转校的费用以及学费交完以后，她的钱还是剩下不多了。本来想住校的，可是校长却告诉她已经没有空床铺了，希望她能在学校附近租间房子。于是她才到大街上乱逛，然后就看到这张“招租启事”。虽然说这个地址是有点不吉利……好吧，她承认，这个鬼地方根本是十分、非常的不吉利！可是租金刚好是她能承担的范围，难道她就只能住这个鬼地方？

谁让她倒霉呢，认了吧！

她提着包裹到附近的电话亭，按照“招租启事”上面留的地址按下一串的号码。

值得一提的是，电话号码居然是7424544（请用谐音把全部的数字念一下……冷汗！）。

嘟嘟……电话响了许久，一直没有人接，只是一片诡谲的嘟嘟声。君怜皱起了眉头，心里毛毛的感觉目前正在直线狂飙，还是不租那个不吉利的鬼地方了吧！正准备把电话挂上的时候，电话那端终于有人说话了。

"喂，你是租房的吗？"对方的声音很迫切，是个女人，听声音似乎年龄有点大。

"啊……是、是的，我想租间房子。"

不容君怜多想，电话那端的女人早就劈里啪啦放鞭炮似的不留给人插话的余地，连口气都不用喘，只听她激动地说道："妹子你真的是来租房子的吗？那真是太好了！太好了！俺把'招租启事'都贴出去半年了，天天等人来租房，可是一个人都没有来过……妹子你放心，俺的房子是俺住的这条街最好的房子，包你满意……"

"招租启事"都贴出去半年了……而她，竟然是第一个来租房子的人？君怜听到这里，后脑勺立刻起了一排痱子。即使是最好的房子，可地址那么不吉利，也没人愿意给自己找晦气吧。

"妹子，你现在就来看房子不？"

电话那端的话将她唤回神来，君怜用着壮士断腕的语气沉痛地回答她："好……我这就去。"

了解好路线，君怜上了一辆公车。因为是中午，车上的人不是很多，见到君怜拎着大包小包，售票员小姐露出微笑问："同学，要到哪里的？"

"黄泉路！"君怜随口答道，结果立刻感觉到不对劲，因为周围零零落落的几个人都在用看精神病人的眼光盯着她，她的身体顿时一僵。

君怜抬头对上售票员小姐，正好看到售票员小姐谅解中带着无奈的笑脸。只有司机大叔习以为常似的乐呵呵地笑了两声。

君怜也僵硬地笑了两声，试图化解周围那令她尴尬的视线。

在周围"关爱"的眼神下，君怜简直就是坐立不安。一到站，连忙提着包下车，顺便擦了擦头上的冷汗。

她今天还真不是普通的衰，都已经被吓得出了两次冷汗了。老天保佑！保佑既可怜又倒霉的她不会再有第三次。

按照"招租启事"上面的地址，一路寻到黑色星期天咖啡馆，君怜看到门口站着一个表情急切的大婶级的妇女。那人大概是四十岁，头上早已有些零零落落的白发，装束很普通，属于那种过目即忘型的妇女。

"阿姨，你好。"君怜走过去将手里一直捏着的"招租启事"扬了扬，"我就是来租房子的,刚才给你打过电话。"

"啊!是你啊,妹子你来了。来,包给阿姨,我给你拿着!"大婶很热情地要为君怜帮忙,可长期在外面求学的经历令君怜对陌生人总是保持着一份警戒心:"不用了,谢谢阿姨,我能拎得动。"

那大婶倒也明白,也不勉强,寒暄了两句后就带着君怜去看房子。她边走边说道:"妹子你放心,房子的确是这条街最好的,只要你觉得满意,房租好商量。对了,你叫我刘婶就可以了。啊,到了,就在这里。"

君怜抬眼看了下房子,这才发现房子与她原本想象的有些出入。这是栋有点老式的两层小阁楼,周围爬着绿色的爬山虎,在炎热的夏日看到那鲜艳的绿色,心情有种说不出来的舒畅感。她还注意到二楼的房顶有个花盆里种着丝瓜,开着黄色的但并不漂亮的花朵,有些花朵已经开始结果实了。

趁着刘婶找钥匙开门的时候,君怜随口问道:"刘婶,这房子是你的吗?"

"噢,这个啊,房子是我们东家留下的,我只是给他们洗衣做饭的……呃,现在外面都称为保姆,我们这里还不很习惯,称为佣人。"刘婶的钥匙实在很多,试了几个钥匙还是没有把门打开。

"那他们人呢?"君怜好奇地问道。

"唔……应该是这个钥匙吧,不对,好像是这个,这人啊年纪大了就记不住了……"刘婶似乎没有听到君怜的问题,也或者是她听到了不愿意回答,装着糊涂。

咔嚓,这下钥匙对了。

君怜抱着"既来之,则安之"的心态,背着沉重的行李跟着刘婶走进屋。刘婶一进屋就开始小心翼翼地东张西望,不知道在找着什么。疑惑于她的神情颇为紧张,君怜碰了刘婶一下——

"啊——"哪知道刘婶却像突然受到什么惊吓似的大叫了起来,啧啧,真是老当益壮,竟然跳到了桌子上。

靠!见鬼了啊她!做什么这么大的动作,害得她也吓了一大跳。

"对……对不起,妹子你别见怪……这……这个是我们这里的习俗……对,是习俗……"刘婶尴尬地爬下了桌子。

哦?习俗?君怜不相信地挑高了眉毛,突然兴致一起,她也跳上桌子蹦了两下,差点没把桌子搞残废了。然后她从桌子上跳下来,刚好跳到刘婶的面前。她装出一副天真可爱的模样,圆圆的大眼睛忽闪忽闪:“原来你们这里有进了家门先踩桌子的习俗啊,我长这么大还是第一次听到有这样的习俗呢!”

刘婶的表情更加尴尬了。

收起玩闹的心情,君怜开始看房子。刘婶虽然在前面带路,可步伐始终是小心翼翼的,眼睛也不住张望着四周。难不成这个房间里还闹鬼不成?君怜摇了摇头,为自己的想法感到好笑。

走着走着,君怜的步伐不由自主地停了下来,手里的行李也恍若未觉地缓缓滑到地上,因为她看见屋子的角落里竟然有一个漂亮得像天仙似的人儿。“她”漂亮得令君怜惊讶得说不出话来,任何形容美貌的辞藻都形容不出“她”的十分之一,那是怎样的人间绝色啊!

那漂亮的人儿在角落坐着,抱住双腿缩成一团,“她”的眼睛像是有着雾气一般水汪汪的。她坐在那里,盯着房间里人的一举一动,当“她”看见君怜的视线聚集在“她”所在的角落时,氤氲着一团雾气的眼睛眨了两下,乌黑发亮的眼睛立刻亮了起来,这下变得如同浸着水的小黑石头般,就连世界上最漂亮的黑宝石都比不上。

君怜生平第一次被这样漂亮的人儿注视,脸禁不住红了红。“她”好漂亮,就连“她”的周围仿佛都微微泛出白色的光芒,将她整个人聚在那团光里。

漂亮的人儿好似在确认什么,“她” 怯怯地对着君怜举起右手晃了晃,像是在期待着君怜的回应。

君怜的嘴角轻轻一抿,学着“她”的样子抬高右手对着“她”扬了扬。

漂亮的人儿激动地亮着眼睛,纤细的手紧紧捂着嘴努力控制自己,可身体却不受控制地颤抖起来。

那一瞬间,君怜为“她”的眼睛里所绽放出的光彩,丢了魂,忘记了所有的一切,就像时间静止了一般。

“妹子,这个房间是卧室,楼上那层是储藏室,你就住在这个房间吧。”刘婶的话唤回了君怜的神志。

啊?君怜飘走的三魂六魄归回了位。可是……她指着抱膝坐在墙角的人,问道:“刘婶,你这房子不是有人住了吗?难道你让我和她合租吗?”那真是让她死也心甘情愿啊,她君怜何德何能,能与这样漂亮得如同画出来的人住在一起,那是她烧了几辈子的香才会遇到的好事啊!

"你……你说什么……"没想到刘嫂的脸立刻刷地白了。

怎么了？君怜疑惑地看着刘婶，脑子里突然灵光一闪，她拼命扼制住那个让她后脑勺起痱子的冲动，僵硬地将视线调回角落的人……或者说是"幽灵"的身上。

不可能！不可能！不可能！君怜摇着头无意识地念着，自从老爸收养她以后，她到现在为止已经十多年没有见到那种不干净的东西了，老爸不是把她的灵异力给封印了吗？怎么她还可以看到……一个"幽灵"？

"这房子我不租了！"君怜深呼吸了一下，立马提着包准备闪人。

"妹子！"哪知道她的动作快，刘婶的动作更快！她飞扑上来一把抓住君怜。真的是飞扑，她和刘婶的距离不近，当中还隔着一把藤椅呢！

靠！我不是你妹子，我才多大……君怜气急攻心，猛地一回头，结果更加气恼了！原来那个"幽灵"不知道什么时候也扑了上来，正抓住她的行李，黑黑亮亮的眼睛里带着企求望着君怜。

"不要走……我不会伤害你……""她"用微弱的声音企求着。

你是"幽灵"耶！君怜不由自主地朝天翻了一个白眼，鬼话连篇她君怜还是懂得滴，和"幽灵"打交道？免了吧！她还不想早点向死去的老爸老妈报到！

那厢刘婶正在极力挽留着："妹子，这房子不错是吧，你就住着吧！"

"我不住！"君怜的声音斩钉截铁！

"要不……房租我再给你打个八折？"

这招真是正好命中红心啊！君怜的语调明显的底气不足："这个房子……不太干净……"

"拜托你……我不伤人的……""她"还是维持先前的姿势，紧紧抱住她的包，"求你……留下来……没有人和我说话……"

刘婶再接再厉："妹子，房租我给你打五折，半价！"

君怜看了看刘婶，再看看那个漂亮得不可思议的"幽灵"。君怜沉默了片刻后咬牙下定决心："好！我住这了！"谁让她没钱呢……而且像这样便宜的房租恐怕再也找不到了。

刘婶心满意足地离开了。君怜开始唉声叹气，为自己的不幸默哀了三分钟，然后就开始收拾自己的新房子。

"喂，你叫什么名字？"

“我忘记了。”“幽灵”想了半天还是没有想到自己的名字,“她”皱着眉头的模样真是有种我见犹怜的感觉!

“忘记了?那你死的时间还真久!”收拾完新房子,君怜心不在焉地逛着,而她的后面总是有个白色的小尾巴“飘”着紧紧跟着她。看来那个漂亮的“幽灵”真的很久没和人说过话了,一路上不停地为君怜介绍着这里的一草一木。

“你死了多久了?”

“大概有一千多年了吧,我也记不清楚了。等我想起来我告诉你啊!你叫什么名字,你是学生吗?你想在这里多久,一辈子吗?你可以多陪我说话吗?我怕时间再久一点,我连话都忘记该怎么说了……”“她”的话匣子一打开便犹如那滔滔江水连绵不绝!于是这个死了一千多年的漂亮“幽灵”终于令君怜有了种后悔到撞墙的感觉,她讨厌喋喋不休的人……不!更正!她讨厌喋喋不休的“幽灵”!

“你死前住在这里吗?”感觉头上隐约有青筋冒出,君怜无力地抬高手按下去,她就没见过这么啰嗦的“幽灵”。一般的“幽灵”由于死的时候有遗憾的事情放不下,所以魂魄会停留在生前的地方。至于这个“幽灵”为什么死,有什么遗憾的事才让“她”不肯到阴间报到,君怜不想知道。老爹曾经告诉过她:人鬼殊途,一旦被“幽灵”缠上那可是很麻烦的事!

“咳!”君怜咳嗽了一声,严肃地警告“她”道,“喂!你听清楚了!先告诉你一声,在我住在这里期间,如果你敢捣乱或者给我出什么状况的话,我就让我老爸收了你!忘记告诉你了,我老爸可是非常厉害的阴阳师,什么厉灵啊僵尸啊都不是他的对手,更别说像你这样一点攻击性都没有的‘幽灵’了!”

“我知道了。”“幽灵”奇怪地在她周围飘来飘去,仍然是不敢相信地兴奋个不停,“你真的能看到我吗?真的吗?你看见我的手了吗?看见我的头了吗?看见我穿的衣服了吗?你能看清楚我伸了几根手指头吗?”

君怜不近视……但她真的想杀了这个“幽灵”!君怜面无表情地看着“幽灵”伸出三根手指头在她面前晃了又晃,脑子里开始考虑是不是打电话让老爸来收了这个死鬼,自己以后的日子会过得清净一些。

“我看得清楚,你这家伙再啰嗦下去我就打电话让我老爸来收了你!”那个“幽灵”仍然在喋喋不休,扰得君怜不胜其烦,只得出言恐吓“她”!

“那你真的可以看清楚我伸了几根手指头吗?”“幽灵”仍在挑战君怜的最

后底线。沉默的火山"轰"的一声喷发,目标直指惹人厌的"千年幽灵"!

"家规第一条!户主的话永远都是对的!"君怜咬牙蹦出一句话来。她怀疑自己很有英年早逝的可能,那样第一个高兴的人肯定是这个"幽灵",因为终于有人可以和"她"做伴了!

"家规?户主?""幽灵"不明所以地请求着户主的解答。

"对!现在我已经租下了这栋房子,我就是户主。即使这个房子以前可能是你的,可你已经死了,所以现在这个房子已经不属于你了。你再啰嗦下去我就让你付我房租!"

"房……房租……""幽灵"已经惊讶得说不出话来,恐怕"她"住在这里千百年来,今天还是第一次被人勒索要付房租。忽然,"她"像是想起来什么似的,高兴地大叫了一声,一把花花绿绿的纸立刻出现在"她"的手里,"我……我有冥币!你看这些钱够不够!"

嘴角微微抽搐了起来,君怜捂着胸口觉得自己大限将至。周瑜是怎么死的?是孔明气死的!而眼前的这个"幽灵"绝对比孔明更高明,她深知气死是验不出伤的!君怜倒退几步,竭力控制住想扑上去掐死这个"千年幽灵"的冲动。

"我要杀了你!"

"我已经死了……"意思就是不用劳烦你动手了!"幽灵"睁着漂亮的眼睛讨好地看着她。

这下子君怜憋在心里的火苗更是蹭地越烧越高,她深吸了一口气,攒足全身的力气,气势惊人地施展佛山狮子吼:"你给我听好!家规第一条:户主的话永远都是对的!家规第二条:如果户主说错了,那就参照第一条!你还敢捂耳朵?靠!你给我听明白了没有!"

"听……听明白了!""幽灵"点头如捣蒜,即使捂着耳朵都还可以感觉到阵阵鸣声在耳朵里窜来窜去。

"那就好!"君怜满意地点着头。

天色渐渐暗了下去,该是吃晚饭的时候了,君怜查看了一下厨房,准备出去买点东西回来。

"你要去哪里?""幽灵"堵在她的前面,"她"全身通白得几近透明,但由于君怜是通灵体质,所以还是撞了个正着。君连抬头看了"她"一眼,绕了过去。

"你要去哪里?""她"不死心地跟在她后面。

君怜回头看着那个漂亮的“幽灵”被禁锢在房子里,努力想出来却总是被弹了回去。她叹了口气说道:“你别白费力气了,我只是出去买点吃的,一会儿就回来。”

“吃的?”“幽灵”双眼一亮。君怜顿时有种不好的预感,她连忙转身离去,可还是听见了死鬼在她身后拼命地大喊:“我肚子饿,我也要我也要!”

君怜到杂货店买了一箱子的方便面。杂货店的老板说这里经常停电,于是她又买了手电筒和一节电池。到家后她开始生火做饭。

“是什么声音?”有奇怪的声音不时传来,君怜左找右找,最后才发现那种奇怪的声音是从“她”身上发出来的。

“她”露出洁白的牙齿对君怜笑道:“是我的肚子在响,它饿了——”

君怜翻了一个大白眼没理“她”。没多久面就好了,她盛了一碗开始有滋有味地吃了起来,漂亮的“幽灵”蹲在她旁边看着。君怜看着“她”小狗一样的眼神,突然软下心来:“锅里还有一碗,你去吃吧。”

“幽灵”顿时高兴地展颜对着她笑了笑,然后“嗖”地飘进了厨房。

本来君怜是不想给“她”吃的,毕竟鬼是不需要吃东西的,她的经济已经很困难了,老爹给她的钱恐怕只能够她维持一个星期,君怜边吃着面条边开始考虑,明天放学后还是找份工作吧。

至于那个“幽灵”……君怜突然觉得,有个免费的佣人其实也不错啊!

吃完饭,随便收拾收拾,从厨房出来后,发现那个漂亮的“千年幽灵”竟然坐在唯一的一个藤椅上看电视,眼睛连眨都不舍得眨上一眼。君怜做出个无语问苍天的表情,“她”到底是不是“幽灵”啊——吃东西,看电视,比小孩子还爱撒娇,比她还像个人!

“老爸!”想起临走的时候老爸吩咐她,到了地方就给他打个电话,君怜从背包里翻出老爸给她配的手机……

“怜怜!是你啊,到地方了吗?见到你叔父没有?”君怜皱着眉头,老爸又在喝酒了!

“见到了,学费我也已经交好了,明天就去学校报到!老爸你少喝点酒。”君怜隐瞒了见叔父的时候,叔父对她流露出的那种厌恶的神情。

老爸醉熏熏地说道:“那好。嗝……你住哪里?老爸今天替人做了法师,明天老爸就给你寄点钱去。"

君怜头疼不已:"老爸！你又骗人钱去了。"

"嗝……老爸怎么是骗人钱啊,乖女儿真不会说话！那家住宅根本就没有不应该出现的东西,可他们心里有鬼,我只是去给他们压压惊而已……老爸告诉你噢,老爸真的能和'那些东西'打交道噢……你怎么可以说老爸是骗人的……呜呜……坏女儿……我不要疼你啦……"老爸在电话那端含糊不清地说着话,最后终于支撑不住地呕吐了起来。

"好啦，我知道老爸最疼我了，老爸你少喝点酒，明天我再给你打电话吧。"君怜挂上电话,朝正看电视入了迷的死鬼踹了一脚。

"干吗?""幽灵"也是有脾气的,被打扰了看电视的兴致,不太高兴地睁大圆溜溜的眼睛瞪着君怜。

"电视关了！"

"不行！你没来之前,这里连电都没有,害得我自从上一个户主走了以后,就没看过电视！"

君怜沉默了一会儿,心想原来这个"幽灵"还是个电视宝宝……这下就更加不能让"她"看电视了！

君怜很干脆利索地把电视关上,"幽灵"气得跺脚,可又奈何不了她。

"我要睡觉了,你若是看电视会打扰我休息！"君怜双手抱胸,冷冷地睨了"幽灵"一眼。她可不打算告诉这个"幽灵",她是为了省电才这样做的……

"小气！你是因为不想多交电费才不让我看电视,这不公平！"没想到"幽灵"一眼就可以看出君怜为什么不让"她"看电视,高声抗议户主不公。

"家规第一条！"君怜突然阴恻恻地冒出一句话。"幽灵"不语,开始沉默,然后不满地瞪了她一眼后"飘"进卧室……家规第一条！户主的话永远都是对的！

君怜关上灯,查看了一下大门。准备睡觉的时候才发现那个"幽灵"正躺在卧室的唯一一张床上,她打了个哈欠,让"幽灵"往里面挪一下。

"这是我的床。""幽灵"挺委屈地看着她恶霸的行为。

"现在我是户主,房子是我租的,你交房租没有?你若是交房租给我的话那这张床就归你！"君怜没耐性地关上台灯,她好累……好想睡……

"可是……可是……"黑暗中,"幽灵"似乎还有话要说。

奔波了一天的君怜只想休息,耐性不是很好,吼了一声:"你这个家伙!怎么啰里巴嗦的!大家都是女孩子你怕什么!我都不担心你是个'幽灵'是不是要害我,你还在那里一直唧唧歪歪的烦不烦!"

周围顿时寂静下来,看来"幽灵"终于知道谁才是这里的主人了。君怜满意地点了下头,拉起毯子翻身睡觉。

过了好半天,寂静得连一根针掉在地上都能听得清清楚楚的屋子里,"幽灵"慢幽幽地吐出一个疑问:"大家都是女孩子?你是说谁啊?我明明是男的耶!"

噢!你不就是个男的嘛,反正都已经死了……君怜迷迷糊糊地想着。等……等一下!"她"……那个"幽灵","她"刚才说了什么?

原本闭合的眼睛在黑夜中蓦地睁开,君怜"腾"地一下子翻身起来,没有停顿地踉跄着下了床。灯开了,她颤抖的食指不敢相信地指着那个"幽灵"!"她"平躺在床的内侧,宛如银色瀑布的长发犹如最上好的柔软绸缎,白衣如雪,修长挺拔的身体呈半透明状。"她"不明白发生了什么事情,此刻正疑惑地看着君怜。

"你刚才说什么?"君怜的脸色铁青,恐怖的眼神简直能在"她"身上烧出洞来。如果眼光能杀得死人的话,那个"幽灵"早就被她万箭穿心了。只不过君怜忘记了,"她"已经死了……

"幽灵"的脊梁顿时一阵寒冷:"我……我只是想告诉你,你误会了,虽然我的外表很像女生,可我其实是个货真价实的……男生……"最后两个字是在君怜阴森如利箭的眼神下努力挤出来的,呜,他有点害怕……

"你……是……男……的……"君怜的目光如刀,她的眼睛因为怒火显得异乎寻常的明亮。靠!有没有搞错!这么漂亮竟然是个男的!

在君怜杀人的眼光注视下,那家伙沉默地低下头,确认般地看看自己平坦的胸部。然后很认真地点头重复道:"没错,我是个男的。"

"啊——"三秒钟后,类似凶杀案现场的尖叫声顿时响彻云霄。

"你给我滚下来!"像碰到毒蛇猛兽一般,君怜暴跳如雷。完了!完了!她的名节,她的清白……

"为什么?"那家伙不肯下来。

"你是男的。"君怜咬牙切齿地说道。

"幽灵"没好气地回了一句:"这个我自己比你更清楚。"

"那就滚下去!"

"这是我的床!"

"家规第一条!"君怜黑着一张俏脸磨牙提醒他。

"卑鄙!无耻!小人!恶霸!小气鬼!说话不算话!前世是王八……"那家伙不服气地咒骂着,修长的身影慢慢消失不见……

"喂!你去哪里?"君怜看着他的身影渐渐隐没在空气之中,有些心慌地大喊道。

"我讨厌你!"空气中传来他留下的最后一句话。

讨厌我?君怜心里像是被人用针狠狠地刺了一下。她悻悻地铺着床,翻身躺下。心乱成一团麻,为什么他只是说一句"我讨厌你",她的反应就这么大?拳头攥紧了又松,心里的痛楚无法掩盖,她双手捂着眼睛,眼泪慢慢流了下来……

"君怜,扫帚星!大家都不要和她说话,谁若是和她说话谁就会死掉的!"

"君怜是个小可怜!"

"讨厌你!讨厌你!"

孤儿院里的孩子们从来不和她说话,只会隔离她。直到老爸,那个温柔的,个子高高,除了喝酒就只会骗钱,世界上唯一一个疼她的人来领养她。

"叔叔……"

"你应该喊我为老爸!"

"老爸!我是扫帚星!你不要领养我,你会死掉的。"

"傻瓜,我前世是你的亲爹,亲手害死你,使你死前有怨。今世我是来还你的债的,乖女儿,我今世还是你的爹爹!来,让老爸亲一下!"

"老爸,你会死掉的,我不让你死……我不让你死……"老爸是她见过最帅气的人,她不希望他死掉。

"喂!你哭什么?"一个突兀的声音在君怜的上方响了起来,是刚才消失的那个"千年幽灵"。君怜连忙掩饰地擦干眼泪,嘴里咕哝着:"我才没有哭……啊——"尖叫声再次响起,"你!你在干什么!"

她不可思议地瞪圆了眼睛,看着天花板上悬空飘浮着的,与她眼睛对眼睛、鼻子对鼻子的"千年幽灵"。他整个人飘浮在天花板上,瀑布一样的秀发却没有符合“地球引力”的定律倾泻下来，反而像是有生命般地飘在半空中。

“睡觉啊！”他的眼睛不停地眨啊眨的，比窗外黑夜中的星星还要漂亮。

睡……睡觉……君怜的脸色比刚才知道他是男的时候还要难看几分。她使尽全身力气拿枕头丢他，拼命地对着他大吼——

“家规第三条！不准在天花板上睡觉！”

“啪——”命中目标，一个重物从天花板掉了下来。

Chapter 02
转校遇帅哥

“君怜？”

“是！”

“噢，你也是刚来的转学生啊！好的，请跟我来。”外表斯文俊秀，修长高挑的身材比模特还要完美，只可惜却戴着一点美感都没有的黑色边框眼镜。不过，看样子林老师不但近视得厉害，而且恐怕还是个路痴。又走了几步，君怜实在忍不住开口询问道：“老师，请问我们要去哪？”

“你的教室啊！”

君怜无奈地叹了口气，说道：“老师，你走错了，那边是学校大门，你再走下去就出校门了。”

“啊！对……对不起，我方向感不好……”林老师不好意思地扶了一下眼镜，颇觉得尴尬地笑了一下。

方向感不好？其实是根本连方向感这个东西都没有吧！君怜面无表情地想着。

“没关系，老师！请问我的班级在几班，我自己走就可以了。”随便找同学问下路就可以了，君怜想还是不要麻烦这个路痴老师比较好。

“高二九班！”

得到答案后君怜转身就走，林老师愣了一下急忙追了上去：“等……等下，还是老师带你去吧！”

“大家好，我的名字叫苍溪，苍天的苍，溪水的溪。很高兴转到这个新的学校，新的班级，认识新的同学……”这声音温润如珠，迷人的嗓音让人听后不由自主地猜测起声音的主人该有何等的俊雅容貌。

君怜背着书包,透过教室的窗户看着教室里讲台上的少年,修长挺拔的身材,俊美柔和的脸庞,沉静自信的态度,迷人的酒窝,全身上下充满了优雅的气质。君怜心底暗暗称赞:好一个翩翩贵公子!

那名叫苍溪的少年旁边还站着另一个身材略高的冷冽的少年,高挑挺拔的身材,同样俊逸出众的外貌,唯一不同的是他有着一双清冷的凤眼,薄唇紧抿,显现出他冷酷的性格,全身上下发出"生人勿近"的信息。

众女生期待着另一个帅哥的介绍,结果那少年只是嘲讽似的看了她们期待的表情,简单地说出自己的名字。

"越朔夜!"

越朔夜?君怜喃喃地念了一遍。

只不过闪了一下神的工夫,身后赶上来的大路痴林老师开始催促她:"君怜同学,你……你该进去了。今天加你一起,转来了三名新同学,希望你们好好相处。"

"老师,你先喘口气歇息一下吧。"君怜体贴地看着气喘吁吁的林老师,呵呵笑了一下,走进了教室。

教室里的老师大概早就获得了通知,微笑着问她道:"你也是新转来的同学吧,自我介绍一下吧。"

那个叫苍溪的优雅少年友好地对她微微一笑,君怜清了清嗓音,自我介绍道:"我的名字叫君怜,很高兴认识大家,希望能和大家愉快地相处……"

安排好三位转学生坐下,陈老师开始上课。这时,一道响亮的声音不合时宜地插了进来。

"报告!"

"啪——"粉笔断掉的声音令君怜感觉奇怪地抬起头。

"梵音!你又给我迟到!"陈老师气得不轻,手都抖了起来。如果可以的话,君怜猜测陈老师很想拿粉笔丢那个叫梵音的……美少年?

"老师——"那名叫梵音的美少年拉长慵懒的语调说道,"人家只不过花了点时间换了个发型,没有多么大不了的吧!"

断了一截的粉笔头被劈头扔了过去,伴随着一记大吼:"梵音!你给我站那里好好反省反省!"

"是,啰嗦的更年期老师!"

“噗——”教室里有人忍不住笑了出声。这毫无疑问地是在往陈老师的火上添油，陈老师的脸立刻变得跟某种爱在树上窜来窜去的动物的 PP 相媲美……

一上午很快就过去了，课程对她来说有点儿困难，但君怜相信自己多努力一下的话还是可以赶上的。放学的铃声响了，同学们匆匆收拾着书包。君怜身前突然被阴影笼罩，她抬头一看，是苍溪。

对上他漆黑的眼睛，君怜的心里没由来地一颤，有种不知明的感觉似乎在提醒她什么。

“有事吗？”她谨慎地问道。

“我叫苍溪，和你一样是刚刚转到这里来的学生。”苍溪露出洁白的牙齿，以及温暖如阳光般安稳和煦的面庞，说出一句令君怜意外的话，“我能和你成为朋友吗？”他的语气真诚，如此直接，却让人没有一点不舒服的感觉。

“是……当然……可以！”周围女生嫉妒的眼光差点没把她万箭穿心。君怜的后脑勺挂着一滴冷汗，虽然她今天是第一次来这里上课，但大家也用不着这么“热情”地注视着她啊。她很容易害羞的……

真是个奇怪的开端。尤其是最后连那个叫越朔夜的冷酷少年，临走时突然对她发出警告的眼神。

“喂！”回到家，君怜朝空气中喊了一声。

“怜！”“幽灵”一路飘着过来，君怜见到他连忙拉下窗帘。

“怜！你忘记了，别人是看不见我的！”那家伙提醒道。

君怜伸手抓了抓头发，她不想告诉他，她根本没有忘记，她只是怕阳光照到他，他会魂飞魄散……

“今天上学怎么样，好玩吗？学习无聊不无聊？你要考试了吗，你什么时候考试，考试是不是就不能看电视了？”“幽灵”不改啰嗦的本色，跟在她屁股后面一路啰嗦到底。

“闪边去！”君怜关上厨房门开始做饭。

洗米，米在哪里呢？刘婶昨天不是说会送点米过来的吗？

“你在找什么？”“幽灵”飘在她身后，不明所以地看着她在厨房里翻东西。

“米，刘婶送的米放哪里去了？”君怜随口问着，手里翻东西的动作没有停顿。

“噢,我看见她放在门口就走了。”“幽灵”想了起来。

“怪不得,谢谢你告诉我啊。”

“不客气!”

君怜转身走了一半才发现不对,猛地回头瞪着身后的“幽灵”,问道:“刚才是你和我说话!”

“当然是我在说话。不然你还能和‘幽灵’说话不成!”那家伙不知道羞耻地反驳道,恐怕他忘记了他自己就是“幽灵”,君怜当然是在和“幽灵”说话喽!

“你是怎么进来的!”君怜记得自己明明有把厨房的门关上。

“这个很容易的,你要不要学,我教你啊!”“幽灵”兴奋不已地开始示范给她看,“看!这里有道墙,你只要当它不存在就可以了,闭上眼睛都可以穿过去的……很容易吧!”

一点都不容易!君怜生气地瞪着他,她发誓,如果她在洗澡的时候,他也这样很容易地进来,她一定会让他以后过得非常凄惨!

“家规第四条:没经过允许,不可以随意穿墙而入!明白了没有!”

“怎么这么多条家规……”“幽灵”不满意地抱怨着。

“违反其中一条,我就让你魂飞魄散,听到了没有!”

“知道了——啦!”

下午,君怜去学校,发现第一节课竟然是体育课,君怜与同学不熟,打定主意偷偷溜走。

“哎哟!”墙头外扔过来一个东西,好死不死地正巧砸到了正准备开溜的君怜身上。

一个纤细修长的身影从高墙上跃了下来,有些面熟。

“把我的书包给我!”砸中了人连道歉都不说的家伙,直接从君怜手里抄起背包就走。

君怜捂住受伤的地方,强忍着疼痛散去。她最近霉运当头,天降横祸这个词用在她身上再合适不过的了。

“这个是什么?”脚边躺着一个类似证件一样的小东西,估计是刚才那个没有礼貌的家伙掉下来的。看着上面的名字,君怜恍然大悟。怪不得她会觉得眼熟,原来刚才那个人就是全校的风云人物——梵音。

传说他家有钱有势,这个学校能建起来,他家里几乎赞助了一半的资金,如此雄厚的背景令梵音大受欢迎……但结果他什么人都不甩，独来独往的个性令人又爱又恨。

“你的学生证！”好不容易找到他本尊，竟然看到他又在翻墙。君怜无语了。

“怎么又丢了？”梵音的话几乎令君怜想吐血，看样子他丢学生证也不是一次两次的了。突然见到他一副算计的表情，君怜暗感不妙。

“我上午见过你，你是新转来的吧！”

没想到这么没礼貌的人记性倒不错！君怜回答道：“是！”

“你的名字？”

“呃？”

“我叫梵音，你叫什么名字？”他坐在墙头问着她的名字，语调仍是一派的懒散。

“我叫君怜。”君怜想了一下，反正只是个名字而已，既然他与她同学，那早晚也会知道，不如现在就告诉他。

“君怜？”他感兴趣的目光上下打量了一番她，颇觉得好奇地问道，“有‘君’这个姓氏吗？”

“有‘梵’这个姓氏吗？”君怜反问。

梵音愣了一下，不好意思地摸着鼻子说道：“我不知道，不如等我回去查查《百家姓》再告诉你。该你回答我的问题了！”

君怜对他笑了笑：“请你顺便帮我也查一下……”

梵音微微怔了几秒钟后，和她一起大笑，凝视她的目光中有着一抹兴味。

“君怜，我的学生证暂时就交给你保管了，我要先走了！下次再会！”说完人朝墙外跳了下去。

君怜回过头，很认命地看着教导主任眼睛冒火地瞪着她。

看样子，一份检查和一顿免费教育课是少不了的！

只不过，逃课的人明明是梵音啊！关她什么事啊！果然是人倒霉连喝水都能塞牙缝！

明远学校有三位出色的男生，是明远的镇校之宝。

“明远三公子”——梵音，苍溪，越朔夜。

梵音,上海东天国际贸易总裁的继承人。梵音的脸像日本 SD 娃娃一样精致,下巴微尖的鹅蛋脸对一个男孩子来说似乎稍嫌清秀了些,尤其是一双大大的眼睛,像嵌入进去的黑色琉璃。不过那对长长的剑眉却又阳刚十足,唇是恰到好处的红,鼻子是恰到好处的挺,最好看的是两片弧线优美的薄薄的嘴唇,像抹了一层果冻,要命地吸引人的注意力。他如果轻轻地弯着唇角笑起来,隐约可见右脸出现一个浅浅的酒窝。他就像一个发光体,吸引着人们的视线。

苍溪。家世不详,可从他的不凡的言谈举止中可以猜测出他出身良好。苍溪有着无与伦比的优雅气质，那是任何人都模仿不出的一种独特的气息,温文尔雅,风度翩翩。修长挺拔的身材,俊美柔和的脸庞,浑身都散发着沉稳自信的气息。他从第一天转校来就深受全校女生的爱慕。

越朔夜。家世不详,来历不详。独来独往的身影穿梭在校园里,细长的刘海一直盖到眼睛,浓黑颀长的双眉,深邃有神的眼睛,高挺的鼻梁,让他阳刚味十足。无需多余的动作语言,他只要静静地站在那里,就是一道风景。可惜他天生个性冷漠,若非有必要,绝对不会主动开口说话。

“哇！”君怜颇觉惊讶,将视线从一位据说是学校报社的记者给她写的那份资料中移开,难以置信地看着身旁的梵音,“想不到你这么受欢迎！啧啧,失敬失敬！”

“哪里哪里！”梵音耍宝,笑眯眯地摆出一副不敢当的模样回应她。

“少来！”君怜白了他一眼,催促道,“检查写好没有？”

“快了,你等会儿。”唉！想他梵音一向要风得风,要雨得雨,竟然被这个女生威胁写检查。遇人不淑,遇人不淑啊！不过小小一份检查,他早八百年就写过几千份了,算不得什么……

“本来就是你在逃课,凭什么老师让我写检查,没天理！快一点写完！”君怜愤愤不平,什么世道,她根本就是逃课未遂,却不小心被教导主任现场抓住,以为她和梵音是一伙的,就罚她写一份三千字的检查交上去。

无奈,她只有逮住梵音,三千字的检查就落到他身上了。

“啊！终于写完了！”梵音满意地看着桌子上的检查,嗯嗯……他的字居然进步了！

他跑到君怜的桌子面前，把检查交给她："我写完了！"夸我吧，夸我吧……

哪知当君怜看到上面的字，脸色立马黑了一大半："这……是……你写的？"

"是啊，怎么样怎么样？"梵音黑亮亮的大眼睛忽闪忽闪的，可爱得让人想一口吞掉。他忍不住在心底沾沾自喜，他梵音写检查可谓是经验丰富，历史悠久，写检查这种功夫早就练到炉火纯青语言优美的境界。区区一份三千字的检查，对他梵音来说，真是小菜一碟啊！

梵音的自我膨胀和极度自恋让君怜的脸孔变得有点扭曲，显然是在隐忍着极大的反对意见却又不敢说出来的样子。她强迫自己不要把那么丑的字与梵音这种贵公子联系在一起。这么丑的字……比蚯蚓爬的还要难看，真不敢相信世界上竟然能有人写出这么丑的字！

梵音的老师……真是辛苦……君怜忍不住为梵音从小到大的老师掬上一把同情泪。

"写得很好啊，你的脸色为什么这么难看？"梵音不明白地检查起自己的错别字，不错不错，这次只错了十九个字。

"算了！我还是重新写一份比较好！"君怜无奈地叹出口气，早知道就不用麻烦梵音这个白痴了。

"那这份我自己留着，说不定下次还能用到……"

君怜一听，手一滑，顿时无力地趴在课桌上。

"梵音，你手里那是什么东西？"旁边的同学好奇地问。

梵音眨眨眼，一本正经地告诉好奇的同学："是我写给君怜同学的情书……你要看吗？如果君怜同学不介意的话我可以拿给你看……"

君怜活了十七个年头，今天总算明白了，有一种人，天生欠扁！

"梵音！你给我去死——"

顿时教室里课本满天飞，同时也令君怜见识到了梵音的闪避功夫极佳，可见是经常训练的结果。

十分钟后，三千字的检查升级到三万字。

"啊——"君怜仰天长啸，"梵音，你这个灾星——"

三万字的检查！老天，杀了她吧！

垂头丧气地背着书包推开门,“幽灵”正吃着爆米花看电视,悠闲万分的模样令君怜气得眼红!

“去做饭!”

“幽灵”磨啊磨地依旧与电视剧难舍难分,君怜晃着遥控器,把电视关上。

“小气鬼!”这家伙胆子不小,竟然敢骂她!她可是户主耶!

君怜慢条斯理地喝着茶,精打细算地一笔一笔算道:“从今天起,你要付户主房租,每个月房租……算你便宜点好了,每个月房租一千元,包吃包住,记得把房租付给我,‘幽灵’!”

“我……我没有钱……你又不要冥币……”“幽灵”期期艾艾地说道,边说边观察着大牌房东君怜的脸色。察言观色是他最近新学到的本领。

“那好!没钱也不要紧,你就给我打工吧,每个月帮我做饭、洗衣服、刷碗、拖地、打扫屋子……这样就可以抵消你的住宿费了!”

“可……可是……”那家伙透明的身体飘来飘去,隐隐约约想到不妥,但却说不出到底哪里有问题。

“而且你每天晚上可以看电视到12点!”君怜坏心地又下了一记诱饵。

“好!”“幽灵”想也不想地满口答应,然后飘进厨房开始洗米做饭。

君怜打开电视,开始趴在桌子上写三万字的检查。边写边骂梵音那个白痴,害得她原本三千字的检查改成了三万字,幸好梵音被老师留下来打扫教室,不然她心里还真是极度的不平衡。

“喂,你还是没有想起来你叫什么名字啊?”

“没有,我死了那么久,没有人叫过我的名字……啊——”厨房里传来一阵响动,不晓得那家伙在翻什么东西。

“那不如我给你起个名字吧,总不能老是‘幽灵’、‘喂’、‘那家伙’地喊你。”君怜咬着笔杆想了一会儿,想不出什么名字来。她从小到大连只小猫小狗都没有收养过,第一次收养的东西却是个死了不知道多久的“千年幽灵”。

“不如我叫你维维吧!这名字不错,‘维维豆奶,欢乐开怀’,电视里的广告都这么说的。”君怜看着电视里的广告,突然灵光一闪。

“好啊,我喜欢这个名字。”维维从厨房里探出半透明的身体,朝君怜高兴地一笑。

看见维维的笑，君怜的身体僵硬了一下，好半天才回过神来。

“维维，我们打个商量好不好……”

“什么？”维维好奇地从厨房里飘出来。

“没事你就不要乱笑……你笑起来……简直……”没事一个“幽灵”长这么漂亮干吗！

“高兴为什么不笑啊？”维维有点不明白君怜在说什么，“我很喜欢你给我起的名字啊，我好长时间都没有名字了……维维，维维，这个名字真的很好听啊！”

“算了！”君怜突然想到反正维维是个幽灵，笑起来也只有自己能看到。

“你快点做饭吧，我快饿死了！”

“噢！”

吃完饭，君怜继续写她的万里长征三万字检查。写完后，一抬头，突然发现维维蹲在角落里，于是她好奇地蹑手蹑脚凑过去想瞧个究竟。

结果一看不得了，是只大老鼠！

“老……老鼠啊！”

君怜大叫一声，从来没有看到那么大只的老鼠，君怜全身上下的寒毛都忍不住直立起来，拿起扫帚就想往老鼠身上拍去。“我打死你！打死你！死耗子！别跑——”

没想到那老鼠块头不小，动作倒挺灵活的。君怜连连几下都没有击中。再仔细瞄准，猛地一拍，那只老鼠立刻翘尾巴了！

“怜！住手，啊——”维维颤抖地拿开扫帚，眼睛含泪地捧起那只令君怜恶寒个不停的大老鼠。

“你……你杀了它……”

维维指责的语气和眼神令君怜还以为自己是什么罪该万死人神共愤的杀人凶手，什么嘛！她可是一个有道德有良知的新时代好青年，于是心里小小内疚了一把，可那小小的内疚火苗马上就熄灭了。

“喂，不就是一只死老鼠吗？老鼠是人类的公敌！公敌你知道不知道？老鼠过街，人人喊打！这句谚语你应该听过吧？”君怜不由自主地倒退一步，嘴里却逞强地说道。维维的样子有点吓人，不就是一只死老鼠，至于吗？

“怜……”维维周围白色的气息消沉下去，包裹着他的那团灵光暗淡不少,他用一种似乎要告诉她什么的眼光看着君怜,只是不知道为什么他最终却没有开口说话,只是沉默地看着君怜。渐渐地,洁白透明的身体消失在空气里。

什么嘛！不就是死了一只老鼠,用得着发那么大的脾气?

君怜坐在教室里,有些不高兴地想着。这节课是林老师的课,这次林老师竟然没有迷路,真是个奇迹。进了明远这所高中,君怜发现很多有趣的人。比如有"路痴"之称的林老师,神出鬼没的教导主任,还有明远三公子……梵音表面上是个爱玩爱闹的纨绔子弟,可相处两天就能发现他的过人之处,明明很不正经的一个人,成绩却名列全校榜首,分析力也很强,不然三万字的检查也不会写得有条有理……呵呵,开个玩笑。不过梵音的蚯蚓字……真是令她不敢恭维！

还有苍溪,他的来历是什么呢?比起苍溪来,那位叫越朔夜的冷酷帅哥更是不能理解,隐约间,君怜感觉自己以后一定会与他们有所交集……

唉！看样子维维这次是真的生气了,不然怎么连她上学的时候都没有看到他出现。

那只老鼠……君怜想起她是看见维维蹲在角落里才凑过去发现那只老鼠的,当时没有多想,只是反射性地想把老鼠打死。现在仔细想一下,当时维维说不定正在喂那只老鼠吃东西……毕竟这么大个的老鼠,她还是第一次见到。

维维死了那么久,一个人被禁锢在那间屋子里,一定很孤单,所以他喂养那只老鼠也不是不可能的事。

不知不觉下课铃已经敲响,一本天蓝色的笔记本出现在她的面前。

啊?

又是苍溪?

奇怪！

"在想什么呢?"苍溪露出招牌笑容,温文尔雅的风采迷倒了后面一大片女生。

"没什么。"这已经是第二次了,苍溪的主动接近令君怜不得不心起疑惑。她不会以为苍溪对她有什么兴趣,自己的长相并不能够得上美女的标准,只能说清秀可佳。苍溪的身边围着那么多漂亮的女生,他都无动于衷,却频频向她示好。他接近她有什么目的呢?

"我看你上课的时候都在发呆,没有记笔记吧,如果你不嫌弃的话,我的笔记借你看一下。"苍溪笑着说道。

"啊……好的,谢谢你!"

看着苍溪回到桌子上,君怜这才打开笔记本……这么整齐漂亮的钢笔字,简直如同刻出来的一样。与梵音的蚯蚓字相比……啧啧,真是云泥之别啊!

"你和苍溪很熟?"真是说曹操,曹操就到。梵音修长的身体突然出现在身后,他抽掉君怜手里的笔记本,随意地翻看着。

"还好。"君怜看着梵音皱着眉头的模样,取笑道,"怎么样,苍溪的字可比你的蚯蚓字好多了吧?"

"字体很工整,简直就不像手写出来的一样……几乎漂亮得和字帖上用来临摹的字体一模一样……"梵音沉思了片刻,然后才把眼睛对上君怜,抿着唇警告道,"你以后最好少接近他这个人。"

"为什么?"君怜感觉奇怪地问道。这恐怕是第二次有人警告她了……记得苍溪第一次主动与她打招呼的时候,如果她没看错的话,那么越朔夜那冷冷的眼神似乎也是警告她,最好少接近苍溪。

"因为……"梵音指着苍溪的笔记上漂亮的字体,突然凑在她的耳边,几近耳语地说了一句令君怜惊讶万分的话,"我可以肯定,苍溪在上课的时候,没有动笔写一个字……"

君怜惊讶地与梵音面面相觑,心底没来由地一颤。

梵音拍着君怜的头,感觉一道阴冷的目光注视着自己,抬起头一看,是那位叫越朔夜的男生。

似乎,有什么事情即将要发生。

"维维——"回到家,君怜拎着自己买来的小白鼠喊着,却没有人回应。

君怜把买来的小白鼠放在桌子上,看着那只小白鼠在类似风车的木轮子里爬来爬去,心想先做完饭再送给维维吧,结果走进厨房掀开锅子一看,饭菜已经做好了。

君怜怔怔地站在那里,屋子里寂静得一点声音都没有,心底空旷安静得可怕。眼泪掉了几滴下来，君怜连忙擦了擦，盛了一碗饭端出来，刚走出厨房，便发现熟悉的白色身影跪在桌子面前。

维维正专注地看着桌子上的小白鼠在木轮子里走啊走……

“维维——”君怜高兴地喊着，“你不生气了？看，我买的小白鼠，送给你的！”

维维惊喜地接过她的礼物，爱不释手地看了又看。

“喜欢吗？”君怜看着他欢喜的模样，自己也非常的高兴。

“嗯……很喜欢。”维维点着头，因为他觉得笼子里那只小白鼠就像自己一样，被关了起来，不停地走，幸好……上天让自己遇到了怜。

“那你一定好好养它噢！”君怜到厨房又盛了一碗饭，放到维维面前，“一起吃饭吧。”

“你……你不介意我养老鼠？”维维迟疑了半晌问道。

“嗯……我也想过了，是我不好，你这么寂寞，那只大老鼠一定是你养的吧？我不该什么都不问就把它打死的，这只小白老鼠就是我买来赔给你的。你如果无聊的话，可以和它玩。”

“没关系，谢谢你，怜！”维维高兴地冲着君怜露齿一笑，然后端起碗筷“飘”到角落里。

君怜笑了笑，没有说话，端起碗筷吃了起来。

快要吃完的时候，她突然想看维维跑到角落里做什么，于是好奇地站起来边吃边走了过去，结果手里的饭菜差点翻了一地。

老……老鼠！

君怜吓得不轻，用颤抖的食指指着地上那只熟悉的老鼠：“它……它不是已经死了吗？”

明明是她亲手把那只老鼠拍成老鼠饼的，怎么又复活了？

维维站在那只老鼠面前，防备地看着君怜的一举一动，不安地叫道：“怜，你刚才已经答应我可以养老鼠了，你不能出尔反尔！”

“问题不是这个！”君怜受不了地大叫！她指着那只明明已经死掉的老鼠问，“这只老鼠不是已经死过了吗？为什么它又活了过来！”

“你答应我可以养它了？”维维惊喜地问。

君怜咬着筷子，眼睛注视着维维不知道在想着什么。她突然出手将筷子定向那只正在吃东西的老鼠身上。

那只灰溜溜的大老鼠吱吱叫了几声，痛得在地上翻滚。

“你——”维维心疼地连忙出手罩住那只受伤的老鼠，一道白色的光芒从手心慢慢扩散，大约几秒钟的时间，那只原本痛得死去活来的老鼠已经恢复正常，一点伤痛都没有地继续吃着东西。

“怜！你太过分了！”治疗好那只老鼠，维维这才指责地对着君怜大叫。

而君怜在这个时候，早就已经惊吓得说不出话来。即使维维消失在空气之中，她也没有反应过来。

维维竟然能让死去的生命复活，这太令她震惊了。

安静的夜，君怜躺在床上休息，却一点睡意都没有。脑子里不住地回想刚才那一幕，百思不得其解。突然想或者打电话问下老爸比较好，可能老爸知道是怎么回事。

“喂，是怜怜吗？”

“老爸。”君怜感到过意不去，“你已经睡了？对不起，这么晚了还把你吵醒。”

“没什么，怎么，乖女儿想老爸了？有什么事情吗？”

君怜想了一下，才开口问道：“老爸，有一种‘幽灵’，死了大概有一千多年，道行很高，那他有没有令生命起死回生，或者复原的能力？”

“起死回生？”老爸的声音顿时充满了精神，“你老爸我闯荡江湖多年，还没有见过幽灵有令人起死回生的能力。如果把已经打乱的东西复原，道行比较高深的幽灵倒可能有这个本领。至于起死回生，除非西王母的不死药和观音菩萨净瓶中的净水才有起死回生之效。”

“西王母的不死药？”君怜奇怪地问道。

老爸在那端解释道：“后羿射日这个传说你应该知道吧，后羿射下了九个太阳后，西王母曾经赐予两粒长生不老丸给后羿和他的妻子。吃一粒，可以与天地同寿；吃两粒，可以名列仙班。结果那两粒不死药丸都被后羿的妻子所食，后羿的妻子飞仙到广寒宫，改名嫦娥。”

“噢——”君怜没有得到想要的答案，有些失望，“老爸，真的没有‘幽灵’可以令死了的生命复生？”

“应该没有。乖女儿,这么晚了你就打电话问你亲爱的老爸这个,真是太没良心了！你不问问老爸过得好不好,有没有瘦了,骗到钱没有……”

“啪——”君怜相当利落地合上手机,翻身睡觉。

客厅的桌子上,小白鼠仍旧不知疲倦地在木轮中走着……

苍茫的夜色中,一只如同喝了酒的蝙蝠摇摇晃晃地飞进房间里。

君怜早就已经坠入了黑甜的梦乡……

Chapter 03
家有吸血鬼

君怜醒过来的时候就发现一件不可思议的事情。

一位外表十分英俊的外国男子此刻正坐在她家的餐桌前，从侧面看上去，他的轮廓深邃俊朗，刚毅俊美，尤其是他那头金褐色的头发看上去给人似乎很柔软的感觉。他穿的是一件笔挺的黑色西装，像要准备赴一场重要宴会的翩翩绅士。

可是！他却在她的家里……她家什么时候准备开宴会了？

那外国男子举止优雅地端起茶杯，完美的举止简直就像英国中的皇家绅士，一举一动堪称楷模。像是突然感觉到身后君怜的视线，他略感惊讶地侧过头，大海一样湛蓝色的眼睛对上君怜，嘴巴顿时变成了圆形。

“一……一个小女孩……”他显然被一大早出现在这里的君怜惊到了，说话都结结巴巴的。

君怜挑高眉头，这句话应该是她说的吧，刚刚睡醒就发现家里不知道从哪里突然冒出一个外国家伙，而且他似乎……对这里很熟悉的样子。

“你是谁，为什么出现在我家里？”君怜防备地盯着他的一举一动，眼尖地看到他手里的杯子里面红红的液体……是红酒吗？可是家里哪里来的红酒？难道说是他自己带来的？可恶！太没有道德了！竟然从外国跑到她家里来野餐，更不道德的是当他吃好的喝好的时候还不叫醒主人……

维维听到两人的谈话，从厨房里一路飘了过来。维维手里高高端着盘子，面无表情地看了看正在对视的两个人一眼。

“他（她）是谁？”两个人异口同声地问。

“我来为你们介绍一下。”维维放下盘子，“她是君怜，现在是这个房子的户主。家规第一条是——户主的话永远都是对的！家规第二条是——如果户主说错了,那就参照第一条！家规第三条是——不准在天花板上睡觉！家规第四条是——不得允许,不可以随意穿墙而入！家规第五条是……对了,到目前为止还没有制定出第五条家规。你若想在这个房子里居住,那就请严格遵守家规,否则君怜的老爸就会来收拾你,她的后台有点硬,我们最好不要反抗。还有请每月交房租一千元……冥币不收……”维维滔滔不绝地对外国男子作了一番解释。

“够了够了！”君怜偏头疼的症状开始出现了,这“幽灵”说起话来怎么没完没了的?她指着那个突如其来的外国男子,问着漂亮的“千年幽灵”,“你说清楚,那个家伙是谁?为什么会出现在我家里！还有,简单介绍！挑重点的说！”

“他的名字叫杰克斯,男,年龄不详。他说他是欧洲‘中西冥界文化交流中心’派来中国的代表,每年来这里一次,誓为两国冥界文化共同促进共同繁荣共同发展做出巨大贡献……”

“闭嘴！”维维的话还未说完,就遭到君怜火辣辣的瞪视。都已经告诉他要简单介绍,挑重点的说,他还啰嗦这么多的废话！到底有完没完！

那个外国男子整理整理领口,向君怜走了过来,这个时候君怜才发现他的个子好高,竟然比老爹的个子还要高了许多。裁剪合身的黑色西服使他更加英挺,他温柔地执起有些呆住的君怜的右手,轻轻印上一吻,然后说道:“美丽的君怜小姐,我代表欧洲冥界文化交流中心的所有人向你问好,很高兴见到你。”

他缓缓抬起头，君怜顿时倒抽了一口冷气，就连尖叫的时间都忘记了:“你……你是吸血鬼！”

青色的獠牙,所有西方吸血鬼独特的俊美外表,而且最重要的一点是,他露出的獠牙此刻正贴在她的手背上面……君怜僵硬着身体，一动也不敢动，担心他的牙齿不小心就插入她的手背。

“哎呀！”杰克斯露出抱歉的笑容,摸了摸自己露在外面的獠牙,十分抱歉地说道,“我们美丽的君怜小姐真是见多识广,连吸血鬼这种被上帝所遗弃的古老种族都还能叫上名来。我真是感到荣幸,有种热泪盈眶的冲动正在慢慢酝酿产生——抱歉！因为我从欧洲来到中国,路途遥远……很久没有吸食到新鲜诱人的血液,如果你不介意的话……”可不可以给他一点新鲜的血液解解馋……

“不！我介意！”君怜没待他的话里的意思挑明说出来，迅速把手从“狼牙”下抽了回来，严厉地拒绝他的要求！真是开玩笑！她本来就瘦巴巴的没几两肉，还要把身体里宝贵的血贡献给他解馋？她又不是脑袋秀逗了！不过唯一值得肯定的是，这个叫杰克斯的家伙同她家里的那个“千年幽灵”一样啰里巴嗦的！还酝酿什么——热泪盈眶的冲动？靠——有这样用词的吗？

“请你出去！谢谢，并且后会无期。”君怜把门拉开，很有礼貌地请他出去。家里有一个“千年幽灵”还不够，这下又从外国跑来一个吸血鬼。她美丽的人生才刚刚开始，还没有活够，不想提前去阎王面前报到。

杰克斯并没有听从她的话，只是动作优雅地缓缓喝掉桌子上茶杯里的红色液体，有些恶趣味地看着君怜的反应……君怜的脸果然早已是铁青得足可媲美青天包大人，原来那不是红酒，而是血……维维是个死了一千多年的“幽灵”，没有躯体，那这个屋子里唯一身上有血液的“活物”就是她君怜……她要杀了那个吸血鬼！

“请不用担心，这个只是动物的血液。你应该知道，我们吸血鬼并不是要靠吸食人血才可以生存下去。”他的獠牙已经恢复正常，只不过当他意犹未尽地舔了舔唇角的时候，君怜还是感觉到了危险，身上的寒毛纷纷直立起来。

吸……吸血鬼，这么恐怖的东西，为什么会出现在她的家里？君怜突然之间想大哭一场的冲动更加强烈了，说她霉运当头一点都不为过，只是这么恐怖的霉运什么时候才能结束？

“我想住在这里一段时间，你要知道，我是欧洲冥界‘中西冥界文化交流中心’的特别代表，每次来到中国我都是住在这里，你不能赶我出去……”他用迷人的嗓音慢条斯理地与君怜进行着谈判。

君怜冷哼，以前为了不让别人看出老爸是在招摇撞骗，她强迫老爸看了很多关于鬼的资料。她在找资料的时候也会看些，正好看过西方的有关吸血鬼方面的一些传说。

“吸血鬼是不属于冥界的吧？”她冷冷地说道。吸血鬼(vampire)是西方世界里著名的魔怪，之所以说是魔怪，是因为他处于一种尴尬的境地：既不是神，也不是魔鬼，更不是人。就像被上帝遗弃一样。

君怜继续说道：“即使有什么鬼捞子的欧洲冥界‘中西冥界文化交流中

心',那也该由死神来当代表,而不是派上一个吸血鬼当特别代表吧?"

杰克斯扬起迷人的微笑,不知道嘴里念动了什么咒语,一道闪光过后他身上的衣服已经有了变化。此刻他的手里拿着一把黑色的巨镰,有他身高那么长,银色的刃锋利无比。传说只要用那镰刀轻轻勾过你的喉咙,你的灵魂就会跟着死神走。

杰克斯颇感到骄傲地挺起胸膛,得意道:"我也是死神啊……难道说我除了当吸血鬼以外就不可以有另外一份兼职工作吗?唉,说实在的,魔王殿下制定的死神工作服就是比不上我们吸血鬼的潮流服装!"

……

君怜庆幸她的血压不高,不然说不定她会一个控制不住,当场喷出几斤鲜血来,这样就可以造福那个吸血鬼了。

深深吸了一口气,胸口的闷气还是没有缓解,她早晚会被这个家伙气死。

"维维,怎么才可以赶他走?"君怜扭头问正在吃早点的维维。

维维咬着筷子,想了一会儿,然后老实地摇摇头:"我也不知道呢!他每年都来一次,没有断过。我也从来没有想过撵他走。"有个和他一样的同类……算是同类吧,能来和他聊天,他高兴都来不及呢。

"大蒜呢?把大蒜拿来!"忘记是从哪本书上看到的,吸血鬼最怕的就是大蒜和圣水,圣水她不知道是什么玩意,可大蒜是地球人都知道的。

君怜接过维维从厨房里拿出来的大蒜就往杰克斯身上一阵乱扔:"消失了没有?有没有死掉?"

杰克斯丝毫没有受影响地接住君怜扔过来的大蒜,剥干净就着油条吃了一口,边吃还边惋惜道:"如果能再来点醋和盐蘸着吃,就更加美味了。"

"——"君怜靠着门板慢慢向下滑去。她要疯掉了!

维维则小口地喝着稀饭有些担忧地看着君怜。她的模样看起来……似乎很不好……

吸血鬼是不死之身。

吸血鬼早在欧洲很多年以前就成为最诱人、最神秘、最浪漫的传说人物,因为它的身上具有一切不可思议的魅力:年轻,俊美,永生不死……这一切都充满了诱人的神秘色彩。

什么是吸血鬼呢?

在欧洲,从有历史开始的时候,就流传着吸血鬼的传说。成千上万的人们相信这一传说,并在黑暗里因为这个传说而颤抖。

吸血鬼是一个古老而神秘的种族。理论上来讲,所谓吸血鬼,可以理解成为某种程度上的死尸。他们没有心跳和脉搏,也没有呼吸,没有体温,而且永生不老。但同时,他们有自己的思想,会思考,会交谈,也会四处走动,甚至还会受伤和死亡。吸血鬼是不死之身这个说法基本正确,前提是如果吸血鬼没有遭受到任何足以令他致命的攻击,那么吸血鬼是绝对不会死去的。他可以一直维持他俊美的容貌,永生不老。

还有一点,几乎所有人认为,只要被吸血鬼吸食了鲜血之后,被吸食的人就会变成吸血鬼,这种说法并不正确。

被吸血鬼吸食过的人可能死亡,但是并不会变成吸血鬼。如果一个吸血鬼打算令一名人类变成吸血鬼,必须将自己的血液给予对方。

吸血鬼最害怕的东西是阳光。部分异能强大的吸血鬼可以对阳光具有微弱的抵抗力,但是没有任何吸血鬼能经受阳光的照晒。另外,高温对吸血鬼也有一定的克制作用,因此,吸血鬼通常都在夜间行动,因为白天的日光和高温都会严重地影响他们的思维和能力。

此外,吸血鬼完全不怕大蒜和圣水。如果有人拥有极端强烈的宗教信仰,有可能用十字架暂时抑制住吸血鬼,但是吸血鬼绝不会因此而死。同样的,木桩对吸血鬼也毫无作用,但如果能用木桩钉住吸血鬼的心脏,可以令其暂时麻痹直到拔除为止。

——资料:吸血鬼的传说

木桩?

君怜眼睛一亮,终于找到可以制住吸血鬼的方法了!从学校回来后,君怜查了好多书籍才终于找到有关吸血鬼这方面的书。

“怜,你不热吗?”维维从厨房一路飘了过来,飘过君怜卧室的时候不小心看见君怜的脖子上缠着与炎热夏日不符合的围巾,于是好奇地问道。其实他也是可以落在地上走路的,可不知道为什么,他总是比较喜欢飘着走这种方式。

“当然热！”君怜恨恨地道，说完偷偷探头看向客厅，发现那个吸血鬼正对着维维养的那只大老鼠流口水……该不会他连老鼠的血都想喝吧？

“那为什么还围着围巾啊？”维维不明所以地问道。

君怜翻了个白眼：“虽然很热，但是我的小命更重要！你不是人，所以没有这种即将要被那家伙迫害的恐惧，可是我有！”

“噢……那你要不要出来吃点西瓜，我刚刚用冷水冰过的。”

热得有点难受，君怜朝他点了点头：“好，我就去。”她小心翼翼地把书放进柜子里。当初她买这些书的时候花了很高的价钱，所以这几本记载古老的故事的书籍君怜一向保存得很好。

电视机前。

“肉团到底什么时候才能吃啊……”杰克斯抱怨地看着维维，“我都已经等了 2 年了，看他越长越大，越长越肥，心里好谗。难道你就整天拿这些西瓜来招待我这个远道而来的客人……”

“你不喜欢吃西瓜？”维维愣了愣，“那西瓜给我吃好了。这是怜买的，她说不可以浪费食物！这是新的家规！”

“不不不！”杰克斯连忙摆手，“我还是拿西瓜解解馋好了，不用你帮我吃了。”

“肉团是什么东西？”什么越长越大，越长越肥啊？君怜不明白他们在说什么。

“噢，杰克斯说的是它——”维维修长的手指指向正在角落里吃西瓜的灰色大老鼠。君怜太感激苍天了，终于在这个屋子里，有一只生物……和她一样，随时随地都有可能会受到杰克斯的迫害……小命随时都会没了，前途渺茫一片啊。

君怜边吃着西瓜边翻找电视的遥控器，无趣地看了一会儿广告，发现没有什么好的节目，于是有些无聊地四处看看，可当她的视线游移到一处时，顿时定住。

她目瞪口呆地看着杰克斯从衣兜里取出一根针管来，很绅士地用白色的手帕擦了擦，然后把针管插进桌子上的西瓜里面，不一会儿针管就汲满了红色的西瓜水……如此反复几次，满满的一杯子红色的液体出现在餐桌上。

那家伙对红色的液体有种莫名的偏好……

君怜呆呆地盯着他心满意足地舔着嘴角，像刚吸完血的恶魔。然后她低头看了看手里的西瓜……触电似的把西瓜一丢，以百米赛跑的速度立刻向卫生间冲去，大呕特呕起来。

那个变态的家伙！君怜在脑海里写下一长串精彩绝伦的咒骂。

吃个西瓜都搞得像喝血一样。真是变态！

下午的太阳比上午更加炎热了，像个大火球一样“烧烤”着整个大地。她是不是饿晕了，竟然想到“烧烤”？今天晚上一定要把家里的西瓜统统扔掉，西红柿也要扔掉！看到红色的食物就会影响到她的胃口。

“君怜——”梵音明明有着高高的个子，却弯着腰溜近她，一副大家都是同道中人的模样，贼贼道，“要不要一起逃课，我请你去‘冰冷海洋’吃冷饮！”

君怜目光坚定地看着他说道：“我去！”

免费的冷饮不吃白不吃！有人请客她当然乐意去！“可是你不怕被教导主任发现？”上次的惨训历历在目啊！

“嘿嘿。”梵音递了一份东西给她，料事如神地道，“检查书我已经写好了，顺便也帮你写了一份，不要用感激的眼光看着我嘛，虽然我知道我梵音俊美无双、博学多才、见多识广……如此人见人爱的我令你万分景仰、心生爱慕是正常的。可是你想说什么你就说嘛，不要只是盯着完美的我发呆嘛，你不说我怎么知道你想说什么，即使我天下无敌，但是我还是没有学会通心术这一招，你有话就直接告诉我，喜欢我你就直说嘛！”

自恋狂！君怜的脑海里只有这三个字。她把梵音写的那份检查放到他手上，摇头道：“虽然我这句话很伤你的自尊心，但是我还是要说，你的字比蚯蚓还难看，反正到时候如果真要写检查的话，我还要重新写，这份检查还你……噢，忘记说声谢谢了。还有，陈老师现在正站在你后面，似乎有话想和你说……”

“梵音，你给我出来——”陈老师铁青着脸，一把拽起梵音的领子，看样子是想直接把他拖走。突然他动作一停，目光冷冷地看着君怜。

君怜连忙表明立场，只差没发起誓来：“陈老师，我没有答应梵音同学的请客！”反正陈老师并没有听到前面的对话。

梵音难以置信地瞪着她。君怜低下头听陈老师的教训，用余光看着梵音的小动作，然后默默对着渐渐远去的梵音祈祷：梵音，你多保重！我现在是泥菩萨过江——自身难保了。而且你“受教育”经验丰富，多一次也没有什么差别。我相信你能应付的！

——死丫头我绝对不会放过你的，敢出卖我！

君怜从桌子底下捡起刚才梵音背着老师写下的小纸条，背后突然有种凉飕飕的感觉。

梵音……我非常、强烈、十分希望，你千万千万别活着回来。

不然，就轮到她倒霉了……不知道梵音会用什么方法报复她？

君怜不知道为什么特别喜欢夏天，根据老爸的推算，她应该是出生在夏季，所以才特别喜欢夏天。不过根据君怜自己的推算……她之所以喜欢夏天，是因为她觉得夏天吃冷饮比较过瘾！

走在校园的路上，一路顶着同学投过来的诧异眼神，以及很多女同学的窃窃私语，君怜擦了擦唇角，猜想该不会是刚才吃雪糕的时候沾到脸上了吧？可是脸上什么东西都没有啊！

直到君怜走到教室里，看到梵音正吊儿郎当地跷着腿坐在她的课桌上，脸上挂着得意洋洋的微笑，她才有点明白为什么了。

君怜的视线慢慢转移，她的桌子上、椅子上，都被人贴上了红字条，字条上面是梵音非常个性的蚯蚓字，歪歪斜斜地写着五个大字——梵音所有物！

不好的预感由心底往上攀升，君怜才刚把视线转移到梵音身上，准备大声抗议的时候，一张红纸条就贴到了她的额头。

靠！他以为自己是F4啊！君怜低咒了一连串的三字经，撕掉额头上的红字条，又是“梵音所有物”！心底不免佩服梵音这招够狠！什么是借刀杀人、杀人不见血，她今天总算见识到了！

哗，果然，她听到旁边女生羡慕的抽气声。

梵、音！君怜咬牙切齿地瞪着他得意的笑脸，手里的纸条攥得紧紧的。她深呼吸了一下，努力克制住自己，免得一个冲动扑上去掐死他。

“你这是什么意思！”

梵音挑高眉头，笑得非常迷人：“我以为我的意思很清楚了！”

嘿嘿！陷他人于不义可是他最喜欢的游戏。上次竟然一时不察，被君怜陷害到……那次是意外！不过既然有胆子陷害他，那就一定要承受得住他的“回报”，他梵音可是个有教养的贵公子，“礼尚往来”这四个字早就铭记于心！

“你是故意的！”君怜在心底哀号，梵音这次是存心让她以后的日子不得安宁！要知道梵音身为“明远三公子”之首，一举一动都是众人所关注的焦点。这次他明目张胆地向别人宣告她是他的所有物，以后她的日子还不知道会有多热闹！

“那当然！”梵音大惊小怪地叫道，一副“你明知故问”的神情，险些把君怜气个半死。

君子报仇，十年不晚！君怜默默地在心底告诫自己，然后她走过去拉了拉梵音的衣袖：“对不起啦！”

“什么？”梵音的嘴角咧得大大的，一口白牙闪动着恶魔之光，他滑稽地挖了挖耳朵，一点诚意都没有地抱歉道，“哎呀！刚才不小心耳鸣了一下，没听到，麻烦你再说一遍！”

深呼吸……深呼吸……君怜几乎可以听见自己牙齿咬碎的声音，她的脸色隐隐发黑，从牙缝里一字一字地挤出三个字来：“对——不——起！”

这下子梵音的嘴角几乎快要咧到耳朵后了，他笑眯眯地像拍小狗狗一样拍了拍君怜的头发，脸几乎凑到了君怜的脖颈上，一脸暧昧地笑道：“没关系，我们都是这么亲密的关系了，就不要这么见外了嘛，哈哈哈……”感觉真是太爽了！

君怜如刀锋一样凌厉的眼神早就已经深深地插在他的身上，他这样暧昧不清的说话，分明是越抹越黑……她告诫自己不能动怒，不然依照现在的情形和梵音的个性，最后倒霉的一定是她。

君怜压低掩饰不了怒气的嗓音，以只有她和梵音可以听到的声音僵硬地说道：“我已经道歉了！”

“已经晚了。”梵音学她压低嗓音回应她的“窃窃私语”，露出只有她可以看得懂的笑容。既然他决定整她，就绝对没有收手的打算。

君怜气结。她当然可以看得出梵音的个性是“有仇必报”！

所以这次，她——死——定——了！

该死的！

“怜，我想吃绿豆雪糕……”维维半透明的身影飘啊飘的，像只跟屁虫似的跟在刚刚从学校憋了一肚子闷气回来的君怜后面,半撒娇地要求着。

君怜踹门,气呼呼地喝了一口维维为了讨好她递过来的冰水。

那个该杀千刀的梵音!她在学校里的生活本来很平静,也没有什么人来刻意打扰她。但自从下午梵音在她额头贴上"梵音所有物"的标签以后,她的生活便开始热闹起来。一下午,络绎不绝地有人在窗外对着她指指点点,好像是看动物园里稀有的大熊猫似的。真是气死她了!

偏偏她又斗不过梵音……可恶!

维维趴在桌子上,单手撑着脑袋,如水银的头发柔顺地倾泻下来。他不解地打量着君怜纠结的眉毛,心里充满了疑问:她怎么了?

"怜……"忍不住用手指碰了碰她的脸颊。

好冰!

君怜被他手上传来的冰凉触感惊得回过神来,她一边用力擦了擦刚才维维碰到的地方,试图恢复脸上的温度,一边训斥道:"不要乱碰我!"

"噢。"维维看着君怜像是嫌弃什么令人恶心的脏东西一样用力地擦拭着自己刚才碰过的地方,眼底有一抹受伤的神情一闪而过。

敏感的君怜捕捉到了他那神情,心里突然觉得内疚。她的视线游移不定,不敢看他,只好把视线定向别处,随口问道:"你刚才和我说什么?"

维维的眼神立刻亮了起来:"我说我想吃绿豆雪糕!那个东西很好吃!"

君怜瞪他:"上午不是刚刚买过吗?"

上午放学的时候她突然想吃雪糕,知道家里有个贪吃的家伙,于是就顺便也给维维带了一份。不过当她看到维维惊喜的模样时,暗暗庆幸还好给这家伙买了一份。

"可是我还想吃。"维维漂亮的眼睛笑起来弯弯的,"真的非常非常好吃啊!"可口的味道令他回味无穷呢。

君怜翻了翻白眼,拿他没辙,只好从书包里拿了点钱准备出门:"你等着,我再去超市一趟。"

"记得要带绿豆的那种……"维维欢呼,兴奋地飘在她身后念出一大串的话来。

"知道啦!"君怜打开大门,动作突然停住。她没有回过头看着维维,只是低着头道歉:"维维,我刚才不是故意的,对不起。我有点心直口快,不小心伤了你……”说完她便低着头离开了。

维维看着她离开的背影，漂亮的眼睛漾着温柔的笑。他抬起纤细如玉的手，仔细审视了一番，没有察觉到异常之处才放弃寻找原因。

其实就连他自己都不明白，为什么他的手会那么凉，他从来都没有想过要伤害君怜，哪怕是一点点……不过既然君怜不喜欢他的碰触，那他就不再碰她了。

君怜……在他的心里，是最重要的。

自从君怜来到这里以后，他对君怜的感觉越来越奇怪，那种感觉就好像是他等了很漫长的时间，终于等到她的出现，等到她走向他的身边。可是他死的时间太久了，一千多年，他已经把以往的一切都忘记了。直到君怜靠近他，他才开始对自己的过去感兴趣，开始挖掘曾经的秘密。

他知道自己对君怜有一份强烈执著的感觉，他相信，那份感觉是真的。

他真想快一点想起所有的事情。

等吃完饭，再待做完作业的时候，君怜终于觉得有哪里不对劲了。她把维维喊了过来："那个家伙呢？"

"嗯？"维维被她问得有些莫名其妙。

"那个爱喝血的外国鬼！"君怜看着悠闲自得的"肉团"，终于想起她为什么这么放松了。因为那个总是威胁她生命的吸血鬼不见了。真是……真是太好了！老天，你终于听到我的祈祷了！

维维接下来的话无情地打破了她的希望："杰克斯说他要去拜访一下中国的老朋友，大概要晚一点才回来。"

正说着，一只蝙蝠从窗外飞了过来，刚巧撞到透明的玻璃上，"啪——"的一声昏倒在地上。

君怜和维维的注意力被吸引了过去。

她想踩死那只蝙蝠……君怜此刻的心情完全写在脸上。维维咽了口口水，看了看阳台上昏死过去的蝙蝠，小心翼翼地开口道："怜，他伤得似乎不轻，我们要不要替他包扎一下。"

"不用了！那么一点点小伤他死不了！"君怜阴狠狠地坏笑，不知道"烤蝙蝠"好不好吃？

维维猜不透她在想着什么，只好不管好友的死活，任他在阳台风干……

蝙蝠干其实也不错噢！维维笑着想。

阿嚏——

杰克斯打出一个喷嚏来，即使是在外面睡了一夜，他那头金褐色的头发仍是柔顺地贴在他的额前。他大海一样深邃的蓝眼睛因为还未完全清醒过来，蒙着一层迷雾。他努力眨了眨眼，试图清醒过来。

“我从来不知道吸血鬼也会感冒呢……”君怜慢慢吃着早点不怀好意地取笑道，“听说只有傻瓜才会在夏天感冒……难道你的另一个名字就叫傻瓜？”

“阿嚏——”杰克斯揉了揉高挺的鼻子，这个小女孩子似乎越来越不怕他了。

“喝点水。”维维倒了杯水放在他旁边，并劝道，“以后可以走回来，不要喝酒再变成蝙蝠的模样，那样很容易撞到……”类似电线杆或者树干之类的东西。

“喝酒？蝙蝠？”君怜吃东西的动作停顿了一下，“喝酒与变成蝙蝠有什么关系？难道说他变成蝙蝠前还需要酒精来催化？”

“噢，差不多可以这样说……因为杰克斯他有恐高症，所以每次变成蝙蝠的时候都要喝点酒……”维维还未解释完，君怜嘴里的汤就险些喷了出来。她立刻打断维维的话，表情有些怪异：“你是说……他？一个吸血鬼蝙蝠，有恐高症？”别告诉她这是真的，这太好笑了！

“当然是真的！”杰克斯缓缓露出青色的獠牙，对着僵硬着身体的君怜微微露“齿”一笑。他相当满意自己还是可以威胁到这个所谓的户主：“你觉得这个事情很好笑吗，小女孩？”

“不……一点……都不好笑……”君怜担心自己一个不小心说错话，小命就因此断送在他的“狼牙”之下。

“那就好……我自从来到中国以后，很久都没有品尝到新鲜美味的血液了……”所以适当的威胁一下是必要的。小女孩胆子不小，竟然敢把他这个“中西冥界文化交流中心”的欧洲代表关在窗户外面，冷风吹了他一整夜，吹得他头上像顶着两座大山，脚轻飘飘的就像踩着棉花一样。

一只冰凉凉的手拍了拍杰克斯的头，是维维！维维弯着腰与他平视，开口警告道:"把你的'狗牙'收起来,吓到怜的话,我保证你今年不会活着回到你的国家。明白了吗?"

杰克斯迅速把獠牙收了起来,紧紧抱着抱枕点头如捣蒜:"当然明白!"

别人不知道这个千年鬼魂有多厉害,他可是认识这个鬼魂已经近千年了。他的修为绝对在他之上,让他这个吸血鬼死掉虽不容易,但是让他生不如死,相信这个千年鬼魂只要动动小指头就可以办到。所以他还是尽量不去触及他的底限为好,那个小女孩大概就是这个千年鬼魂的底限。

君怜在一旁看得目瞪口呆,什么是一物降一物,她今天总算亲眼见识到了!

不过那只外国鬼为什么那么听维维的话?

她……她才是户主耶!

唉!谁让她脾气好,就不和两只鬼计较这个问题了吧……

君怜从小到大,最后悔做的事情就是惹到了梵音那个魔星!

从昨天下午到现在,全校的人都知道她君怜的大名。这一切都拜梵音那灾星所赐,他把她在学校的生活搞得乱七八糟。不过经过这件事,她对流言的传播速度到底有多快有了深刻了解!

"梵音——"终于找到那个灾星,君怜怒气冲冲地一把将他按在墙上,双眼冒火地瞪着他那始终维持着天下太平的笑脸。

"怎么啦?"梵音眨了眨眼睛,嘴角勾起一抹邪气的笑,"没想到经过昨天的事情后,你变得更加热情主动了呢!这真是个意外的收获噢!"

"你给我闭嘴!"君怜险些火山爆发,恨不得堵住他那张讨厌的嘴!

"你!我不管你用什么方法,一定要澄清我和你的关系!"君怜气得抓紧他的衣领,使劲晃道,"听到了没有!"若是他敢回答说"没听到"、"不小心耳鸣了一下",相信她,她一定会不顾一切地扑上去咬死他这个祸害!不管怎么说那也算是为民除害,功德一件!

"你和我的关系?"梵音故作一脸茫然的样子,如此精湛的演技不进演艺圈真是太可惜了。梵音为自己的才华惋惜的同时,假装很无辜地看着君怜,非常不解地开口询问道:"君怜,你和我是什么关系啊?"

君怜相信她如果现在失控掐死他的话,一点都不意外!因为这件事她早就想做了！

心中的怒火噼里啪啦地燃烧得那叫一个旺盛，君怜强掩怒火地低吼道："你这个混蛋！我和你什么关系都没有！所以，请你公开澄清一下，昨天上午你贴的纸条以及你所说的暧昧不清的话，都是恶作剧！"

"咦？"梵音惊讶地"咦"了一下，"有这个事情吗？我怎么不记得……哎呀，别打我嘛！我想起来了，真的……你别再打了，我真的想起来了……啊！"

梵音连连闪躲，结果还是挨到了不少拳头，只得一个反手用力将她压在墙上："我只是开个玩笑，你想打死我是不是？"

"你们在干什么？"一道冰冷如锋利的刀的声音从身后突然传来。

越朔夜？

梵音眯着眼睛打量着从转校以来始终寡言少语的越朔夜，这个地方很少有人可以发现的，他是怎么找到这来的？

看着越朔夜突然攥紧的拳头，以及眼睛里似乎有一种不一样的东西注视着自己，梵音突然反应过来，此刻他与君怜的姿势有多亲密。不过他也没有要分开的打算，仍是扣紧君怜的手腕，没有半点畏惧地慢慢开口挑衅道："越朔夜是吧？怎么，想英雄救美？"

"呵呵……"突然的，越朔夜毫无预警地笑了出声，他的声音低低沉沉的，带着特殊的磁性，只是不知为何感觉有些压抑，"想不到堂堂梵音少爷竟然能记得我的名字，我是不是该受宠若惊呢？"

他到底想说什么？梵音皱起好看的眉头，为什么他总是感觉这个叫越朔夜的家伙话中有话？

"梵音，放开我！"君怜挣扎着想脱离他的束缚。

梵音不理，只是将探索的目光注视在冷漠的越朔夜身上。在他的记忆里，这个叫越朔夜的一向是能不开口就不开口，怎么这次会突然狗拿耗子——多管闲事起来？

"梵音！"君怜不满地低喊了一声，这下子终于引回了梵音的注意力。

或者他可以试验一下也说不定噢！心思转了几回，梵音的嘴角噙着一抹耐人寻味的笑容。

梵音冷睨了越朔夜一眼，缓缓将禁锢在他怀里的君怜拉向自己。君怜早就被他突如其来的举动惊吓到了，眼睛睁得大大的，眼看着两个人之间的距离越来越近……

“放开！”越朔夜终于一个箭步冲上前拉开他们，脸上的冰寒让人猜测不透他的意图。

自始至终将越朔夜的每一个细微动作收入眼底的梵音似乎明白了什么。

“梵音——”出乎意料的，越朔夜竟然开口喊他。

梵音挑高眉毛，他本以为他们三个人中，最先开口的或者是君怜，也或者是他，但绝对没有想到越朔夜竟然先开口说话。

越朔夜深黑如潭水的眸子此刻染上暴怒的颜色，他的周围散发着凛冽的气息。

“梵音，这是第一次。如果让我再一次发现你的恶作剧，可别怪我不客气了！你最好还是收敛一些！”

梵音看了一眼他那如冰雕出来的俊美容颜，懒洋洋地回了一句：“多谢警告，不过好像我的事情你管不着吧？”言下之意就是你太多事了！

越朔夜冷哼一声，大步流星地离开。

梵音笑了笑，对他的反应不置可否。待越朔夜的身影看不见的时候，这才把双手插进衣兜慢慢踱步走到君怜的旁边，关心地问道：“喂，你还好吧？”

君怜像是还未从刚才的状况中恢复过来，她怔怔地抬头看着梵音精致的脸庞。“刚才……发生了什么事情？”越朔夜，他来做什么的？还有梵音，他靠得那么近，几乎让她以为他要……幸好这个事情没有发生，如果真的发生了的话，梵音的眼睛现在估计是熊猫眼了。只是她觉得有些怪怪的，梵音为什么突然想要吻她？

“你想知道发生了什么事情？”梵音的脸上挂着牲畜无害的笑容，他的笑容很干净，让人看起来非常舒服，“我可以告诉你噢，不过这可是有条件的！”

“什么条件？”君怜随着他的话问。为什么她觉得梵音的笑容里潜藏着诡谲的暗潮？

一失足成千古恨！

君怜到现在总算深刻体会到这句古谚的含义了！

检查……什么时候梵音那个祸害又积累了这么多的检查？

君怜想哭的冲动随着一笔一画逐渐增加中。好奇心害死猫！为了知道越朔夜的目标到底是谁,她只得答应梵音的条件。

偏偏梵音还火上浇油地坐在一旁,修长笔直的双腿交叠在课桌上,嘴里嚼着口香糖,耳朵里塞着 MP3,悠哉的模样就只差手里没拿着一袋爆米花了!

“啪!”梵音在她的耳边吹了个大大的泡泡,将手里的杂志卷起来敲了敲课桌,催促道,“快写,还差几份?”

哈哈哈!果然还是古语说得好啊——风水轮流转,三十年河东,四十年河西啊!这样的情景真的很似曾相识噢!梵音笑得好不开心!

“还差两份!”君怜边咬牙切齿地奋笔疾书,边头也不抬地询问道,“梵音,你到底是什么时候积累了这么多检查?”整整五份检查!老天,快要累死她了!

梵音伸了个懒腰,慢条斯理地一条一条道:“噢……语文课不小心梦周公了,宛郁老师要我下星期一前交份检查;数学课……你也知道陈老师一直看我不顺眼,就把女孩子送给我的情书啊礼物的什么统统没收了,并我罚写校规一百遍,检查一份;体育课逃课的时候不小心被训导主任抓了个正着……估计那个变态死老头早就在那等我了,唉,最后一块根据地也被那个变态死老头发现了……”

君怜无语地翻了个白眼。

“咦?你怎么用左手写字?难道你是左撇子?”梵音突然大惊小怪地叫了起来。看了看君怜已经写好的三份检查……这个字体有点眼熟的感觉!

“不是!”她才不是左撇子。

“那你为什么要用左手写字啊?”梵音不解地偏过头。

“呼——”揉了揉酸痛不已的左手手腕,君怜好心地点醒他,“那是因为我用左手写出来的字就和你用右手写的差不多!即使老师再厉害也绝对分不出你和我的笔迹来……”

梵音听后很受感动,原来君怜这样为他着想,而自己却整天以捉弄她为乐,他……他真是太恶劣了!他一定要反省才对!他感动不已地望着君怜,深情款款地缓缓开口问道:“君怜,你是不是终于发现,原来,你早就已经深深地爱上了我,所以才这样为我着想……哎呀!”

一本厚厚的国文书飞了过去,正中目标。

梵音痛得抱头猛吸冷气,君怜在一旁冷笑:“我为了练这一招,专门买了飞镖在家练习,你以后可要小心点说话!哼!”

没多久，五份前无古人后无来者的检查大功告成！君怜将检查递给他，甩了甩因为写字而酸痛的手腕。

“可以了吧？”

“不错。”梵音满意地点着头，称赞道，“君怜，没想到你的蚯蚓字写得竟然比我还要有个性耶！”

君怜的表情僵硬了几分，尴尬地笑道：“谢了，我情愿这方面比不上你。”归结出来的结果就是她用左手写的字都比梵音右手写的字强上几分！

“你现在可以告诉我下午发生了什么事情了吧？”这个才是她的目的所在。

“什么？你说什么下午？”梵音无辜地盯着她。

又来这套！君怜磨牙，恶狠狠地道：“梵音，如果你想早点向阎王报到的话，我不介意送你一程！”

“呵呵，不用劳你大驾。”梵音立刻一副乖乖牌的模样，举手道，“你想问什么尽量问吧，我一定会知无不言，言无不尽，只要是本少爷知道的，一定会告诉你！”梵音对“识时务为俊杰”这句话可是有着深刻的了解。

君怜双手抱胸，顿了一下，开口问道：“好！那我问你，你当时为什么突然想……想和我 KISS，你是不是想做戏给越朔夜看?还有，越朔夜的敌意是对着你还是我而来的？”

“第一，对！第二，错！”梵音的嘴角咧开一朵大大的微笑，道，“我的确是想做戏给越朔夜看，试探一下他的反应。这一点你猜对了。不过另外一点你就猜错了，越朔夜无论是对你，还是对我，都没有任何敌意！”

“你为什么这么肯定？”君怜挑高眉头，越朔夜的行为着实令人费解。

“直觉！”梵饮斩钉截铁地回答道。

君怜的喉咙里发出一连串阴森森的冷笑：“那你的直觉会不会告诉你，我想扁你？”

“没有——”梵音迅速回答，笑眯眯地伸出一根食指晃了晃，“但是我的直觉告诉我，如果你能打消这个念头的话，那么我会请你去吃大餐！”

划算的买卖！君怜点头：“好！就按你说的办！”

走进家门，君怜才发现家里一片漆黑，脑子里下意识地以为是停电了。幸好租房子的时候准备了蜡烛和手电筒，她嘀咕了两声，把大门锁上。

“维维——”她在黑暗中摸索着前进，朝寂静的房间里喊了两声，却没有人回答她。

皱了皱眉，维维在干什么啊，怎么不回答她？君怜突然被脚下的一个不知名的东西绊了一下，房间里刮起阴风，一个在半空中飘着的白影子突然挂在眼前。“鬼啊——”君怜尖叫，连连往后退，没想到后面也有东西堵住她的去路，她心惊胆战地回头看去，一个青面獠牙的人头映入眼帘。

“啊，有鬼啊！啊啊啊啊——”

君怜早就已经被吓得魂不附体，扯开喉咙一个劲地叫，手里碰到什么东西都向“鬼”的方向砸去，铅笔、台灯、遥控器、桌子……黑暗中只听见君怜足以刺破耳膜的大叫以及“鬼”的连连闷哼声。

“不要砸了——再砸下去我就要被你砸死了——”“鬼”虚弱的声音在黑暗中响起。

声音有些耳熟，君怜的动作顿时停住。杰克斯？她颤抖地扶着墙站起来把灯打开，果然是杰克斯那个吸血鬼蝙蝠！她虚脱似的在坐在地上连连喘息了一会儿，才意识到，那刚才那个白影就是维维了？

五分钟后，一只西方吸血鬼蝙蝠与一个漂亮的“千年幽灵”捏着耳朵老老实实地听训。

“你们……你们两个为什么要扮鬼？”君怜的魂魄显然还没有完全归位，她颤抖的食指指着沙发上的杰克斯和维维。

“我们本来就是鬼啊……”杰克斯揉着被砸到的地方低声咕哝着。他尖锐的牙齿还露在外面，所以说的话听起来不是很清楚。

“你说！”君怜的手指向维维。

维维紧紧闭着眼睛不敢看向盛怒中的君怜，他捏着耳朵非常听话地小声回道：“杰克斯说我应该要做个有职业道德的幽灵，做人要有做人的尊严，做幽灵也要有做幽灵的尊严！幽灵的职责就是吓唬人类，他说我一点都没有做幽灵的样子，要替我补习功课……”

“补习功课？”君怜的目光射向那只该死的吸血鬼蝙蝠，“你给他补习什么功课？”什么“中西冥界文化交流中心”派来的代表，根本就是一个祸害！说不定他纯粹是被他们国家的鬼界给踢出来的！

杰克斯乖乖从怀里掏出几张碟片:“就是这些喽!”

《夜访吸血鬼》《咒怨》《魔镜》……恐怖的片名配上鲜血淋漓的图像,原来是恐怖片?君怜气得说不出话来,气呼呼地回到自己房间里,“砰”地将门甩上。

维维这才敢睁开眼睛,失落地看着君怜紧闭的房门:“她这下子真的生气了。”

“别管她!来来来,我给你补习功课,身为一个道行高深的幽灵,怎么可以怕人类?你一点都没有当幽灵的样子,简直就是她的廉价佣人……你说是先看《魔镜》呢,还是先看《夜访吸血鬼》……”

君怜气愤难当地拉高被单,一想到维维竟然也随杰克斯一起捉弄她,她就忍不住火大。

原来的维维是多可爱多乖的幽灵啊……现在都被那个吸血鬼蝙蝠给带坏了……近朱者赤,近墨者黑!她一定要想办法将他们两个分开,这样想着想着,不知不觉地就坠入了梦乡。

半夜,睡了不知多久,迷糊间感觉有人在她身边哭,小声的啜泣声害得她睡不好觉。君怜迷迷糊糊地睁开双眼,眼前一个白色的身影蹲在她的床前,险些吓了她一跳。定睛一看,是维维。

“维维?”君怜疑惑地揉了揉眼,“你怎么在这儿?”

见她醒来,维维干脆直接扑上前,抱住她的胳膊一个劲地哭诉着:“呜呜呜……好可怕,我不要,我不要看恐怖的电影,哇呜呜呜——”

额上的青筋隐约浮现,君怜用力闭了闭眼,一脚将他踹开:“家规第六条,不准看恐怖片!”靠!还让不让她睡觉了!

“呜呜呜,怜,你不要丢下我!”

忍耐!

“那里面的鬼好恐怖……呜呜——”

继续忍!

“呜呜呜……好可怕……”

事不过三!忍无可忍,毋须再忍!

天杀的!她要杀了那个该死的吸血鬼!

[家规]

家规第一条:户主的话永远都是对的!

家规第二条:如果户主说错了,那就参照第一条!

家规第三条:不准在天花板上睡觉!

家规第四条:不得允许,不可以随意穿墙而入!

家规第五条:不可以浪费食物!

家规第六条:不准看恐怖电影!

……

杰克斯在刷着牙的时候,不小心透过玻璃看到维维不知道正在往客厅的墙上贴着什么,便好奇地走了过去:"你在干吗?咦,这个是什么啊?"

"家规!"维维拿下咬在嘴巴里的红笔,特意在家规第六条下面勾出一条红线以示醒目,"看清楚了,家规第六条:不准看恐怖电影!"

"噗——"杰克斯险些把嘴巴里的牙膏泡沫吞进肚子里,连忙吐了出来,他惊异万分地睁大眼睛问道:"这个是谁写的啊?"

维维手里的笔往下移了移,指在最后的落款那一行——户主:君怜。

"对了,怜说,这个月房租,请你想办法在明天交给她!"维维将户主的话转告给他,然后飘进厨房开始收拾餐具。

杰克斯摸了摸下颌,房租?唔,难道让他这个风流潇洒的吸血鬼出去打工不成?

Chapter 04
校庆遇风波

“校庆？”君怜不以为然地哼了哼，斜斜睨了梵音一眼，“关我什么事？”

梵音笑眯眯地拉了拉她已经有些长的头发：“校庆可是每十年才举办一次耶，我们这一届很荣幸地刚巧赶上校庆，哪有人像你这样一点都不关心本校的历史。本来校庆是不关你的事啦，可班主任让我选个搭档出演话剧，我已经答应了！”

当君怜听到话剧的时候，就已经暗感不妙，但仍强自镇定地虚弱一笑：“我会去捧场的……”

谁知梵音连连摆手：“呵呵呵……不用了，班主任让我随便从班里的同学中挑一位，我就选你喽！哈哈哈，怎么样？我知道你很高兴啦，凭我和你之间的感情你就不用特意谢我了，我这人一向是很谦虚、很乐于助人的啦……”

君怜好半天没有反应过来，她振作地笑了笑，勉强安慰自己刚才一定是听错了，又或者是梵音在和她开玩笑。她平静地求证道：“你刚才说什么？”

梵音笑容可掬，很乐意重新告诉她这个“好消息”：“学校校庆那天，我要你和出演一场话剧！很高兴吧，我给了你出名的机会耶！呵呵呵……”竟然还大言不惭地卖起人情来。

“我不干！”君怜非常干脆地拒绝。他以为每个人都和他一样那么爱出风头啊！

“不干？”梵音邪气地挑高眉毛，“你当然可以选择不干，可是后果你要自己负责噢！”

君怜防备地看着他：“你这是什么意思？”

“你难道忘记了吗……呵呵呵，你现在只是‘梵音所有物’，下一次就不知道是‘梵音亲亲小女友’还是其他的什么了……你可要考虑清楚噢！”

君怜气闷，就知道他的狗嘴里吐不出象牙来！再三思量后……“我答应！但是如果你要是再给我惹什么麻烦，可就别怪我出尔反尔！”

“人格担保！”梵音拍拍胸脯保证道。

话音刚落，梵音立刻遭来君怜的一记鄙视。还人格担保呢？他大概是她所认识的人当中最没品的一个了！爱记仇，喜欢惹是生非，将自己的快乐建立在他人的痛苦之上，说话出尔反尔，字烂得惨不忍睹……除了有一张人见人爱的俊俏脸蛋，还有成绩好得超乎众人的意料以外，她实在看不出梵音还有其他什么优点。

中午休息时间，梵音便带着她去参观学校的话剧社，没想到这个学校的话剧社挺大的。君怜好奇地左看看右看看，眼角突然扫到一个熟悉的人影。

“苍溪？”

“真巧。”苍溪优雅地淡笑，“梵音公子。”

梵音懒洋洋地掀起眼睑，似乎对苍溪出现在这里一点都不意外。“无巧不成书，不是吗？”说完，他径自擦过他走了过去，君怜抱歉地对着苍溪笑了笑，追上梵音。

“梵音，你好像不喜欢苍溪？”

“不是好像，是根本、一点都不喜欢看到他！”

“为什么？”

“你问那么多口渴不渴？”梵音翻了个白眼，当看到眼前的人时顿时止住脚步。

“越朔夜？为什么你也在这里？”

越朔夜好像听到了刚才他们与苍溪的对话，酷酷地丢下一句：“无巧不成书！不是吗？”

为什么他感觉越朔夜的眼睛在笑？梵音瞪了一眼过去。

君怜在一旁吃吃地捂嘴直笑：“‘明远三公子’要一起演话剧吗？那这真是不可错过的好戏啊！”

“是吗？不过你可别忘记了，我的搭档是你！”梵音幽幽地在她耳边提醒了一句，很满意地看到君怜的表情变得僵硬。

笑眯眯地拍了拍她的头，梵音难得亲近女生的动作引来话剧社众人的目光。君怜憋了一肚子的气，众目睽睽之下只能让梵音毛手毛脚地对她捏来拍去。吃过亏的她深知如果她现在反抗的话，梵音不知道还会做出什么令大家惊奇的举止。

“真乖啊！”梵音用指尖轻绕着她的发丝，贴着她的耳际笑出了声。

然而没有人注意到，一旁的越朔夜将眼前的一幕尽收眼底，黑色风暴在他的眼底开始慢慢汇集……

一声哨响，打破了话剧社所有人的动作。林老师修长的身影出现在舞台上面，他拍了拍手，示意大家过来。

“好了！大家先暂停一下。”他扫视了一下眼底的人员，露出满意的微笑，“十年一次的校庆还差一个星期就要开始了，我们话剧社要拿出精彩的节目来在校庆上表演，大家发表一下各自的意见！”

台下的学生立刻交头接耳地谈论起来，君怜趁别人在讨论的时候压低声音询问：“林老师是话剧社的？”

“你不知道？”梵音表情怪异地看了她一眼，突然想起君怜刚刚才转到这个学校没有多久，便告诉她道，“林老师不是话剧社的社长，话剧社的社长另有其人。学校的社团一般都是由大家推选出来的学生担当社长，不过林老师是教务处的，他负责学校所有的社团。”

“喔。”君怜点头，“我有一个疑问！”

“什么？”

“我和你，还有苍溪、越朔夜，并不是话剧社的成员吧，为什么要出演话剧？”

“难道你不觉得‘明远三公子’只要随便往台上一站，就可以引发大家高涨的热情吗？虽然我个人认为只要我一个人站上去就可以赢来鲜花掌声无数，但做人要谦虚这点最基本的道理我还是懂得的！给他们两个一个表现的机会，他们应该还要谢谢我才是！”

“你脸皮真厚！”

“谢谢！”

君怜再一次为梵音的厚脸皮哑口无言。而那边，已经有社员在热烈地提议：

“我建议演莎士比亚的《罗密欧与朱丽叶》！”社员甲提出第一条方案。

“俗！”梵音双手抱胸地泼着凉水。

“的确够俗！”君怜难得与梵音意见一致。

“我们可以改编《罗密欧与朱丽叶》！”社员乙说道。

林老师沉思了一下，看了看梵音，把问题丢给他：“梵音，你的意见呢？”

梵音叹了一大口气，摇头道：“老师，这部经典已经被改编过无数次了，所以我觉得无论怎么改，怎么换，同学们观看的兴致都不会很高。”

“我也是这么觉得。”林老师点头表示赞同他的说法。

“那我们要演什么话剧，才够创新，同学们才会喜欢看？”

台下无人回答，每个人都在脑子里思索。君怜看了看四处，如果她现在悄悄溜走，那会不会有人发现？

“君怜同学，你有什么好的提议吗？”林老师大概发觉她探头探脑的样子，以为她有话却不敢说，鼓励地望着她。

君怜隐约可以听到旁边梵音的闷笑，他知晓她一向不喜欢引人注目，现在却因为无意识的举动引来众人“关爱”的眼神，恐怕肠子都悔青了！

“我……我……”被众人的眼光紧紧盯着，君怜的身上像爬满了小虫子一样，浑身都不自在。

“没关系，不用害怕，说不定你的提议非常好呢！”很久没有见到这样害羞的女同学了，林老师竭力鼓励她说出自己的看法。

“随便说一个吧！”梵音刻意压低的声音传入她的耳里。

君怜得到鼓励，想也不想地脱口说道：“《那小子真帅》！”

“什么？”众人惊奇不已。

林老师不解：“《那小子真帅》？那是什么？”

“林老师，我知道！《那小子真帅》是一本很好看的韩国网络小说！”台下有女孩子喊道。

君怜以手遮脸，小心翼翼地继续说道：“我……我觉得那个小说很好看，人物个性都非常鲜明，很适合用来演话剧。虽然与传统的话剧相比，演出来的效果也许会不太理想，但是……但是我觉得起码大家都会抱着一种期待，甚至可以说是兴奋的心情来看这场话剧。”

“我赞同！”梵音大大方方地投了君怜一票。

这句话像引发热潮一样，台下立刻有女孩子尖叫表示赞同。

“我投君怜一票！”

“我也是！”

话剧社要排演《那小子真帅》的消息顿时传遍整座校园。

其中最兴奋的，就数那些本来就经常把霸道美男子“智银圣”挂到嘴边的花痴女生们，现在听到学校准备在校庆那天出演话剧《那小子真帅》的消息，怎能不令她们激动万分，眉飞色舞。

君怜咂舌，她也没想到自己无意识的一个提议竟然引发了大家空前高涨的热情。看来，《那小子真帅》窜红的速度以及影响力不容小视。

“哇，智银圣！谁来扮演智银圣？我们的‘明远三公子’中是谁来扮演智银圣？”

“一定是梵音公子！”梵音的支持者毫不犹豫地说道。

“不对！是越朔夜！”越朔夜的支持者反驳道。

“或者是我们的苍溪同学也说不定噢！”苍溪的支持者也不甘落后。

“不管哪一位！反正都是赏心悦目的帅哥！”不知道谁说了一句公道话，大家转念一想，对耶！反正“明远三公子”中的梵音、苍溪、越朔夜，无论哪一位扮演“智银圣”这个角色，大家都不会有意见。

“那由谁来扮演‘韩千穗’这个角色？”有一位女学生疑惑地问着大家。

大家面面相觑。目前她们只听到学校话剧社决定要在校庆那天公演《那小子真帅》的消息，还并没有听说角色有定下来。

“我们去话剧社偷偷打听一下好不好？”

“好！”

“咦？君怜同学，你要不要一起来？”

“啊，我不去……”

“来吧，别这么不合群！”

君怜的话未说完，就被两个女生拽了过去。

一干人等偷偷摸摸地将话剧社的门打开一条小缝，悄无声息地溜了进去。

“哪个？在哪里？”

“啊啊啊！我看见苍溪了！”

“越朔夜！越朔夜在那边！”

“咦，梵音公子在哪？怎么没有看见他？”

“好可惜，我最喜欢梵音公子了，以为来这里可以见到他一面的。”

君怜暗叹了口气转过身，结果差点没吓了她一跳。

她拍了拍受了惊吓的胸口，诧异地看着身后突然出现的梵音：“你怎么在我们后面？”她以为他在话剧社里。

梵音无辜地看着她说道：“我刚进来，就看你们在这了！”他兴致勃勃地靠近那几个正趴在椅子下偷看的女生……

“你们在找什么？”他好奇地问道。

“梵音公子！”

“找我？”他以手摸了摸下颌骨，喃喃问道，“你们几个找我有什么事情吗？”

其中一个女生不耐烦地回头道：“不是找你！我们是在找梵……梵……啊——”突然拔高的尖叫声引来大家的注意力。

几个女生都低着头，涨红着脸蛋。

“咦，她们怎么不说话了？”梵音感觉奇怪地问着君怜。

为什么她会认识这个白痴？君怜有种无语问苍天的冲动，人家明显是在害羞！“她们想知道谁来扮演《那小子真帅》话剧的角色。”

“《那小子真帅》话剧的角色？不是还没有确定吗？”梵音从后兜里抽出刚才出去买的韩国小说《那小子真帅》，翻了翻，“智银圣，韩千穗……这是爱情小说？”

“本来就是爱情小说，不然你以为是什么？”君怜用眼光鄙视他。原来还有白痴没有看过这本畅销小说，真想踹他一脚。

“我本来以为这是热血少年励志类的小说。”梵音把书翻了翻，掂量了一下，吐了吐舌头！哇靠！好厚的一本书啊，当砖头砸人估计也可以把好好的一个人砸成脑震荡。他才没有那个耐心看完。

他翻开第一页的简介：智银圣是尚高的高中生，家境富裕、相貌出奇的俊秀，是尚高有名的“四大天王”之一，因为家境的缘故，他性格暴躁、桀骜不驯、充满了叛逆意识。花样美男兼叛逆少年智银圣由此具备了令所有少女为之疯狂的因素，所到之处尽是女生们炙热的目光。韩千穗是女高的学生，长相平凡，但充满了活力，活泼可爱……

“似乎是本不错的小说。”梵音“啪”的一声将书合了起来。

“男主角从‘明远三公子’中挑选这个是毋庸置疑的，话剧社的男成员个个长得都像车祸现场，不但会强暴大家的眼睛，而且还会强暴大家幼小且脆弱的心灵。所以说，‘明远三公子’是难得一见的善良的天使，拯救了各位的眼睛和幼小且脆弱的心灵！”

君怜险些没有吐出来，他什么时候能停止吹捧自己的无聊举止？

“至于女主角韩千穗，不如我们来公开挑选吧！这样大家也好热闹热闹。”梵音笑眯眯地看着几位女生。

几个女生对视着看了看，其中一个女生大起胆子问：“你的意思是，无论是谁都有机会？”

“那当然！公平竞争！”

“啊，太好了！”几个女生高兴地搂成一团。

只要不是我就好。君怜无所谓地想。

看着眼前几位兴奋的女生，她的意识渐渐飘了出来：维维现在也不知道在家干什么？大概是在看电视吧……老爸好久都没有和她联系了，打他手机也没有人接，心里不免有些担心，真想回阜南一趟看看……

梵音用手指弹了一下失神的君怜的额头：“喂，君怜！你在想什么呢？”

“老爸！”眼前梵音干净的微笑突然与老爸的微笑重合了起来，君怜脱口叫了出来。

梵音石化。

他……他他他……他长得像是父字辈的人吗？他这张俊俏的脸蛋无论怎么看都是人见人爱的万人迷脸蛋啊！他保养得那么好……

梵音哀怨的目光像背后婴灵一样一直紧紧缠着君怜，君怜缩着脑袋布置着话剧社的会场，担心一个回头不小心对上梵音怨念十足的目光。

幸好梵音哀怨的情绪持续得不长，大概刚才那几个女同学将话剧社要从全校挑选《那小子真帅》的女主角的消息散播了出去，很多女生跑到话剧社询问。梵音正在微笑地回答着，只不过笑容有些僵硬。

君怜疑惑地挑眉，通常梵音露出这个表情的唯一可能性就是……她端着一杯开水，穿过重重“包围圈”将开水递给梵音，小声地询问：“怎么了？被吃豆腐了？"

梵音无比僵硬地点了点头。现在的女孩子都好开放，热情得真让他招架不住。她们时不时地就挤到他身上，而且还乱摸他……这么多"狼手"，他也找不出是哪几个女生"色胆包天"地敢吃他梵音公子的嫩豆腐，不然他非整死那个吃了熊心豹子胆的家伙！

君连深感同情地也摸了他的腰一下，手感不错……难得整到梵音，这么好的机会她怎么可能放过！哈哈哈！

"噗——"梵音将口里的白开水喷了出来，瞪了一眼眼前正妩媚地朝他眨眼的君怜。

她她她……她竟然乘机揩他的油！

真是……忍无可忍，无须再忍！

梵音眉毛一挑，一个反手将君怜禁锢在怀里，眼底流窜着恶魔的光彩，提高嗓音宣布道："我决定了！《那小子真帅》的女主角就是君怜！"

"梵音——"君怜在众女生难以置信的惊呼声大声尖叫。

最终，在君怜拿着话剧社的长刀道具追着梵音砍了十多分钟后，梵音才同意按照君怜的方法来抽签决定。

凡是学校中的女生，有意报名参演《那小子真帅》话剧公演的韩千穗，都可以参加抽签。近四十个女生跃跃欲试，参加报名。

君怜准备了三十七张支签，其中三十六张签是空白的，只有一张签条上写着"韩千穗"这三个字。不管谁抽到上面写着"韩千穗"的签条，《那小子真帅》的话剧女主角就由她来扮演。

为了以防万一，君怜在制作签条的时候顿了一下，故意在写着"韩千穗"三个字的那张签条上做了一点只有自己才能看懂的手脚。

她是绝对不会抽中这只签的！

"我来做公证人吧！"苍溪轻柔地将签条拿了过来，温柔地看着君怜，"可以吗？"

"当然可以！"君怜毫无异议。

报名参加的女生纷纷抽出了自己选中的签，君怜在旁边慢悠悠地喝着茶，梵音却像是比她还着急，一个劲地催她快点去抽签。君怜看到被她做了手脚的那张签条已经被其中一个相貌很可爱的女孩子抽中，这才走过去随手拿了一张签条。

“好了，大家都抽完了，现在抽了签的同学把手里的签条打开来看。”苍溪道。

周围的女生听到这句话个个都抱着兴奋的心情将签条打开，看到自己抽中的是一片空白的时候难掩失望地叹着气。君怜一直等着刚才她看到抽中她做了手脚的签条的那个女孩子兴奋地大叫，可最终却惊讶地发现那个女孩子同样是失望的脸色。

怎么回事？应该是她抽中的那张签啊。君怜疑惑地看着那个女生。直到大家都看完了自己的签条，女主角韩千穗还没有出现。很多人的目光已经好奇地注视着君怜。

君怜的心里有点发毛，梵音催促她快点把签条打开来看，她挡住他的动作，心里念着这是不可能的事情……然后缓缓摊开自己手中的那张签条，映入眼帘的赫然是那三个大字——韩千穗！

君怜的脸色顿时惨白！她迅速地翻看手里的那张签条的背面！背面上没有她做的标记。

这张签条不是她写上“韩千穗”三个字的那张！

“韩千穗……”

这绝对不是真的！是谁？

有一种奇怪的念头从君怜的脑中一闪而过，迅速得让她抓不住一丝头绪。

“哇！韩千穗，韩千穗，是君怜！君怜抽中了！”梵音兴奋地自动当起“喇叭播报站”，边说边准备扑到君怜身上。君怜瞪大眼睛，连忙蹲了下来。

“扑通——”一声巨响。

梵音一不小心“扑”到台下，似乎撞到了什么硬的东西，昏了过去。

好险，幸亏她闪了过去。

苍溪镇定自若地招来两个孔武有力的男生，正准备要将昏死过去的梵音抬到校医务室的时候，几道简直可媲美日本忍者的黑影冲了过来。转眼间，众人还没有明白是怎么一回事的时候，梵音已经消失了。

君怜沉默。

抢劫？绑票？光天化日，朗朗乾坤之下……竟然……竟然有人挺身而出为民除害！真是老天开眼啊！梵音，明年的今天我会想起你的（君怜在祈祷绑匪撕票！）！

直到林老师说了一句："噢……梵音家的保镖速度仍然这么快……真是训练有素啊。"君怜这才恍然大悟，原来刚才那几个人是梵音家的保镖。看了下周围的同学，果然都是一副见怪不怪的样子。看来这样的情形也不是第一次出现了。

君怜把抽中的签条交给苍溪。

苍溪看了下签条，笑着道："你真幸运，不过该你的，总是逃不掉。"

她真是不幸……到底是谁做的手脚？这一招偷天换日着实诡异，骗术吗？还是……真的有什么意外的东西存在她的周围？

君怜紧紧盯着苍溪细微的表情，却没有发现一丝线索。

"你在看什么？"苍溪感觉到她的视线，微笑着问。

"呃……有没有人告诉过你，你的笑很像一种动物……"

苍溪的笑僵硬了一下："像什么动物？"

"狐狸！"苍溪的笑的确很温柔，足以让人对他卸掉任何防备之心，可他的笑就像是一种面具一样，微笑下藏着狐狸的狡猾，如果不仔细观察的话，根本就看不出来。她还没有看过苍溪生气、愤怒等等除微笑以外的其他表情。

是不擅长表达感情？还是在用微笑来掩饰感情呢？

"像狐狸吗……"苍溪看着被林老师叫去的君怜，嘴角露出一抹阴冷的笑意，"是否该夸赞一下你的观察力敏锐呢？我的猎物……"

因为"明远三公子"中的梵音头部受伤，所以《那小子真帅》的男主角"智银圣"的角色只能从苍溪和越朔夜当中挑选一位，最后大家一致认为越朔夜比较符合冷酷俊美的"智银圣"这个角色。

《那小子真帅》话剧。

男主角：智银圣——越朔夜；

女主角：韩千穗——君怜。

杰克斯——我们"中西冥界文化交流中心"的特别代表，打着一把大黑伞游荡在城市里，一个身高一米九二，褐发蓝眼睛的外国男子走在大街上本来就够引人注目的了，更何况他的手里还举着一把大黑伞。

"不知道能不能赶上晚饭……"他喃喃自语道。周遭朝他投过来的奇怪眼神令他不自觉地咧嘴笑了一下，顿时空气中充满了粉红色的暧昧气息。女孩子个个红着一张苹果脸羞答答地垂下头。

“好像有一种职业很适合我耶！”杰克斯吹了一个口哨。他这种外国货似乎在中国很吃香……那种职业就是小白脸……

突然想到长老黑黑的脸色——杰克斯，你如果敢做出有辱吸血鬼尊贵血统的事情，你就等着禁闭三千年吧！

三千年，就呆在那座黑暗的黑塔里，那是一种对吸血鬼无比严厉的酷刑！尤其对热爱四处乱逛的杰克斯最为有效。

“房租……房租……”为什么他这个客人还要付房租？那栋房子不是鬼屋吗？一直以来都是维维住在那里，现在却突然来了个君怜成为了那栋鬼屋的户主，他就从可以白吃白住的客人变成了要付房租的房客。这让他郁闷得快要掉渣了！

转了几条街，没有找到合适的工作，杰克斯只得回去，虽然他道行不低，但太阳的光线和夏日空气的热度还是让他感觉很不舒服。

吸血鬼果然还是只适合夜晚生存。

“杰克斯，你回来啦！”维维看着他没精打采的神情，猜测他没有找到工作。顿了一下，维维才小声地告诉他：“怜已经回来了。”

“噢……”他决定了，君怜若是敢开口问他要房租的话，他就露出獠牙，吸她的血！兔子急了还咬人呢！更何况他这个吸血鬼的级别比兔子高多了！

“怜，吃饭。”维维把饭菜摆在餐桌上，君怜放下手里的《那小子真帅》，因为周日就要排演话剧，所以她必须要重新看上几遍。抬头看了一眼杰克斯，她没说话，低头快速地开始扒饭，似乎非常饿的样子。

她好像已经忘记了房租的事情。杰克斯看了维维一眼，维维摇了摇头，示意他不要开口比较好。

唉，为什么他和维维两只道行高深的鬼要听一个小丫头的话？

“杰克斯。”君怜突然抬头喊了一声。

……他料错了，君怜果然还是没有忘记房租的事情。

“你英语程度怎么样？”

英语？杰克斯愣了一下。“我出生在英国的小镇，英语当然非常好。”如果要真的说起来，他不仅会英语，汉语、俄语、西班牙语、印度语、印尼语、阿拉伯语、孟加拉语、葡萄牙语、德语，以及被称为世界上最美丽的语言——法语，因为他喜欢满世界乱逛的原因，这些常用的语言他是样样精通。

这大概就是做吸血鬼的唯一好处吧，时间多得用不完，学习这么多的语言，他大概花了五百年的时间搞定。剩下的就是到处乱玩。只不过他最喜欢来的还是中国。中国的美丽，中国的神话传说，中国的一切一切，都让他着迷。

"那就这样决定了，你教我英语，抵消你的房租！"君怜道。

开学近半学期，君怜开始对功课感到吃力，尤其是理科部分。学校暂时还没有分科，听说这个学校到高三才分科。她的英语尤其差，可英语是必修课，如果过不了，大概连毕业都成问题。

老爸……她今天回来的时候又给老爸打了一个电话。

老爸的手机已经停机。

五一那天学校举行校庆，君怜决定校庆后就回家看看老爸。

一点都没有睡意地躺在床上，君怜突然好奇维维睡在哪里。蹑手蹑脚地轻轻打开房门，一个毛茸茸的东西掉在她的头上，君怜以为是什么虫子之类的东西，尖叫着拍下来。这才看清楚是一只蝙蝠。

"啪——"蝙蝠被甩到了墙上。

"你在发什么神经啊！"杰克斯幻化成人类的形体，靠在墙边揉着被撞到的部位，抱怨地瞪着君怜。

"你从哪里掉下来的！"君怜恶心到不行，一只蝙蝠……蝙蝠掉到她的头上。

她想洗头！

"上面啊！"杰克斯指了指客厅里唯一的一台吊灯。

"你睡觉的时候怎么会变成蝙蝠？"还突然掉了下来！这什么蝙蝠啊，竟然还掉床？

"你有床吗？"他也想睡在温暖的床上啊！杰克斯又变回蝙蝠飞到吊灯上，伸出小爪子重新挂在上面睡觉。白天出去了一下，太阳的热度好像到现在还没有从他身上消退，令他昏昏欲睡。所以，今夜从吊灯上掉下来的次数比平常更加频繁了。

看他挂在吊灯上呼呼大睡，君怜也不敢开灯，怕打扰他睡觉。她慢慢地在黑暗中，向发光的地方走去。

维维身上的亮光在黑暗中格外的显眼，原来他一直睡在沙发上。君怜慢慢蹲了下来，看着沙发上的维维毫无防备的睡脸，那张脸干净无瑕，扇形的睫毛在他的脸上投下一层阴影。这么漂亮的男孩子，他的死一定令爱他的人非常伤心吧。

只要认识他的人，都会喜欢他吧。

连她也都不例外，轻易地就喜欢上他。她的防备心一向很重，即使对梵音，她也不把他当成朋友来看。可是对维维，她却很轻易地卸下心防，渐渐地喜欢上他。

小心地将他露在丝被外面的手放进去，君怜顿了一下，维维的体温冰冷得实在是不正常，不是死人的温度。只要碰到他的体温，君怜全身上下的寒毛都会不由自主地竖起来。那是由心到外的冷！

他是死在水里吗？

如果是死在水里的话，那就应该不能碰火，不能喝有热度的东西才是。可维维不仅可以碰火，还喜欢喝汤。

如果老爸真是对鬼熟悉的话，那她会请老爸帮她查一下维维的死因。

只不过她现在唯一好奇的就是，维维死的时候，到底多大？

君怜随手摸了摸包，不小心发现一个证件一样的小东西。君怜疑惑地抽出来，一看，原来是梵音的学生证。

这玩意怎么还在她这？

君怜嘀咕着，梵音把学生证交给她保管，未免也太信任她了吧。

上次自从梵音被忍者保镖抬走以后，这两天都没有见到他，听说是头部受伤……啧啧，那一下子可不轻啊，不知道有没有撞成脑震荡……

"维维，你在干吗呢？"大清早地就在看电视。

"看《早间新闻》！"

君怜愣了一下，这真是一只热爱时事的鬼魂啊。

"电视关了，把桌子收拾一下。"真是的，餐桌都还没有收拾就跑去看电视。

维维的眼睛片刻不离开电视："等一下再收拾。"

"家规！家规第一条——"君怜拉长嗓音。维维便"嗖"地一下子飘到餐桌前开始收拾。

真是乖啊！杰克斯变成蝙蝠，挂在吊灯上看着维维收拾东西。这家伙明明死了那么久，道行也不知道高到什么地步，怎么就不知道用法力来收拾呢?

“怜，单词写完没？”看着君怜从她房间里出来，杰克斯赶紧问道，目前他是她的英语家教老师。

“写完了，在桌子上。”

“你要去哪？”

“准备去学校，话剧社今天排练。”

“噢！”

君怜走过他下面，又退后了两步，抬起头看了看那盏平常只作装饰用的吊灯。“你不是有恐高症吗？”

“这点高度我尚可以接受。”平常变成蝙蝠的时候都是在墙上或者吊灯下睡觉。

“怪不得，小心别掉下来。”君怜难得好心地说了一句，然后低头从餐桌上拿起昨天杰克斯借看的《那小子真帅》，朝厨房里正在洗刷餐具的维维喊了一句，“我出去了。”

“好的。”维维看见她出去，使用念力将大门关上。

“今天天气不错啊！”有人说话的声音。

君怜奇怪地左看右看，寻找发声源：“是谁在说话？”

“我啦！是我啦！”杰克斯扑扇着翅膀引起她的注意力。

君怜扭头看着书包上面的杰克斯，惊讶地问道：“你这么在这？”

“就是刚才你让我‘小心别掉下来’的时候，我的爪子一不小心没抓牢，就掉到你书包上了……”杰克斯呵呵笑地解释着。

“你快回去，一会儿太阳更热，你会受不了的！”现在是早晨，太阳的热度并不大，但过一会儿就不一定了，君怜担心地看着他。前两天他在太阳底下没走两步就直挺挺地晕倒，害得她费了好大的力气才把他拖回家，让维维把他救醒的。

“不要！我跟你一起去学校！”杰克斯四仰八叉地躺在她的书包上，“家里好无聊，你把我放到书包里，不会有人发现的！”

“我才不要碰你，蝙蝠！”她还嫌蝙蝠身上会不会有什么不干净的东西呢!

君怜晃了晃书包，“喂，你快点回去啦！”

“不要！”

“我才不要带一只吸血鬼蝙蝠去学校！”君怜的俏脸隐隐透着黑色。她以为她看不出他心里打的是什么主意吗！

“你不带我去的话，我就自己去，学校里一定有很多美味的食物，新鲜的血液……”杰克斯一副陶醉的样子。

“Shit！”君怜咒骂了一声拉上书包，下定决心今天一定要看好他！

梵音一身名牌休闲服，懒洋洋地站在校门口堵人，君怜视若无睹地从他旁边走进了学校。

“站住！”

君怜回过头看着头部贴着创可贴的梵音，在心底遗憾他的受伤范围也太小了。最好毁容……省得他整天自恋个不停。

“干吗？”她不明所以地看着他。

“你你你……”梵音跳到她面前，指着头部受伤的地方，“你知不知道这是谁害的！”

君怜老实地摇头：“我不知道。”

“是你！”梵音气愤地指着她，他这么俊俏的一张脸蛋上留下疤痕怎么办！“若不是你闪开，我能撞到地上吗！”

君怜恍然大悟地“喔”了一声，凶手原来是她啊！

“都是你害的！我若是破相了怎么办！”果然是自恋一族。

君怜装出一副很诚恳、很愧疚、很心痛的模样看着他，道歉：“对不起，是我不对，都是我的错，请你原谅我！”

哪知道梵音的怒气还是没有消退。君怜感到奇怪，平时只要她道歉，梵音就很大度地不追究。这次是为了什么？

“道歉如果有用的话，那还要警察来干吗！”梵音清秀俊俏的模样竟然有一丝阴狠之色，“你一定要负责！”

负责？

“你害得我撞到头，‘智银圣’的角色竟然落到越朔夜的头上！”

原来是为了这个？可是当初是因为越朔夜和“智银圣”又冷又酷的性格很吻合，所以大家才一致投票给他的。所以，就算梵音没受伤也轮不到他啊。

君怜略微转移了一下视线，看着慢慢朝他们这边走过来的越朔夜。

梵音没有察觉别人的接近，他掏出一包粉末，小心地打开，不时伴随着阴险的奸笑，简直就像古装电视里的大反派。

“你知道这个是什么吗？”梵音邪邪一笑，将那包白色粉末放到君怜的面前。

“我不知道。”君怜对上梵音身后的越朔夜细长深邃的黑眸，迟疑着是不是要提醒一下梵音。

“是泻药！”

泻……泻药……君怜头疼地看着梵音，连忙给他使眼色，示意他不要再说下去。

偏偏梵音自顾自地正说得起劲，没有接收到君怜传递过来的眼色，连越朔夜站在他身后都没有感觉到，仍旧兴致勃勃地解说道：“对！只要越朔夜那个混蛋吃下这包泻药，我保证他上吐下泻，到时候，嘿嘿嘿嘿……”

梵音，你知不知道你笑得很阴险？

“会不会有副作用？”

“荣誉出品！质量保证！绝不添加防腐剂，而且不含 PPA！”梵音自信满满地保证道。咦，君怜的嗓音什么时候变得这么低沉了？

越朔夜得到答案，低下头，一口气将梵音手中的粉末吹到他那张俊俏的脸上。他讥讽地看着弯腰连连咳嗽的梵音，低沉的嗓音平静无波：“什么时候起，我们的梵音公子学会了使用这么卑鄙的手段？“

“咳咳咳——”梵音咳嗽个不停。完了，他吞下去了一些。真是太可恶了——“越朔夜，你这个小人！”

到底谁才是小人？君怜偏着头看着梵音。

“你还是去医院呆着吧。”越朔夜看了梵音一眼，然后转向君怜道，“林老师叫你到他的办公室去拿话剧剧本！”

“我知道了，谢谢。”君怜点了点头后快步朝林老师的办公室走去。上楼的时候她回头看了一下越朔夜和梵音……是不是她的眼睛出了问题？为什么她看到越朔夜正小心翼翼地查看着梵音头部受伤的地方？而梵音正拼命地挣扎着想脱离他。

“那小子是谁？”杰克斯的声音传来，想必刚才的情形他都看到了。

“哪个？”

“叫越朔夜的那个！”

“是我同学，另一个叫梵音的也是我的同班同学。”君怜扭过头看着杰克斯深思的表情（说实话，一只蝙蝠能做出这样的表情，有点搞笑……），问他道，“怎么了？有什么不对的地方吗？”

“我感觉那个叫越朔夜的少年的气息和维维有点像！”杰克斯说出自己心底的疑惑。

君怜被他的猜测吓了一跳：“你是说，越朔夜也是个幽灵？”怎么可能！

“不是，我没有说他是个幽灵，我只是说他和维维的气息有些相似。”杰克斯强调。

“你是狗鼻子吗？用气息来判定人和幽灵的相似程度？”

杰克斯不满地飞到她的头顶上：“我是说真的！”

“下去！我早上刚洗的头！”竟然飞到她头上，太得寸进尺了吧！

她瞪着眼前扑腾着黑色小翅膀的吸血鬼蝙蝠，眉毛挑得高高的：“喂！你不会觉得有些不对！”

杰克斯在楼道上空飞来飞去：“哪里不对？”

“蝙蝠在大白天出现，别人还以为出现异常了呢！”

“耶？”是这样的吗？杰克斯的脑门上出现一滴大汗。他还真忘记了，蝙蝠是夜行动物。

君怜扔过来一句建议：“你就不可以变成什么蝴蝶、蜜蜂、苍蝇或者蚊子之类的吗？”

杰克斯很为难地看着她闷闷地说道：“西方的变化术并不像你们东方那么多。我只能变成蝙蝠。”

“那算了，你书包里呆着吧！”君怜没有怜悯之心地将他关到书包里，丝毫不理会他的抗议。

“放我出去，我要出去‘觅食’！”

“休想！”这里是她的学校！她就知道他心怀不轨！

“我已经很久都没有喝到血了，拜托——”

“我会让维维今天给你做番茄汤！”

“恶，我都吃到吐了！”

“活该！”谁让你是一只吸血鬼的？

越朔夜等人已经在话剧社里，苍溪正在和几个话剧社的成员一起布置着会场。梵音涨红着脸蹲在一旁双眼冒火地瞪着神色淡漠的越朔夜，三秒钟后犹如火烧屁股一般向话剧社外面冲去，边跑还边大叫：“我要回家！”

君怜望着渐渐远去变成小黑点的梵音，耸了耸肩膀，那家伙一定是刚才吃下的泻药药效开始发作了……不过这样也好，排练的时候少了梵音，会顺利很多！

见她来了，越朔夜不急不徐地向她走来，看到她手里的话剧剧本便问道：“拿到了？”

“嗯。”君怜点了点头，翻开手里的剧本……她开始有些紧张，如果演砸了怎么办？

“今天从第一场开始排演，你背下台词吧！”越朔夜说完便转身离开了。

其实……他也并非像大家所说的那样冷淡嘛！君怜盯着越朔夜的背影想道，然后低下头开始背台词……呜呜呜……可不可以换人啊……这么多台词，她记不住啊！

剧本很明显地已经改过，很多大幅度的跳跃式情节。《那小子真帅》开头的第一节“第一次交锋”删除，直接跳跃到第三节“初识尚高四大天王首领智银圣”。

君怜正痛苦地背着台词。苍溪的声音隐含着笑意传了过来：“慢慢来，不要急。今天才第一次排练，你不用全部记下来。”

“啊？噢！”君怜好奇地问着他，“你扮演什么角色？”

“我？”苍溪绽放出一个迷人的笑容，就连眼睛都笑得弯弯的，显示出他的心情很好，“我是旁白！”

“耶？”旁白耶！

“好了！开始排练了！”林老师喊了一声。大家开始各就各位。

君怜的表情犹如被推上断头台上的死囚一般面无血色。她拖着蜗牛步慢吞吞地走上舞台，一屁股坐在道具椅子上。身后一位相貌俊秀的男社员戴着长发，扮演的是“美容院大姐”。

“哎呀，千穗，最近可变漂亮了不少啊！”“美容院大姐”娇笑着道。

君怜顿时一阵恶寒,全身上下的鸡皮疙瘩早就已经纷纷“起义”,抗议“美容院大姐”的罪过——为什么“美容院大姐”这个角色要找男的来扮演?呜呜呜,找个男生来扮演也就算了,更恐怖的是,为什么他非要学女孩子说话?身体还努力扭来扭去,显示出“她”的“曲线美”……呕!她想吐了!

君怜努力装出一副故作姿态的模样:“哪里有。”

“我说有就有!喔呵呵呵!”

然后一顶塑料帽子罩到了君怜的头上。接下来轮到越朔夜出场了。

“当啷……”

苍溪旁白:我眯起自己圆圆的眼睛,进来的是三名男生,不过这不是重点,重点是他们长得太帅了。一下子在我眼前出现三名帅哥,我感觉有点头晕。他们三个都顶着一头醒目的黄发,明天就要开学了,我猜他们肯定是为了把头发恢复成黑色而来的。果然,美容院的大姐也有和我一样的想法,且听他们在一旁的对话——

“美容院大姐”:请问您是想染黑吗?

“智银圣”(越朔夜扮演):“不是,我想剪短。”

“美容院大姐”:“这样啊,我还以为您想褪掉染料呢!”

“智银圣”(用手比划):“不用了,剪短一些就可以了,短一点。”

然后“美容院大姐”又过来“摧残”君怜的身心,“美容院大姐”(温柔地问):“千穗,你是要上药水长期拉直,还是只是用直板夹夹一下?”

君怜差点没吐出来。这个男生也太入戏了吧?她继续虚弱地背着台词:“上药水拉直吧。”

下面已经没有“美容院大姐”的台词,君怜总算得救了。

“喂,你是女高的吧?”排演捣蛋鬼的配角一出场。

“韩千穗”(以手指着自己):“我?你是在和我说话吗?”

配角一:“就是说你!”

“韩千穗”:“你想干什么?”

配角一(阴险地笑):“没什么,我只是随便问问。”

“韩千穗”:“我是女高的。”

配角一(兴奋地大叫):“银圣!就是她,就是她!”

配角二(疑惑不解):“你说什么啊?”

配角一:"她是女高的,就是'大集合'上的那个！那次摔了你电话还在电话里骂你的。"

"智银圣"修长的身影走了过来。

"智银圣":"喂,把头转过来！"

因为他的声音是从背后传过来的,加上他的身影几乎笼罩着她,几欲窒息的感觉将君怜团团围绕起来,害得君怜不由得紧张起来。

越朔夜按照剧本上的动作描写开始排演——"那小子一把将挡住我脸的塑料帽子推到后面,伸手握住我的下巴,然后手微微用劲往上一提……就这样,我终于和他有了第一次的面对面。"

君怜的下巴仍旧被越朔夜握住,她仰着头,瞠大双眼,脑袋里一片空白。因为她看见话剧舞台上空的大吊灯朝着自己所在的方向坠落……越朔夜仿佛也察觉到不对,顺着她的视线朝上空抬头看,于是在众人的惊呼声中,连忙将君怜护在自己的身下。

刺眼的亮光呈保护圈状,将越朔夜和君怜罩在亮光之下。众人的眼睛被强烈的亮光刺得连忙闭上。再次睁开的时候,大吊灯已经粉身碎骨地摔在剧台上。令人费解的是,越朔夜与君怜竟然安然无恙。

林老师连忙和大家围了上去,七嘴八舌地问道:"有没有受伤?"

"到底发生了什么事情?"

"怎么了?"

"吊灯为什么会莫名其妙地掉下来?"

君怜心有余悸,她……如果不是越朔夜,那么她现在应该是被送往医院的路上,或者已经死了。

越朔夜仿佛察觉到她的恐惧,伸手握紧她的手,给她几欲倒下的身体注上一股温暖的力量。他漆黑如子夜的双眼对上她,沉声问:"你有没有受伤?"

君怜捂着加快跳动的心脏,说不出话,只能摇摇头。她没有受伤,可是被吓到了。

有人在收拾着吊灯的碎片,也有人爬上去检查了吊灯为什么会掉下来。君怜的手仍在发颤,只能用微笑一一告诉林老师和大家她没有事。过了好一会,才缓缓抬头向越朔夜轻声道谢:"谢谢你救了我。"

"你好好休息。"越朔夜仰头看着剧台上空,听到她的声音,才冷淡地说了一句关心的话。然后他皱紧眉头，缓缓移开视线，双眼一眨都不眨地瞪着苍溪，冷眼挑眉询问："是你做的？"

苍溪没有任何表示，转身离开。越朔夜看了君怜一眼，踌躇了一下，尾随而去。

后台，越朔夜拦住苍溪的去路，厉声询问道："刚才是不是你做的！"

苍溪笑得像只狐狸一样的面具，看着他道："是又怎么样呢？"

"你——"

"我怎么样？反正你也斗不过我。"苍溪挑衅地看着他道。

"我是斗不过你，难道你就不怕'他'会生气吗？"

苍溪的表情微变："你见到'他'了？"

越朔夜既不点头，也不摇头，没有表态。

"你还是没有找到'他'，对吧！"见他没有回答，苍溪反而确定地下出了结论。

"哼！我警告你！不要再动君怜一根毫毛！"越朔夜没有反驳他的话，只是冷着一张足以吓死人的俊脸警告他。

"呵呵……真是天真啊……"苍溪像是讽刺他一般轻笑了出声，"难道你忘记了吗？君怜永远活不过十八岁，即使你这样保护她，也救不了她，这就是她的命啊。哈哈哈，我若要想让她死，哪怕十个你，也是阻拦不了的！"

越朔夜的拳头紧握，刚才他为了保护君怜，体内仅存的一点"力量"险些消耗殆尽。他诧异地看着苍溪将"力量"缓缓传到他的体内："你不用假好心！"

"假好心？师侄你这么说，可真是让我伤心啊，我也是很疼你的。"苍溪见他恢复得差不多了，这才停止自己的动作。

待两个人离开，后台恢复一片寂静后，才有个金发蓝眼的高个子家伙缓缓推开门。隐约可以听到他的叹息："君怜会活不到十八岁吗？……恐怕有人会伤心欲绝了。"

君怜推开家门，看着失神的维维。

"怜？"

"是我。我回来了。"君怜对他笑了笑，诧异地问道，"杯子怎么摔碎了？"

"我不小心……对不起……"维维连忙低头认错。

“是吗……维维,我能抱抱你吗?”

君怜的话将维维吓了一跳,他伸手摸了摸君怜的额头:“怜?发生了什么事?”

“没事!”

维维缓缓将君怜抱住,感觉到她在颤抖。“怜?你在害怕?”

“没有。”

“你在哭吗?”

“没有。”君怜的声音里分明可以听出她在哽咽。

维维一动也不动地抱着君怜,见她渐渐沉睡,才敢放松力道,他轻轻地许诺道:“怜,无论如何,我都会想办法保护你的。”

……

半夜,一道高分贝的惨叫传入周围左邻右舍的耳中:“天杀的杰克斯,他现在还在学校!”

Chapter 05
吸血遇阻碍

好凄厉的叫声啊！

半夜突来的一声惨叫让变成蝙蝠的杰克斯的翅膀震动了一下，他缩了缩毛茸茸的脑袋嘀咕道："深更半夜的，叫什么叫嘛，我早就回来了啦！"

他可是生活很有规律的吸血鬼耶！

不过今天那个活泼可爱的男生……看上去真是美味。想着今天看到的那张俊俏的少年脸蛋，杰克斯不由得舔了舔下唇，那么活泼鲜嫩的"食物"，只好梦里与他相会了。

一大早，君怜的脸色就是黑黑的，让她找到杰克斯那只死蝙蝠他就死定了！君怜随便吃了点早餐就要往学校冲，维维正拿面包喂着两只老鼠，看着她慌张的模样诧异地问道："怜，你要干吗？今天学校不是放假吗？"

"杰克斯那家伙还在学校，我去把他拎回来，回来再修理他！"嘴巴里塞着东西，君怜含糊不清地说道。

当看到杰克斯咬着牙刷站在她面前的时候，她彻底地愣住了。

"君怜，我昨天晚上就回来了……"杰克斯咬着牙刷，边刷牙边对着呆站在那里似乎打算生根发芽开花结果的"树桩"君怜说道。

"你怎么回来的？"

"太阳下山后就飞回来了。"

有人敲门的声音传了过来。维维起身就要去开门，君怜连忙飞快地抢在他前面。开玩笑！她可以看到维维，别人可看不到他，如果他去开门，别人还以为这房子闹鬼了呢！

打开门，看到的是刘婶手里拿着东西站在门前。

“刘婶？”君怜不解地看着她，“有什么事情吗？进来坐！”

“我……我还是不进去了……就站这里说……和你说两句就走……”刘婶边说边小心翼翼地往屋子里探头看了看。

“你住得……还习惯不？”刘婶的话似乎还有另一层含义。君怜听了有点想笑，她本来也很害怕，但是……

“还习惯，这里挺好的。”吃饭、打扫房间都有维维在收拾，省了她很多麻烦，等于免费收了一个保姆。

“那就好……”刘婶把手里的东西往君怜手上一放，“今儿个是端午节，这些粽子是刘婶包的，想你一个人在外面，大概不会弄，我便拿几个给你吃。这个是艾叶……你把它插在屋子里……可以……辟邪……”

辟邪？

君怜眨眨眼睛，拿着两支艾叶好奇地看了看，这玩意能辟邪？她屋子住着一个中国幽灵和一个西方吸血鬼，道行高深，一旦“中西合璧”起来绝对威力无穷，别说是艾叶了，洒黑狗血都不管用！

“谢谢刘婶。”

送走了刘婶，君怜高兴地转身进屋，把粽子递给维维：“你尝尝。”

“粽子？”维维也十分高兴，爱如珍宝地捧着粽子放在鼻尖闻了闻，“真香，我好多年没吃到粽子了呢。”

“啊啊，我也要。君怜，你偏心！”杰克斯在一旁哇哇大叫。

“这里有四个呢！看在你昨天在学校乖乖的，没有惹是生非的分上，奖励你一个！”君怜说着扔了一个粽子给他。

杰克斯心虚地低着头吃粽子，他是没有惹是生非，但是他已经在学校看中了一个美味可口的“食物”。他看中的“食物”，很少可以逃脱。因为长生不死的关系，所以吸血鬼的意志力超乎常人想象的坚定，尤其是对自己特别钟爱的食物。他曾经花了七十多年的时间与心爱的“食物”相处，直至喝干“食物”的血液。所以，他还会再次去君怜的学校，寻找那位俊俏可爱的少年郎！

“这艾叶插哪里？”君怜把艾叶放到维维的面前询问道。

维维嗅了嗅：“这是艾叶？应该插在房间门口。”

君怜暗叹一声，果然不出她所料，维维根本就不怕这些玩意。转身，君怜把艾叶放到杰克斯的头上，两只眼睛紧紧盯着杰克斯的反应。

“你这是干吗？”杰克斯的眼珠子往上吊……这玩意是什么？怎么没见过？

“有没有感觉不舒服？”君怜问。

“没有。”杰克斯拔掉头上的树枝，吃了一口粽子，他求知欲极强地继续询问，“维维，这个东西到底是什么啊？”

“艾叶！”维维笑着解释，“中国的端午节有吃粽子、插艾叶、挂菖蒲、赛龙舟等习俗。流传下来的习俗说这艾叶有‘辟恶驱邪’之效。”

“驱邪？”杰克斯吃东西的动作顿了一下，瞥了君怜一眼，道，“你拿这东西对付我？太侮辱我身为吸血鬼的尊严了吧！哼，我告诉你，我是外国货，你们中国的东西对付不了我的！”

“是吗？”君怜也不生气，转头轻描淡写地对着维维说了一句，“今天不要做杰克斯的饭了，我们家很穷的，能省点就省着点用！”

“是……是吗……”维维黑溜溜的眼睛里充满了怀疑，他们家什么时候穷到这种地步了？可在君怜充满压迫力的眼神之下，维维还是点头答应了：“好的，我知道了。”

杰克斯来中国的原因有一半其实是冲着维维的手艺来的，他很喜欢维维做的中国菜。听到君怜使出杀手锏，杰克斯“啊啊”惨叫了两声，连忙讨好君怜道：“啊，刚才我说错了，君怜，其实我是中国的幽灵。在我家的家谱上，我的祖父的祖父的祖父的祖父是从你们中国来的，后来出现基因变异……你要不要看我们家的家谱？”要看的话他可以给她变出一本来。

“我们中国的鬼可没有你这种垃圾品种。”君怜不屑一顾，基因变异……我还种族变异咧！他哄小孩子啊！

竟然说他是垃圾品种……我忍！杰克斯额头上的黑线排排站，要不是有灵力极强的维维保护着君怜，她早就被他吸干血，然后挂起来鞭尸一百遍啊一百遍！

“你在干吗？”君怜站起来踢了他一下。

“我在培养杀气！”

“神经病！”这家伙根本就不是基因变异，依君怜看，他是神经线搭错了，应该把他送到“不正常人研究所”！

杰克斯表示出一副不以为然的模样：“以你的智商，我很难跟你解释。”

有人找死！维维见势不妙，忙抱着小白和“肉团”离开硝烟弥漫的战场。

咚咚咚!

奇怪今天怎么这么多访客,平常可是连个鬼影子都见不到。

君怜疑惑地松开杰克斯,跑去打开门,然后惊奇不已地大睁着两眼瞪着来人,大叫一声,迅速堵上门:“有鬼啊——”

关上门,君怜冲进屋里:“快快快!维维,蝙蝠,你们快藏起来,有个小恶魔来了!”

“小恶魔?”杰克斯的眼睛闪亮亮的,是西方的恶魔?

“不是,是我的朋友,但是他绝对比恶魔有过之而无不及!”

“怜,放心吧,普通人是看不到我们的。”维维趴在桌子上把粽子分给小白和肉团吃。

门外。

“呵呵呵呵……君怜,我就是喜欢你这种连绵不绝的幽默感。”来人俊俏的脸蛋嘴角一扯,假装在微笑,可那眼神……如果眼神可以变成利箭的话,早就穿过厚实的门板射中君怜的心脏。“开门!”来人抬脚,毫不客气地开始踹门,“大爷我今天心情好,不和你计较。死女人再不开门,有你好看的!”

“梵音,你确定你今天心情很好?”充满怀疑的声音从门后面传了过来。君怜刚刚打开一条门缝,门就被梵音一脚踹开。

没错!来人正是梵音。

“好,非常好!我告诉你!我今天的心情真是好得不得了!”梵音一点不都不懂得身为客人的礼貌,一脚将门踹开后就将手里带来的粽子扔给君怜,然后开始怒吼:“越朔夜那个混蛋,我绝对不会放过他的!害得我拉肚子,一夜都没睡觉!你看看,我的眼睛,是不是有眼圈,是不是已经变成熊猫眼了?我准备把家搬到动物园,说不定还可以赚点门票钱!”

可怜的梵音。君怜看着他的黑眼圈充满了同情。不过这也怪不得别人,他纯粹属于自作自受!

“今天端午节,要不要一起出去看龙舟?”梵音说明来意。

“好啊!听说很热闹的。”君怜突然想起一件事情,“梵音,你的学生证一直在我这里,我拿给你吧。”

梵音的表情充满了惊奇:“咦,原来我的学生证在你这?我以为我又弄丢了呢,正准备向学校申请重新补办一张,为了申请学生证我不知道写过多少份检查了！”

君怜无言地望着他。原来……他早就已经忘记了……

杰克斯自从梵音进门以来，眼睛就一眨都不眨地死死盯着梵音俊俏的脸蛋，眼中露出狐狸看到鸡腿的那种绿幽幽的光……啊！这位少年就是他钟情的“食物”耶！记得君怜曾经告诉过他，这位活泼可爱的俊美少年名叫梵音……不愧是他的“食物”，连名字都起得这么好听！

没想到他还没有去找他，他就主动送上门来了！

“啊——”梵音尖叫了一声，“君怜，我的粽子怎么少了一个？”他明明带了六个，这么一眨眼就变成五个了？

“是……是吗……大概是你走路的时候，不小心弄掉了……”君怜狠狠地瞪了表情无辜的维维一眼。

“不是，是刚才突然消失的！真奇怪——”梵音百思不得其解地看着桌子上的那袋粽子，“我亲眼看到的，就在这里，一下子消失不见了。真的好奇怪！”

“不会吧……或许是你眼花了……”

赶快放回去！君怜头疼地低声对维维说道。

“我以为他已经把粽子送给我们了。我有点饿，所以就……”维维吐了吐舌头，手里捧着刚才从桌子上拿来正准备吃的粽子……那个俊俏的男孩子此刻正紧紧盯着那袋粽子研究，这叫他怎么放回去啊？

“好奇怪啊——”梵音纳闷不已，最后得出结论，说不定是因为他昨天一夜没睡好，才产生了幻觉。

可明明少了一个粽子啊！

见鬼了！

“粽子在我这里。”杰克斯现出吸血鬼的原形，只不过很乖地收了起来獠牙。他坐在对面嘴角含笑地看着趴在桌子前的梵音。

忽闻其声，梵音诧异地抬起头，刚巧对上一双湛蓝得像大海一样深邃的蓝眸，看上去就知道是位外国男子。

“你是谁？”梵音盯着他问道。他好疑惑，这人从哪里出来的？

“我叫杰克斯。”杰克斯微笑着回答他的问题。

“杰克斯？你为什么会在这里？你是君怜什么人？”希望眼前英俊的外国男子不要告诉他，君怜是他的妹妹。打死他都不会相信这无稽之谈！之所以猜测君怜是他的妹妹,是因为这位外国男子看上去相当的年轻,二十岁左右的样子。

听说君怜是被收养的,难道收养君怜的养父是位外国人?

“呃……我是君怜的朋友兼外语家教。”杰克斯的脑袋转得挺快,他可不能让“食物”对他产生怀疑。

梵音的视线来来回回地在杰克斯与桌子上的粽子之间徘徊,他向来笑眯眯的眼睛看着杰克斯,指着桌子上的粽子问:“你是怎么在我眼皮底下取走粽子的?”

“这个……我偷偷告诉你,你不准告诉别人噢!”杰克斯的眼睛里似乎可以开出一朵朵的桃花来,他勾了勾食指,嘴角挂着一抹诡谲的微笑。

梵音的好奇心向来很强,看到他的动作,连忙把耳朵凑了过去,并发誓:“你放心,我保证不会把你的秘密告诉给任何人!”

好香……杰克斯陶醉地闭上蓝眸。干净纯粹得像水晶一样,不知道已经有多少年没有猎到这样好的“食物”了。他几乎可以闻到梵音血管里流动的血液散发出来的纯正香味,正勾引着他将獠牙插进他光滑的长颈……

他这次来中国这么久,一直没有吸食人的血液,并不是找不到“食物”,而是因为他是个完美主义者,对食物非常挑剔,非美食不入口。

喝那些肮脏人的血液,他会忍不住吐出来的!所以,他情愿吃红色的食物来充饥,比如说西瓜、番茄或者玫瑰花。

嗅到梵音如此诱人的香味,他的食欲开始变得蠢蠢欲动,慢慢地,他体内的獠牙一点一点裸露在牙床之外,脸色也同样渐渐往暗青色发展……他屏住呼吸,将獠牙缓缓靠近梵音因为好奇伸过来的雪白长颈……

杰克斯!

听到呼唤,杰克斯浑身一震,他看见维维半透明的身体站在角落里,警告地轻喊了他一声。维维用手指了指君怜的房间,摇摇头,漂亮的长发随着他的动作摆动,示意杰克斯不能这样做。

对了,君怜还在。

杰克斯连忙回过神来,如果让君怜知道他对她的朋友下手的话,不知道会生出什么样的怒气来!他还是另外选个时间吧!无奈地叹了一口长气,杰克斯迅速收起獠牙,无限惋惜地看着眼前触手可及的“食物”。

“喂！我都已经发过誓了！怎么还不告诉我？难道你不相信我啊！”梵音不耐烦地叫道。

“你想知道我是怎么在你眼皮底下取走粽子的？原因很简单，我会魔术！”

“魔术？”梵音兴奋得眼睛都发光了，“就是那种随便就可以变出鸽子、鲜花，还有活人的魔术？”太好了！耶！如果他学会随手就可以变出一朵鲜花，以后逗那些花痴女生……嘿嘿嘿嘿……她们还不崇拜死他！

“我……我只会变出粽子……”杰克斯用蚊子唱歌的声音小声地打破梵音的希望。真惭愧，他不是个专业的魔术师！杰克斯以前也从未曾对魔术产生兴趣，如果他知道要用到魔术来骗取“食物”的信任的话，他发誓，他一定会好好学习魔术的！

“切！”只会变粽子？什么玩意啊！梵音翻了白眼：“那好吧，我想看看你是怎么从我面前取走粽子的，你可不可以示范一遍给我看看？”

“没问题！”杰克斯满口答应。

他伸出右手，给兴奋的梵音看了看，然后把手放到桌子下面，接着就把一个粽子放到梵音的眼前：“看！就这样，变好了！”

梵音“咦”了一声，数了数袋子里的粽子，果然少了一个，变成四个了！

“太厉害了，你是怎么从桌子下面把粽子从袋子里拿出来的？”虽然只能变出粽子，梵音仍然认为这一手很神奇。普通的魔术师在变魔术之前肯定做好了充分的准备，而杰克斯从头到尾根本没有碰过他带来的东西。

杰克斯有些尴尬，他不知道该怎么回答梵音的问题，总不能告诉他，这种令物体瞬间移动是吸血鬼最擅长的本领之一吧？

所以，他只能沉默了！

“喂，说嘛说嘛！不然我拜你为师怎么样？我可是聪明伶俐的好徒弟，一学就会，不会让师傅你觉得麻烦的！拜托——”

就在梵音苦苦哀求的时候，君怜已经换好衣服出来。她惊讶地看着梵音和杰克斯。杰克斯怎么可以让梵音看到他！

“他们——”君怜指着眼前的两个人，走到角落的维维前面，小声地问，“杰克斯在干什么？”

维维把事情的前因后果大概讲了一下。

“为什么我会觉得杰克斯看梵音的眼神怪怪的……”

“因为……梵音是杰克斯相中的……‘食物’……”维维如实禀告。他知道杰克斯的特殊嗜好，非美食不入口，所以他以前根本不担心杰克斯会随便吸食别人的血液。但是一旦是杰克斯相中的“食物”，就连他也阻止不了杰克斯对“食物”的执着。那个叫梵音的俊俏少年，恐怕会有危险！

“‘食物’？”君怜惊叫了一声，她知道这两个字意味着什么！

被一只西方吸血鬼称为“食物”，除了被吸干血液以外，她实在是不知道还会有别的什么意思！

“梵音！”君怜飞快地冲过去隔开两人。

“你做什么？怎么了啦？”梵音奇怪地看着她的动作，怎么一副如临大敌的紧张样子？

“我……你不是要和我一起去看赛龙舟吗？我们快点走吧！不然晚了就占不到好位置了！快走快走——”

“干吗这么急啊，时间还早耶！”梵音被她推着走到了门口，回头朝杰克斯扬了扬手，“喂，杰克斯！你要不要一起出去玩！”

“好啊！”杰克斯高兴地点头答应。

“你不能去！”君怜大声尖叫，他也跟去的话，梵音岂不是死定了！

“杰克斯，你不能去。”维维的反应和君怜一样，只不过他担心的是另外的原因，“中午外面太阳很大，你会受伤。”

“为什么？”梵音不明所以地发问，“今天这么热闹，不出去玩多可惜！”

失去与“食物”培养感情更可惜……杰克斯有撞墙的冲动！为什么他是吸血鬼！为什么吸血鬼不能见太阳！啊啊啊，这个世界真是太不公平了！

“我……我今天和别人有约，所以……还是你们两个出去吧……”杰克斯垮着一张英俊的脸，可怜兮兮地拒绝梵音的邀请。

“那真可惜！下次找机会再一起出去玩吧！”梵音道。

好善解人意的“食物”啊……杰克斯感激得热泪盈眶。若不是维维正死死抓住他的衣服，他早就不顾一切地冲过去了。

“我们走了，拜！”

“呜呜，我恨太阳！”要不是怕触怒到天上的神界，杰克斯现在恐怕快要开始骂天了！为什么挂个太阳在上面嘛！呜呜呜——

“我建议你，放弃他。”维维婉转地说出自己的意思，“他是君怜的朋友，君怜不会允许你对他做出任何伤害他的行为。"

"那是不可能的。你不知道这样上品的'食物'是多么难求，有时候一千年也遇不到一个！无论是灵魂的纯净度，还是血液的新鲜度，只有那个少年才能符合我的要求。这样的美食，我是不可能放弃的！"杰克斯斩钉截铁地说道。

"君怜……会不高兴的……"

不高兴？

杰克斯的眉毛高高扬起，尔后重重叹出一口气。

"她不高兴又怎么样？你知道不知道……她根本就活不过十八岁？"

十八？这个词令维维的身体一震，熟悉的感觉涌上心头。曾经，他似乎和这个数字纠缠了很久。

"喂，回魂啦！"杰克斯朝失了魂似的维维大喊道。

"你怎么会知道的？"

"偷听到的。"杰克斯懒洋洋地回了一句，梵音……他的"食物"——呜呜，他得想个法子接近"食物"才是。白天不行，有太阳挂在天上。他还没吸到血就先"挂"了。晚上？君怜如果见到他不在家，那一定会起疑心。那最恰当的时机，就只有在傍晚太阳刚刚下山的时候了，只要他能在君怜回家之前飞回来就行了。

待他再次看向维维刚才所在的地方时，已经没了"鬼"影。

什么嘛！突然消失也不说一声。杰克斯的嘴角慢慢下滑……

"维维，午饭谁做？"

没人理他。

"呜呜——"杰克斯不知道从哪里"移"出一大堆玫瑰花来，散在地板上，手里摇了摇一朵开得正红艳的玫瑰的花枝，放在鼻间闻了闻，然后……塞进嘴巴里暂时充饥。"呃，那家花店从法国空运回的玫瑰，味道果然不错……"不知道梵音的味道如何……

"君怜……我可不可以不吃这个？"

"不行！我难得请客！"

"只要你不让我吃这个……我请你到法国餐厅吃好吃的……好不好？"梵音楚楚可怜地哀叫，用一种可怜的小动物似的目光直勾勾地盯着她……希望她放他一马。

君怜双手叉腰,无动于衷地盯着他。

"我讨厌这种臭臭的味道……"梵音可怜兮兮,手里拿着君怜请客买来的东西,就是不肯往嘴巴里放。

君怜翻了个白眼:"臭豆腐本来就是这种味道,你吃下去就没事了!"

"你这分明是'强迫'我……呜呜……"梵音瞪圆了眼睛,假装成一副站立不住的鬼模样晃了三晃,然后俊俏可爱的脸蛋一垮,嘴巴一扁,就想要"不小心"扔掉手里的东西"掩面大哭"。

君怜眼明手快,胳膊一伸,在他要诡计把东西丢掉之前迅速接住。

"给我吃下去!"

梵音的表情仿佛是在垂死挣扎,下意识地退后几步,同时在心底佩服君怜的"无影手"好厉害,连这样她都接得住……迫于君怜压迫力十足的眼神,梵音无比痛苦地捏起一小片臭豆腐,迟疑了一下,眼睛一闭,一下子丢进嘴里,连嚼都不嚼上一口就吞到肚子里了。

"咦?"好奇怪的味道……梵音好奇地重新捏起了一块臭豆腐放进嘴里,吧唧吧唧地吃得津津有味。

"好……好吃……"真想连舌头都咬下来吞进肚子里。

"怎么样?不错吧?"君怜得意洋洋地看着他吃得不亦乐乎的模样,也捏起一块放进嘴里吃了起来,"这家'徐记臭豆腐'可是很正宗的,炸得特别香脆,再蘸过店家特别配制的酱汁后,简直就是人间美味!"

"是……还有没有了……君怜,请客请到底,麻烦再来一份……"吃完后的梵音双掌合十,满眼希冀地哀求道。

君怜愣了一下,满脸黑线地大吼:"你猪啊!还想吃?"本来就是吃了很多东西后,她才跑到"徐记"买几块臭豆腐给他品尝一下的。

"我还要啦……拜托——"

"那好吧,你等一下。"君怜无奈地跑去再买了一份。

"呜呜……真是太好吃了, 怎么我们家从来没有给我吃过这么好吃的东西。我一定是老爸从半路上捡来的。呜呜呜……"也不管烫不烫,梵音就往嘴里塞。

"少爷,谁敢把我们这种草根阶层才喜欢吃的东西拿到你面前啊。"也不想想刚才她把臭豆腐放到他面前的时候，他捏着鼻子像看到大便一样顿时跳得老远，要不是她及时拉住他的衣摆的话，现在他人恐怕早就不知道溜到哪里去了。

“谁知道这臭豆腐闻起来那么臭，吃起来却这么好吃呢？”

“馍馍要不要？吃馍馍配臭豆腐很不错的。”君怜把刚才顺手买来的馍馍递给他。

“呜呜，君怜，你对我实在是太好了！我以后‘入赘’到你们家好不好？这样我们就可以一辈子不分开了！”他捧着臭豆腐，无比感动地做着白日梦。

“啪——”君怜顺手将手里的臭豆腐甩了过去。

她才不要！这个大胃王，败家仔，她养不起！

“君……君怜……”梵音呆住了，片刻后，他受宠若惊地看着君怜，兴奋地捧着那块她扔过来的臭豆腐向前靠近。

“……”君怜不明白发生什么事情地望着他。

“你一直都不说话，难道说……你是默许了？”他清澈的眼睛一闪一闪的，柔情似水，像夜晚天上的星星……

“……”君怜打了一个寒战，她是气得不想和他说话好不好？

“我知道，打是亲，骂是爱。我们相处这么久，是时候发生进一步的感情了。我相信日久生情，经过这么久的相处，你一定对我也有那个意思(哪个意思啊？)，我知道女孩子都比较害羞，没想到君怜也是个害羞的女孩子……这种事还是由我主动说出来吧！唉，我珍藏了十六年的宝贵初吻，看样子今天是保不住了……”

“……”她现在吐出一口血，会不会吓到路过的人？

梵音自导自演地说个不停，看样了入戏很深：“你看你，激动得已经说不出一句话来了。我知道你眼睛里的意思是在无声地向我祈求，希望我动作快一点……”

“……”你什么眼神啊？我眼睛里的意思是希望你快一点去死！你最好滚得越远越好，不然我会动手修理你！

“这块臭豆腐就是我们的定情之物，我一定会好好保存它……”梵音缓缓捧着那块臭豆腐。正当君怜猜测他准备干什么的时候，一眨眼，梵音已经一口将那块臭豆腐吞进肚子里，并且喃喃自语地下出一番结论来：“经过我的一番深思熟虑,还是放到肚子里最安全……"

这个混蛋!君怜现在已经没有一丝力气了。吃都吃完了,戏也该演完了吧?

"君怜,你送给我的定情之物我已经放到世界上最安全的地方了……现在……来吧!请你一定要'怜惜'我这位纯情可爱的俊俏少男……"说话间,梵音的嘴巴嘟成章鱼状……缓缓向君怜靠近……

"我一定会好好'怜惜'你的……不仅如此,我还会很'疼'你……"君怜的语调很温柔,表情很阴森,拳头……很重……

"啊——"

"啊啊——"

"啊啊啊,救命啊——"一声比一声凄厉的哀号惨叫声传入众人的耳中。

夕阳渐渐沉到西边的地平线,一只蝙蝠扑扇着翅膀一路跟随着君怜和梵音。

亲眼看到君怜和梵音告别,杰克斯心生窃喜,往梵音离去的方向飞去。

维维没有心思管他,君怜也不在"食物"的旁边,碍眼的太阳此刻也没有挂在天上。

——真是天时、地利、人和啊!这分明是他品尝"食物"的大好机会。

"带的钱都花光了,好累噢——"梵音与君怜告别后,拖着老牛一样的步子慢慢往家里走去。

杰克斯眼尖地发现梵音拐进一条无人的巷子里,机会来了!他变成吸血鬼的模样,趁着梵音未反应过来,对着他的头部给了一记重击,然后伸手接住他缓缓倒下的身体——

杰克斯以指尖划开他的衣领,真是个漂亮的少年,他会吸干他的血液,以后把他的躯体作成标本好好收藏起来的,以后好带回西方给其他吸血鬼见识见识他曾经品尝过什么样的美味。低下头,杰克斯的獠牙慢慢伸到梵音的脖子上,正要插进去——

"放开他——"随着一声慌乱的大吼,一道光芒以迅雷不及掩耳的速度倏地朝杰克斯飞来,杰克斯反应不及,"啊"地惨叫了一声,痛得松开手里的梵音。

他疼痛难忍地踉跄地退到墙边,扶住墙才不让自己倒下。喘息了几下,抬眼看去,是在君怜学校见到过的那位俊美冷酷的少年。

他的名字好像是叫越朔夜……

他会法术?

怎么可能!除了维维,他还没有见过具有这么强灵力的人。

该死的!

灼热的疼痛蔓延至胸口,一阵风吹过,杰克斯似乎看见了那个叫越朔夜的少年眼中令人望而生畏的寒意。他想杀了我?

皱着眉头,为什么?顺着他的视线看向倒在旁边的梵音……为了救梵音吗?可恶!手一伸,就想要将梵音拉过来,哪知道那位叫越朔夜的少年动作更快,一道黑影冲了过来,与他对打起来,一招一式用的全部是正宗的中国功夫,招招击向他的死穴,一副无论如何都要置他于死地的狠劲。

幸好他是吸血鬼,即使人类的"死穴"被打中,他也不会死掉(因为已经死过一次了),但是……他会痛啊,龇牙咧嘴抵挡着越朔夜一波接一波的致命攻击,杰克斯化成蝙蝠,准备很丢脸地走为上策。

越朔夜眯起眼睛,黑眸之中充满了阴戾之色,周围散发出凌厉的气势。他一定要杀了这只吸血鬼!越朔夜双手起势,嘴里快速念了一串咒语:"天罗地网,罩!"

"啊——" 杰克斯只觉得似乎突然有一张用灵力结聚成的巨大渔网迎头罩了下来,然后越朔夜紧随发出的一道利剑一样的灵光正中他的胸口,他从半空中直直往下坠去。

"唔——"这辈子都没这么痛过。重重地摔到地上,杰克斯觉得五脏六腑都差点从口里蹦出来了。

越朔夜脸色难看、全身紧绷地朝杰克斯一步一步走了过来。就在这个时候,梵音迷迷糊糊地呻吟了一声。

"好痛——"

越朔夜听到他痛苦呻吟的声音,立刻冲到他的面前将他紧紧搂住:"梵音,梵音——"

好机会!杰克斯再一次变成蝙蝠,用力扇着翅膀飞离这个是非之地。

"谁打我的头……痛死了!我一定要打死他!"梵音一双眼睛眨了又眨,模糊地看着眼前的人。

“你是谁……是不是你打我的头？”他要仔细看、努力看、认真看，一定要记住这个王八蛋的名字，日后不报仇，他梵音两个字倒着写！

“不，不是我——”越朔夜的目光紧紧锁着他，一刻都没有放过。大掌小心翼翼、轻轻摸上他的头部受击的地方，温柔地揉捏着：“梵音，我是越朔夜，你还清醒吗？”

“我眼睛睁着难道还在睡觉吗？你这个混蛋，有没有看到偷袭我的人？长得是什么模样，哪条道上的？我要修理他一顿！”梵音大骂，没骂几声又不争气地“哎哟哎哟”痛叫起来。“好痛，痛死我了，到底是哪个王八蛋敲的，他是想把我打死吗？”

黑眸一暗，结上一层厚厚的冰霜，越朔夜将梵音搂得死紧。不敢想象，如果他来晚一步……

“你想把我勒死啊！”梵音哇哇大叫，他要是没有被别人打死，却被越朔夜这个“冰山男”勒死，那真是死得太冤枉了！

“梵音……梵音……”越朔夜对他的大叫置若罔闻，他自顾自地抬起眼前日思夜想的那张脸，“我一直在找你……十年……一百年……那么久……久到让我害怕找不到你……为什么上天要这样捉弄我们两个……为什么……”

梵音一动也不敢动地盯着他，他到底在说什么啊？突然他睁圆了眼睛，瞪着越朔夜的一举一动……他……他……他想干什么？

“我爱你，你知道吗……梵音……永远……无论你变成什么模样……”温柔呼吸的气息离得好近，近到让梵音的脑袋里产生眩晕的感觉，他无法动弹。越朔夜轻轻捧着他的脑袋，缓缓印上刻骨铭心的一吻。

梵音早就僵硬住了，直到良久才想起来要挣扎：“唔……唔唔……变态！混蛋！你给我放开！放开我！”

“不放……以后说什么也不会放……”

“变态狂！救命啊，唔……唔唔！救命啊，非礼啊——”方圆几十里地只听见梵音凄厉的惨嚎。梵音珍藏了十六年的宝贵初吻，今天果然是没有保住……

Chapter 06
亲密的接触

“今天饭菜很丰富啊……啧啧，维维你今天怎么做这么多好吃的？”面对这么多可口美味的饭菜，君怜实在很想大吃特吃，可惜……她在外面和梵音边玩边吃，肚子已经有了八分饱了。

维维默不作声。

“那只鬼呢？”平常吃饭的时候，不用喊杰克斯，杰克斯都会闻着饭菜香一路流着口水飘过来。

维维四处张望了一下，摇了摇头：“我也不知道。”

“他出去的时候没和你说一声啊？真是的！”君怜抱怨地咬着香酥饼，爱乱跑的家伙！“维维，我们先开动吧。你给他留份饭菜就好。”

“好。”维维无意识地应了一声，慢慢拿起桌上的竹筷。

“我老爸前几天给我寄了钱，原来他手机摔坏了，害得我好担心，以为他骗人终于被发现了……维维，你要不要用些什么东西？我可以买来烧给你啊！”

“好……”

“阜阳的天气比我们家那边的天气热啊，我好想回阜南老家看看老爸，可是他不要我回去，说坐车太累了……维维，你晕不晕车？我好想带你一起回去见老爸一面，我老爹很帅的！”

“我……我不能离开这个屋子的……”维维把头埋进碗里，看上去有些楚楚可怜。

“啊……是噢……”君怜发觉自己说错话了，尴尬地笑了笑，“那没关系，我可以让老爸来这里看我啊，这样你们就可以见面了！”

“怜……别人是看不到我的。”维维小声地提醒她。

“那我怎么就能看到你啊？”君怜对自己从小就可以看到一些莫名其妙的东西难以理解，就连老爸也无法解释其原因。

“……我也不知道。”不过维维好高兴君怜能看到他。

君怜笑了笑，想起老爸胡吹的本领：“你不用担心啦，我老爸是个法师，说不定他也可以看到你的！”

“法师？”

“对啊，我是老爸吃完东家吃西家带大的，他给人看风水，还有捉妖什么的，说白了就是行骗啦！可是老爸说没办法，他长得太帅了，找工作都不好找。笑死人了，他除了会骗人以外什么都不会干啦！泡个方便面都会泡糊……是不是很笨蛋？”

“他对你很好？”见君怜一说到老爸就喜笑颜开的模样，维维侧着头狐疑地问。

“是啊！我从小和老爸相依为命，老爸很疼我的，只要他有的，都会给我用，我都怀疑他会不会就是我亲爸了。我刚才有没有讲过我老爸很帅？”

“有！”

“噢，那我就再说一次，我老爸真的超级帅啊。我记得在我很小的时候，就有很多女人想嫁给我老爸，即使老爸没钱娶她们，她们都不介意耶，而且还发誓说一定会好好照顾我这个拖油瓶……”

“君怜，你不是拖油瓶，你老爸一定也非常疼爱你。”维维很认真地纠正她。

“是……我不是拖油瓶，我是扫把星！你知道吗？我听说我出生的那一天，我亲爸爸半路上就不知道什么原因被人砍死了，亲妈妈在医院里还没把我生出来就……就死了……我是医生开刀取出来的。除了老爸以外，没有人敢收养我。在孤儿院的时候，就连孤儿院最漂亮……最温柔的阿姨都不敢碰我……”

冰凉的手覆盖到君怜的眼睛上，维维温柔地擦干她脸上的泪痕：“谁说的，我每天都和君怜住在一起，也没有什么意外发生啊？君怜才不是扫把星呢！”

“那是因为你已经死过一次啦！”君怜哭笑不得。他这样说，难道他还能再死一次不成！

“不管怎么样，君怜绝对不是扫把星！”维维大嚷道，“就算君怜是扫把星，我，还有君怜的老爸，还有……呃，把杰克斯也算上好了，无论如何，我们大家都会喜欢君怜的！”

“你要不要把小白和肉团也算上？”碍眼的死老鼠！君怜好想踩扁它们，如果她没有记错的话，昨天夜里睡觉的时候，有只老鼠还跳到她的床上了。

“啊！君怜你记性真好，若不是你提醒，我还真会把小白和肉团忘记呢！”维维笑眯眯地把胡乱挣扎要逃命的小白捧到君怜面前，“看，小白也很喜欢怜啊。”

君怜突然神色严肃地看着他，维维的眼睛不解地眨了一下。几秒钟的时间，君怜的脸红了红，靠过去，飞快地在他的右脸上亲了一下。

“啊！”维维惊讶地叫了一声，看了看把头埋进碗里，脸红得像是要滴出血的君怜。半晌，他“噢”了一声，学着君怜的动作，靠过去“礼尚往来”地亲了一下她。然后，维维又亲了一下小白，再然后，把小白捧到君怜面前。

“原来一家人相处要这样的啊。怜，该你亲小白了！”

“咚——”君怜的头无力地磕在桌子上。世界上怎么会出现这么个单纯的家伙啊！

“啊，痛死我了——”

“杰克斯，拜托你小声点，如果被怜听到的话，你会很倒霉的！”这个是维维的声音。

“我现在就已经够倒霉的了，呜呜呜……”

门被悄悄推开一条缝隙。

门外，客厅的灯开着，灯光下，维维低头正小心地擦拭着杰克斯的伤口。

杰克斯受伤了？君怜皱着眉头。怎么受的伤？他不是吸血鬼吗？

“杰克斯，你忍一下，我给你治疗伤口。”维维的手心慢慢聚集起一团灵光，白光渐渐强烈地扩散到杰克斯的全身，君怜透过门缝可以看出维维的动作有些吃力，大约半个小时后，维维将光芒送入杰克斯的身体里。

“哇！我好了！”杰克斯从藤椅上翻身下来，活动了一下，惊奇地大叫，“一点都不痛了！维维，你还是这么厉害！记得那一次我差点被一个黑心肠的传教士定到十字架上，也是痛得不行，逃到你这，也是你救的我！以后若是你有难，我把这条命给你都行！”

“那麻烦你闭嘴，怜还在睡觉！”维维没好气地瞪着这只聒噪的死蝙蝠！深更半夜浑身是伤地躺在窗户外面，要不是他去看看窗户有没有关好，发现了他，等到明天才发现，恐怕他真的成为蝙蝠干了！

“你是怎么受的伤？”维维问。

杰克斯睁着一双无辜的蓝眸盯着他……指了指嘴巴，作了一个拉拉链的动作。——刚才是你让我闭嘴的……

维维无奈地翻着白眼，和君怜相处久了，连她的小动作都学会了：“你现在可以开口说话了，不过记得要小声点！”

“哗——”杰克斯连忙把嘴巴“拉开”，长长地吐出一口气，像是快要憋死的样子，他说，“我是去找我可爱的‘食物’时受的伤。”

“那位叫梵音的少年？”

“对啊，除了他还能是谁！可恶！我明明就快要得手了，偏偏半路杀出一位程咬金！”杰克斯恼怒地低叫。

“梵音把你打伤的？”维维百思不得其解，“他明明没有任何灵力。”因为梵音曾经来过家里，所以他见过那位少年。

“不是，是另一个家伙，他的名字叫越朔夜，和君怜也是同学！”杰克斯说道，“他身上具有很强大的灵力，我第一次见到他是在君怜的学校，当时没有发觉他身上的灵力。真的很会隐藏……咦？照这样说，还有一个叫苍溪的家伙，说不定他也具有通灵的力量。”

“越朔夜？苍溪？我没有见过他们……”维维喃喃自语，“为什么君怜的周围会有通灵者，是因为什么？我的原因吗？”

“对了，话说回来了，我一直有个问题觉得很奇怪。”杰克斯坐回藤椅喝口水歇息，好奇地问道，“你既然已经死了，为什么中国冥界的鬼差，好像……我记得是叫黑无常、白无常对吧，他们为什么没有来引你入地府，而是任你在这个房间呆了近千年？”

“我也不清楚……”维维摇着头，“我清醒的时候，这个房子是有人用血肉之躯布下了结界，鬼差进不来，我也永远出不去。”

“结界？”

“是的，这个结界是布结界的人用自己的血布下的，所以我没有办法解开。结界把我囚在这个房子里，我看着住在这个房子的人搬走，然后又出现新的房客，即使房子拆除的时候，我也出不去。房子翻盖了三次，我只能在这个房子的范围内走动。真的……很漫长，很寂寞……"维维的声音低低沉沉的，似乎很累的样子。

"维维你真的好可怜啊，只能呆在这里，外面的世界真的很好玩的！"杰克斯同情地说着。

"或许……我在这里，就是为了等君怜的出现。"维维语出惊人。

杰克斯嘴里的一口水险些喷了出来。"维维，我拒绝你这种毫无根据的猜测！为了等君怜那个小魔头……这个玩笑一点都不好笑！"

"是吗……"维维柔柔地笑着，身体逐渐变得更加透明。他需要休息。"我喜欢她。无论如何，我都会守着她！杰克斯……我有点累了，你的伤虽然好了，但是还需要休息……"

"喂！等一下，你知不知道，怎么样才可以解除那个该死的鬼结界！"杰克斯朝快消失在空气中的维维大喊。

"只有两个办法，布界者死，或者是布下结界的人亲自解除……"

第二天早上，君怜看到杰克斯开心地坐在餐桌边。

"你昨天去哪里了？"装作不知情的君怜板着脸问道。

杰克斯听到问话，立刻把脸埋进晚里，"咕噜咕噜"地喝完，然后"腾"地从椅子上消失。

君怜觉得有把小火苗在胸口燃烧，渐渐地……火苗越烧越大。

转身，君怜朝着二楼的贮藏室走去，顺手拿着一副苍蝇拍……找到平常死蝙蝠挂着的阴暗处，上去"啪"地就是一下，"蝙蝠标本"掉到了地上。

也不管"蝙蝠标本"身上有没有细菌，君怜捏着它的一只翅膀，俏脸上乌云密布："这里是我租的房子，你藏哪里我找不到？死蝙蝠，给我说！不然我把你烤熟了喂"肉团"和小白！"

"吱吱吱——"被提到半空中的杰克斯一阵乱叫。

君怜的脸色又黑了几分："我让你把我当成傻瓜耍！你变成蝙蝠一样可以说人话，你以为我不知道！还有，蝙蝠是你那样叫的吗？那是老鼠的叫声，白痴蝙蝠！看我不烧了你——"将手里的打火机打开，在下面展开酷刑——火燎。

"女侠，饶命啊——"蝙蝠的毛烧到了，杰克斯连连求饶。

“怜,你上课要迟到了。”救星出现,维维拿着君怜的包包出现在楼梯口。

君怜隔着楼梯久久地看着他,过了一会儿,才松开杰克斯。

眼看着君怜出了门,杰克斯这才飞到维维的旁边,顺着他的视线,小声地问:“君怜是不是发现了什么?”他对君怜的好朋友下手,君怜知道的话,一定不会放过他的!

维维转过头看着他,表情严肃:“依你刚才被整得那么惨的模样,我觉得很有可能!”

“……女人,你的名字是老虎!”半晌,杰克斯才得出结论。

尚未入校门,君怜便听到梵音的声音。

君怜四下看了看,除了一个装扮很奇怪的人以外,没有发现梵音的身影。

“君怜,你耳朵聋掉了是不是?干吗装着没有听到的样子!”躲在树下,装扮成“印度阿三”模样的梵音不爽地大叫。

“你怎么这副打扮?”君怜确定是他后,走了过去,忍着笑意问他。

“你别问啦!”梵音几乎把整个头都包了起来,只露出黑溜溜的一双眼睛在外面,看上去很奇怪也很搞笑。

“发生了什么事?”

“我都和你说不要问了,你还问!”梵音恼火地叫道。梵音感觉君怜有些生气,又连忙扯了扯她的衣边,眨巴着眼睛装可怜。

“你眼睛抽筋了,还是进了沙子?你的意思是不是要我帮你吹吹沙子?”君怜被他的动作弄得一头雾水。

“我的意思是叫你靠近一点,靠近一点……再靠近一点!你干吗一直往后退!我有话要和你说啦!”梵音翻了个白眼,真是一点都不解风情的女生!见她无动于衷,梵音只好自己凑了过去,附在她的耳边,悄悄地和她“咬耳朵”:“你知不知道,越朔夜那个家伙其实是个变态家伙!”

君怜掏了下耳朵,他凑这么近和她说话,让她觉得耳朵里痒痒的:“梵音,你什么时候也变得这么八卦了?”

“什么八卦!越朔夜就是个变态家伙!我就是受害者!”梵音的反应像是被踩到尾巴的猫一样。

君怜无所谓地顺着他的话道:“好好好,你就是受害者,那请你告诉我,越朔夜怎么变态了？难不成他骚扰你……喂，喂！你的眼睛在看哪里？"

梵音的眼睛游移不定，看到君怜在看他，连忙又移向别处。他难得安静三分钟。

一起沉默了三分钟后，君怜才小心翼翼地道："梵音……我是不是……不小心……猜对了？"

梵音没回话，默认了。

接着又是一片死寂的沉默，树叶飘啊飘的，从梵音和君怜的眼前飘到地上。

梵音突然毫无预警地一把抱住君怜。君怜花容失色，用力推开他，顺便抬腿狠狠地送上一记"天残脚"，梵音顿时往后面跌去。

君怜这才收了"天残脚"，开始开导他："梵音，你可不能因为……姓越的骚扰你，你就从此走上不归路啊……"

梵音无动于衷地躺在地上。

君怜慢慢走了过去："喂！我只是很轻地踹了你一下而已，你别这个样子……"

"君怜，为什么我抱你，一点都没有心跳加速的感觉……"梵音躺在地上，注视着天空上大朵大朵的云彩。

"你说什么？"君怜听得不太明白。

"我把你当成好朋友才告诉你的，你一定要为我保守秘密。"梵音猛地爬了起来，跪坐在君怜的面前。因为他的动作太快，所以君怜被吓了一跳。他漂亮的眼睛水汪汪的："我觉得我也不太对劲，你可不可以让我抱一下，然后我告诉你为什么。"

"不行！"

"那就握一下手，就一下，一下就好！"梵音哀求道。

"那……就一下……"君怜缓缓摊开手，梵音迅速将自己的手贴了上去。两只手，君怜的，梵音的，就这样紧紧地贴在一起……

身后，有一道视线紧紧地盯着她们。

"不可能，不可能……绝对不可能的！为什么我碰你一点都没有心动的感觉！"片刻后，梵音受到惊吓地往后一步，他捧着脑袋似乎非常痛苦地发出凄厉的惨叫，"天啊！像我这样宇宙超级可爱的大帅哥，怎么会对越朔夜那个变态家伙产生心动的感觉……"

君怜默默无语地望着毫无理由发飙的梵音。

“难道说越朔夜那变态长得比我帅？”梵音蓦地停止发飙的举动，接着“啊”地大叫了一声，继续抱头苦恼，“没道理啊！像我这张‘帅得想毁容，毁容了依然帅’的完美无缺的俊俏脸蛋，就算毁容了也一定比姓越的家伙帅上一百倍，一千倍，一万倍！”

“帅得想毁容，毁容了依然帅”……君怜对于长久以来一直不能停止自恋的梵音已经说不出任何话来……能达到这样自恋的无上境界，非梵音莫属！

“上课铃已经响了啦，翘课王，你今天还去不去学校？”君怜听到不远处学校的预备铃已经响了，这个动不动就翘课的家伙，不会今天仍是想翘课吧？

“你帮个忙，带话给老师，告诉他，我的清白不幸遭到了玷污，凶手就是越朔夜那个变态！从此以后，我要防火、防盗、防变态！然后你告诉老师，我幼小纯洁的心灵受到了强烈的刺激，对学业了无希望，从此感到人生充满了黑暗，前途一片惨淡……咦？人呢？”梵音的演说还未结束，等回过神来，君怜的身影已经没入了学校。

“不够义气！一点礼貌都没有！混蛋君怜！我的话都没说完呢……”唔，今天去哪里玩呢？听说西街最近又有不少好玩的好吃的……梵音回过身准备去大玩特玩，却被身后的人吓了一大跳。“喂！姓苍的，你干吗一声不响地站在我后面，人吓人会吓死人的你知道不知道！我被吓出病来你给我治啊？”

“好啊。”苍溪温文尔雅地笑道，不知道是开玩笑还是说真的。

“好你个头啊！你还是学生吗？上课的时间不去教室上课，在外面晃悠什么！还扮鬼吓我！”梵音在心底嘀咕：这家伙是猫吗？走路都不出声，唯一可以肯定的，苍溪绝对有当鬼的本钱！

“梵音，我哪里有扮鬼吓你？”苍溪的语调似乎有些委屈，“还有，我想纠正你一点，上课的时间不进教室上课，在外面晃悠的人可是你！不是我。因为陈老师看见你在学校外乱晃，所以特意让我过来请你进校上课，请吧！”

“哎哟……哎哟……我的肚子……我肚子好痛……”梵音黑溜溜的眼珠子转了一圈，立刻抱着肚子装疼，“苍溪，我不太舒服，帮我请假，请假！我先走了。”转身就要溜走，却好死不死地撞上一堵肉墙。

温暖熟悉的气息扑鼻……老天保佑、老天保佑！保佑千万不要让他撞上那个讨人厌的家伙！

梵音在心底拼命祷告着，慢慢慢慢抬眼向上望……不幸的是，来人正是万恶的越朔夜！

防火、防盗、防 BT！

梵音立刻往后跳了一步，双手护胸，改为高手过招的姿势，双眼戒备地盯着他的一举一动："姓越的，好狗不挡路！"

越朔夜的眉毛拢成小山，他不满地看着梵音对他做出防备的举动，有些不悦地道："你不必这样防我，别忘记了，昨天你的小命还是我救的！"

"哼！说不定暗算我的那个人就是你！"而且还把我珍藏了十六年的宝贵初吻夺走了！梵音撇撇嘴巴不领情地道，对于越朔夜，他隐隐约约有一种感觉，但理不清楚到底是什么感觉，只是很直觉地感受到危险！

他还是不要与他有任何瓜葛的好，不然……说不定以后自己都不知道怎么死的！

"你——"深呼吸一口气，然后缓缓吐出，越朔夜的一字一句都冷得像块冰，"梵音，倘若你再敢说一句这样的话，你会付出代价的！"

好……好……好酷啊！梵音的眼睛里险些蹦出两颗红心来，为什么！为什么越朔夜这种冷酷的调调他一直都模仿不出来？

"你们刚才聊了什么？"梵音正感叹着，耳边忽然传来了越朔夜的质问。

聊什么？溜神七万八千里的梵音不解地回过神，刚才他们没聊什么啊！哎呀，对了，他现在正肚子"疼"呢！

苍溪淡淡一笑，道："这么容易就吃醋了？小夜，你本性淡漠，头脑冷静，耐力无人可比，可是一旦遇上'他'，你的冷静自制都消失得无影无踪。'他'是你的致命点，我若是你的敌人的话，只要我杀了'他'……"

"住口！"越朔夜大吼一声，阻止他继续说下去。

"他"是谁啊？梵音听得莫名其妙，见没有人注意他，嘿嘿嘿嘿……好机会！蹑手蹑脚地猫着身子，一步……很好，没人发现。两步……太好了！还是没有人发现。三步……梵音被人老鹰拎小鸡一样拎了起来。

"你想去哪里？"越朔夜冷到北极的声音直逼而来。

被迫与越朔夜"平视"的梵音努力与他拉开距离，身体向后仰去，挣扎着叫道："TMD！越朔夜你这混蛋！把我放下来！个子高了不起啊，当心飞机掉你头上……砸死……咳……咳……砸死你这个王八蛋！"

"他想逃课，或许是去约会也说不定……"苍溪"好心肠"地往沉默千年的火山——越朔夜的头上浇勺油添把火，让火苗越烧越旺！

“姓苍的，你跟越朔夜都是一伙的，该杀千刀的混蛋！啊，我不要去上课！越朔夜，我警告你！放开本少爷，不然我踢死你！”梵音努力地踹啊踹，可惜怎么都够不着，干脆直接咬向他的手腕。

用力地咬，恨不得咬下他的一块肉下来，可恶的家伙，把我纯洁的初吻还来！

“梵音！你让我多痛，我会让你有多痛！”越朔夜眯着眼睛看着他。

“吹一吹，痛痛飞飞！不痛了噢……”梵音连忙松口……

——现场死水一般的寂静。

“梵音，你怎么来上课了？”他不是准备翘课的吗？君怜奇怪地看着双颊鼓鼓的梵音。

梵音头一歪，装死地倒在课桌上：“三千字……三千字……”

君怜了解，同情地看着他：“又被陈老师抓到了？才区区三千字检查，我想一定难不倒你，比起我上次被你陷害，陈老师罚我写三万字的检查好多了！”

梵音愤愤不平地叫道：“我和陈老师有仇啊，他干吗老是针对我！逃课有什么了不起的，我就是要翘课，我就是要出去玩——”

君怜拉了拉他的衣角。梵音抬起头，额头上立马冒出一排黑线，不会吧！他连忙装腔作势从抽屉里摸出一份检查出来，转身，弯腰：“陈老师，检查我已经写好了！”

早就站在后面的陈老师面无表情地盯着他，直到梵音头上的汗珠都聚集成“小溪”往下流，陈老师才终于伸手接过他的检查书。

翻看了两眼，扔了回去：“这份检查你上个星期已经用过了，重新写一份吧。看来你空闲的时间挺多的，那三千字的检查书就改成三万字吧！”正要转身离开，好像又想起什么，陈老师转过身道：“逃课的确是没有什么了不起的，想必三万字的检查在你眼里也是小CASE！梵音，我是老师，你是学生，我有责任纠正你错误的行为！你屡教不改，那就是我的失职！”

君怜对“铁面无私”的陈老师的景仰正犹如那黄河泛滥一发不可收拾的时候，忽然听到梵音“语不惊人死不休”地爆出一句话来：“小舅舅，你这样狠心地对待你可爱无比的小外甥，太冷血无情了吧！我一定会告诉小舅妈你虐待我！”惊天大秘密，陈老师竟然是梵音的小舅舅……

“翘课出去和西街的混混打架，上课旁若无人地吃东西，看小说……你的检查书在教务处堆了厚厚一叠，你说，现在学校里哪个老师不认识你？”

“那说明我人缘好，老师们都喜欢我！”梵音拉长着舌头扮鬼脸，气得陈老师险些爆血管。梵音笑眯眯地伸出大拇指，对着快要心肌梗塞的小舅舅比划出“幽会”的手势，道：“你敢罚我写三万字的检查，我就打电话告诉小舅妈说你和学校的林娜老师在‘蓝月亮湾’幽会！”

陈老师的脖子都气红了，急声辩解：“我从来就没有做过那种事！”

“我当然知道你没有！可是小舅妈不知道，嘿嘿嘿嘿……小舅舅，你说小舅妈是相信我的话还是相信你的辩解？啊，小舅舅你长得这么帅，又有成熟男性的魅力，我听说，还有漂亮的女学生给你写情书，对吧对吧？”梵音一副“你休想瞒得了我”的神情斜睨着他，继续“再接再厉”气死人不偿命地威胁他。

“根本就不是那么一回事！我早就已经和她解释清楚了……”

“行啦行啦！”梵音不耐烦地挥挥手，努力眨巴起黑白分明的眼睛，一本正经道，“小舅舅，常言道：解释就是掩饰！好啦，就这样说定了！只要你好好疼我，我一定会为你保守秘密的！喔呵呵呵……”

“你……”陈老师气到无语了，颤抖着食指抖啊抖地指着表情故作无辜的梵音。

“啊！我突然想起来了，我很久都没有去看望我美丽温柔的小舅妈了。小舅舅，今天晚上我去看望你和小舅妈，好不好啊？”梵音“突然意识”到自己“不孝”的行为，忏悔道，“我相信小舅妈一定很乐意见到我，我有好多好多‘贴心话’想和她说呢！”

陈老师推了推眼镜，嘴角若有若无地浮现出一丝笑，冷哼道：“我老婆是你想见就能见的吗？”陈老师转身连衣袖都不挥一挥地就离开了。

“小舅舅，你慢走啊，我就不送了。”梵音在后面喊着风凉话。

梵音的个性还真是欠扁耶！不知道这个世界上到底有没有人能克得住他？想到这个问题君怜的脑海里竟然立马浮现出越朔夜的身影……好诡异啊，她支着脑袋，侧过头同情地看了梵音一眼：梵音，我的预感一向都是很灵的。

回到家，维维正在厨房，杰克斯在玩“猫捉老鼠”的游戏。当然，“猫”就是杰克斯这只西方吸血鬼，“老鼠”就是可怜的小白和“肉团”了！

“你无不无聊啊！小白和肉团被你折腾得都瘦了一圈了！”你干脆就把那

两只老鼠一口吞了算了，省得整天对着它们流口水！

怕维维听了伤心，君怜好心肠地把这句话搁浅在肚子里。

"我这是陪它们锻炼身体！"

看着他提着老鼠的尾巴，君怜顿感一阵不适："你恶心不恶心？快把它们放下！"她有个计划，准备哪一天"一不小心"踩死小白和"肉团"……不过维维好像可以将它们救活？唉，总不能让那两只老鼠继续生活在这里吧？

小白还好，是宠物鼠。"肉团"是维维"家养"的，身上不知道有没有什么不干净的疾病。

"呃……说起来，一百年前我来的时候，就看到'肉团'！它怎么现在还活着，该不会是成精了吧？"这只老鼠生命力挺旺盛的啊！吃了它肯定"大补"！杰克斯摸着下巴，和肥得就连毛都油光闪亮的"肉团"大眼瞪小眼。

维维从厨房"飘"了出来，双手端着饭菜，刚巧听到杰克斯的疑问，便露出浅笑替他解答道："不是的！你一百年前来的时候，看到的那只老鼠是'肉团'的爷爷的爷爷的爷爷的爷爷的爷爷的爷爷的爷爷……简而言之，就是'肉团'的祖宗爷！"

"哇塞！"杰克斯和君怜一同望着"肉团"，真是"鼠"不可貌相！原来"肉团"出自历史这么悠久的一个"鼠"家族啊！

把"肉团"放开，杰克斯洗手吃饭。吃着吃着，杰克斯突然有个疑问："如果我一时忍不住把'肉团'给吃了，那它的爷爷以及它爷爷的爷爷的爷爷的爷爷的爷爷的爷爷会不会都来找我算账？"

"……"埋头吃饭的君怜和正在喝汤的维维身体顿时僵硬，彼此对视了一眼，一时间沉默无语，没人回答他的问题。

"杰克斯，帮我接点水来，我要帮小白和'肉团'洗澡。"吃完饭，该是小白和"肉团"洗澡的时间。因为君怜怕小白和"肉团"的身上有传染病，所以维维一天为两只小家伙洗三次澡。

"好的！万岁，要洗澡了！耶！耶！耶！"

君怜看着跑来跑去的杰克斯，不耐烦地将书本合上。给小白和"肉团"洗澡，他高兴个什么劲？

"呵呵！"维维轻笑着把小白和"肉团"放进水里，把小白倒起来撮着它的尾巴……“肉团”在水里面游来游去……

君怜的如意算盘打好了，她没钱的时候，会考虑把这两只老鼠卖到马戏团里，说不定还可以赚上一笔。

“啊，先给‘小白小姐’洗澡。”杰克斯拿起刷子给小白刷背。两大“帅哥”的免费服务让小白高兴得“吱吱”乱叫。

“‘肉团先生’，该你了！”折磨完小白，杰克斯将“魔掌”伸向“肉团”。

维维建议道：“杰克斯，你要不要下去一起洗？”

“好啊！”

和老鼠一起洗澡？君怜张大嘴巴目瞪口呆地看着杰克斯兴高采烈地“腾”地一下变成蝙蝠，以竞技跳水体操选手的完美姿势三百六十五度翻腾跳进水里，然后自由泳、蛙泳、仰泳……偶尔差点呛到水，连忙使出“必杀技”——狗刨式！

君怜的眼睛瞪得溜圆。这家伙太搞笑了吧！不过看着眼前蝙蝠和老鼠一起“鸳鸯戏水”的景象……她忍不住笑了起来。蝙蝠和老鼠八百年前也算是一家吧，只不过一个搞“空中运输”，另一个搞“地下管道”。哈哈哈！

“哇！我还要和小白和‘肉团’玩猫捉老鼠，我抓，我抓……别跑，看谁游得快！”杰克斯抓了好一阵子还是没抓到，他生气地大叫：“维维，把我变成猫，我就不信抓不到那两只老鼠！”

“啊？”

“快点！”

维维不知所措，不知道是不是该“助纣为虐”。在杰克斯地催促下，使出幻术将杰克斯从蝙蝠变成猫的形状。

小白和“肉团”被追得团团转，竟然从水里跳了出来，满屋子乱窜，变成猫的杰克斯在后面狂追。

屋子里乱成一团。

“啊——”看着猫朝自己扑了过来，君怜连忙闭上眼睛放声尖叫。

“啊啊啊——”杰克斯也同样闭着眼睛大声尖叫起来，完了完了，他“刹车”失灵。

千钧一发之际，一道白影快如闪电地冲了过去。就像幻影一样，倏地出现在君怜的面前。

“唔——”

最先开始的是杰克斯的抽气声，他用一只猫爪子不敢相信地指着眼前的一幕："这这这……"太刺激了！

君怜缓缓睁开眼睛，然后瞪着近在咫尺的维维。

十秒，二十秒，三十秒，一分钟都过去了，就在杰克斯猜测维维到底想"亲"人家多久的时候，维维终于回过神来，捂着唇，惊慌失措地倒退了几步，半透明的身体几乎退到墙里。

"对……对……对……对……对……"

"维维，你用不着那么紧张吧，不过是不小心亲了一下而已！唉，你这么漂亮，是君怜这个女魔头好运气才能占到你的便宜！我觉得你还是比较吃亏的那个呢！"杰克斯把锋利的爪子伸了出来，用猫爪子捋着额前的猫毛。

"闭嘴！"维维这两个字一点都不结巴地吼了出来。

"怜，我……我……"他眼睛红得像是快哭出来似的。

"他很害羞的！"

君怜努力瞪了吃白食的家伙一眼。

"我看得出来！"不满意的心绪堵得她没有一点食欲，无意识地搅动着维维做的米粥，君怜暗自叹了口气。

维维也用不着这样……这样"羞涩"吧？已经四天了，她竟然没找到机会和维维说上一句话。回到家的时候，维维已经把饭菜做好摆在桌子上，死蝙蝠一副准备充分的模样等着她下令开动。独独不见维维白色的身影。

偶尔不小心可以碰巧看见他，她还没来得及开口说话。他的脸突然变得爆红，神色慌张地立即消失在她面前。

"今天谁收拾桌子？"杰克斯吃饱了，擦擦嘴问。

"唉！猜拳吧！老规矩。三拳两胜，输的人收拾。"君怜同样没精打采地说道。平常这些事情都是维维在做。

"剪刀、石头、布！"君怜赢。

"剪刀、石头、布！"杰克斯赢。

"剪刀、石头、布！"杰克斯赢。

"哈哈，我赢了！君怜你乖乖收拾，我要出去玩了！"杰克斯眉开眼笑，白天他闷在家里一天了，现在终于可以出去玩了。

“记得要在太阳出来之前赶回来！”君怜单手支着脑袋，看着他变成蝙蝠兴奋地飞来飞去。

“知道啦！”

君怜一点精神都没有，无动于衷地坐在餐桌前，看着被杰克斯洗扫一空的餐桌。那家伙的胃是无底洞吗，她怎么一点胃口都没有？

到自己的房间里呆了会，再出来的时候，不出她所料，餐具都已经收拾得干干净净。

维维……君怜笑了笑。

他还是不愿意见她吗？只是不小心“碰”到了而已，她都不在意，维维表现得却比身为女孩子的她还要羞涩。

君怜轻轻摸了摸被他碰到的地方，冰凉柔软的触感仍然停留在她的唇上。

真的……很柔软的感觉呢！

唉，维维什么时候才能害羞完啊？君怜把小白放在手掌上抚摩了几下。

渐渐地……动作越来越慢，她闭着眼睛发出均匀的呼吸。

不知道过了多久，白色的光出现在她的身旁，白光聚集，维维出现在她的面前，小心地看了看君怜熟睡的模样。维维转过头，用念力将君怜房间里的一条毯子移到她的身上。

然而熟睡中的君怜偏偏不合作，一只手臂“很自然”地滑了出来。

呃……睡着了还乱动！维维慢慢“飘”了过来，抬起君怜滑出来的手臂欲将其塞回毯子里……不料君怜突然反手一扣，紧紧扣住他的手腕。

“啊——”维维吓了一跳。

“哈哈，终于抓住你了！”成功抓住维维的君怜睁开眼睛，对着吃惊的维维露出得意的笑。

“你装睡！”维维又气又恼。

“我哪里有装睡，我只是把眼睛闭上而已！闭目养神！”君怜轻轻地嗔怪道，“笨蛋！”

“你……你……”

“我怎么了？”君怜用尽力气才没让他挣脱，幸亏她是通灵体质，不然也抓不住他，“喂！”她凑得很近，“你到底要害羞到什么时候？”

“我……我……我……”我才没有害羞！她靠得太近，维维紧张得连一句话都说不完整。

“你想说什么？”

“你才害羞呢！”维维怕伤到君怜，也没有使出过大的力气挣脱她，只能气鼓鼓地坐在地板上。

“那是谁一看到我一张脸就红得像柿子，还像个胆小鬼一样消失，小气得不和我说一句话？”君怜取笑他。

“……”反正那个人绝对不是我！维维在心底反驳她。

“好啦，不要再和我闹别扭了啦！”君怜趴在沙发上，推了推因为被骗而生闷气的维维，“你再生气的话，我以后就喊你‘小气鬼！’”

“小气鬼！小气鬼！小气鬼！”见维维不做出任何反应，君怜叫得起劲。

“不准叫我‘小气鬼’，我有名字的！”任谁被喊成“小气鬼”都会不高兴的！

“那请问‘小气鬼’先生，你叫什么名字？”君怜的眼睛里闪烁着促狭的光芒。

“我叫维维！”他接得很顺口。可突然意识到这根本就不是他自己的名字，“我连个名字都没有……”

“你答对了啊！你的名字就叫维维啊！维维豆奶，欢乐开怀！怎么？你不喜欢我给你起的名字吗？”见他很伤心的样子，君怜连忙安慰他。

“我……”他欲言又止，在她鼓励的眼神下终于说了出来，“我很喜欢维维这个名字，可是我本来应该有个名字的，但是我一点都想不起来。”

“想不起来就不要想嘛！”君怜把小白放在他的手上，“主要是现在开心就好，不要烦恼那么多，说不定哪一天你就会突然想起来了呢。”

维维突然抓住她的手，紧张地问：“怜，你会不会讨厌我？”

“啊?”君怜有些惊讶他的举动，可是维维的眼神异常坚毅明亮地看着她，期待她的回答。他那屏息凝神的模样令君怜不由得一愣：“我当然不会讨厌你啊！”

“那……那……”维维期待自己能镇定下来，可惜没有一点效果。该死！他为什么不能干脆把话说出来呢?

“怎么了？”见他的神色不对，君怜关心地问道。

“怜，你不会讨厌我，那你会喜欢我吗？”憋足了一口气，维维闭着眼睛大吼了出来！

“啊——”她可不可以暂时失聪？君怜想。

“怜……”维维可怜兮兮地看着她。

“呵呵……”君怜干笑，她活了十七个年头，第一次遭遇到“告白”，向她“真情告白”的却是一个“千年幽灵”，这让她有种很荒谬的感觉。

等待不到答案的维维开始退缩。君怜抓住他要伸回去的手，认真地笑道：“我很喜欢维维啊！”

“是……是……是……吗？”说实话，维维害羞的样子，真的真的好可爱啊！君怜在心底惊赞。

“我，我也很喜欢很喜欢君怜！”维维特意多强调了一个“很喜欢”，像是补充得不够，又加了一句，“就像白素贞和许仙一样的喜欢。”

“我知道。”君怜握住他的手。她不是没猜出来他害羞的原因，而是想给彼此一个思考的空间。最后她发现自己无法忍受看不到维维的身影，听不到他的声音，于是才想了个装睡的法子让他现身。“那你就是白素贞，我就是许仙！”她还是忍不住想逗他。

“我……我才是男的！”果然，维维倒抽了口气，连忙纠正她的错误。

“哎呀，你真的是男的吗？”君怜装出一副惊讶万分的模样瞅着他，“维维，不是我不相信你，而是你长得真的……很……令人惊艳耶！简直就是一个绝色天香的古典美女！而且你的家务做得也很好，还烧得一手好菜，又细心，又温柔，又没脾气……好好好，我说错了，你有脾气！”见维维努力瞪她，君怜险些破功。

“我长得本来就这个样子！”维维不满地扯着自己黑亮的长发。

“好像是。”君怜点头。

“我会做家务，那是因为君怜不喜欢！”

“我的确不喜欢！”君怜最讨厌的就是做家务了。

“我会烧菜，那是因为杰克斯把世界各国的料理都带给我，缠着我烧菜给他吃。”

“原来如此，怪不得你烧的菜那么好吃。”杰克斯做的唯一一件好事，让她好有口福。可惜她的钱不多，经常只能买些青菜萝卜。可维维竟然能化腐朽为神奇，把简单的青菜都烧得好吃到让人一闻到就忍不住流口水。

“怜，你不喜欢我这个样子吗？”维维担心地问。

“不会啊！维维很漂亮，我很喜欢啊！”喜欢上维维真的是很容易的事情。只是令她好奇的是，维维为什么会喜欢上她？“维维，那你喜欢我什么呢？”君怜问道。

“你很凶！”

维维话刚说出来，就被君怜死瞪住。虽然他说得很对，但也不必直白地说出来吧？一点面子都不留给她！

“君怜一开始很讨厌我的吧？”维维笑着问。

“没有。”只是自己的世界突然出现了一个“幽灵”，让她觉得很麻烦而已。

“我一直都很高兴，君怜在我恳求你留下来的时候，真的留了下来陪我。”

君怜不知道该不该说，她是因为房租少，才留下来的……

“但是君怜对我很好啊，陪我说话，看电视，答应我养‘肉团’，还把小白送给了我，还买很多我没吃过的东西给我，而且还让我的朋友杰克斯住在这里。”维维腼腆地笑了笑，“其实真正的原因，是因为我对君怜有种很熟悉的感觉。每天早晨看到怜，我都会很有精神，很高兴，感觉上，怜好像和我认识了很久很久……”

维维款款诉说着他的心情，他的话很长很长，长到让君怜的心里有种不可抑制的悲伤在缓缓流动。

然后，她看见维维着急地看着她。

“怜？你怎么哭了？”

为什么？

她为什么会哭？

眼泪为什么不受控制地就掉了下来呢？

“怜？你怎么了？发生了什么事情？”

君怜摇摇头，她快速地低下头擦擦眼泪。“不是的，我是太高兴了！维维，我也喜欢你！甚至比你喜欢我还要喜欢得多。相信我！”

维维欢快地笑了，笑着的维维漂亮得简直不像现实生活真实存在的一样，他曾经真的是人吗？为什么这么年轻就死了？即使他是怨灵，以维维那么好的心肠也一定会轻易地原谅别人而去转世，可为什么他还是以“灵”的方式存在？如果他不是怨灵的话？那到底又是谁？一直把他禁锢在这个房间里那么长的时间，为什么……

Chapter 07

记忆的真相

黑暗中。

远处有名男子站在那里，红色眼睛一眨都不眨地盯着他。维维感到奇怪，这里是哪里？但没有原因地，他并不惧怕。他慢慢向黑暗中的男子移去，微笑着问道："请问是你把我叫到这里来的吗？你是谁？我和你认识吗？"

"……"那男子同样轻轻地笑了起来，"我们认识，曾经。但是你现在不会记得我了！"

维维抬头看着他，他的肌肤在黑暗里都感觉白得似乎吹弹可破，长长的蓝色头发自然垂了下来，眼睛却是奇异的红色。自然下垂的手腕里似乎蕴藏着很强大的力量。

"我们曾经认识？"维维疑惑地问。

"……是，曾经。"

维维有些歉意："对不起，我一点记忆都没有。"

"没关系。"他的声音听上去似乎很愉悦，又似兴奋地期待道，"我只是来看看你变成了什么样子。没想到过了几百年几千年，你还是这么呆这么蠢！不过我也习惯了，等过不久，我们就可以再次见面了！"

"现在我们不是见面了吗？"

"你看得清我的样子吗，你记得我是谁吗？说你蠢还真是一点都没错！等我来找你，并且解除血界，你就会知道你蠢了多久了！"

维维不知道他为什么一直说自己蠢……难道他死后就长得一副蠢蠢呆呆的样子吗？君怜和杰克斯怎么就从来没有说过他蠢……

"我要走了。"那名男子说完就消失不见。

维维睁开眼睛的时候发现杰克斯正在看……恐怖片？维维眼睛连忙移向别处不敢再看。

“杰克斯，你回来了？”

“是啊，早回来了。你静修完了？君怜一会儿就该回来了吧，你该准备午饭了，我肚子扁扁的！”杰克斯低头摆弄着什么，头也没有抬地回答维维。

“杰克斯，你刚才察觉到有陌生的人来过吗？”迟疑了一会儿，维维还是问了杰克斯。

“有啊，就是她啊！”杰克斯把一只小精灵提到维维面前，“就是她！我是在埃及的金字塔里发现的，就把她带了回来！”

“放开我！你这个粗鲁的野蛮人！我乃精灵王国的公主，你知道你犯了什么罪吗？”维维从来没有见到过这么美丽的生物，纤细精美的五官几乎像是用笔细细勾出来的。

杰克斯一只手慢条斯理地摸着下巴，另一只手捏住她乱扇的翅膀，惊叹道：“维维，你看多漂亮、多可人的小东西啊，我们把她制作成标本收藏起来吧。这真是太神奇了！”

“啊——”小精灵尖叫，那嗓音大得简直可以把人的耳膜穿破，那本来就白的脸色更加惨白了：“你……你……你你你……不能这样做！绝不能！”

“那可不可以把你吃了？”杰克斯仍然是对可以吃的食物比较感兴趣。

“更不行——”小精灵发出更惊人的音量，“我不是食物！你不能吃我！”

“废物，那要你做什么？”连吃都不能吃，这让杰克斯很沮丧，他好不容易才抓到的。

“我会飞！”

“那有什么了不起的，我也会！”

“我会跳舞！”

“很了不起吗？”

“我……我……我……呜呜呜，我要回家！我要妈妈！”

“——怪不得这小东西长不高？原来还没断奶！”

“你去死吧，坏人！”

“我都杀不死我自己，想让我死都很难的！我本来就是坏人！祸害遗千年你知道吧？我正准备把这句话发扬光大！”他挺自豪的，就差没满脸放光！

“哇呜呜呜……”小精灵为自己悲惨黑暗的前途哀悼。

“我是吸血鬼噢，把你的小脖子伸过来，我要吸你的血！”

“哇啊啊啊……妈妈！”

维维于心不忍，那小精灵害怕的模样太可怜了，惨叫的嗓音也太有穿透力了！于是他阻拦道：“杰克斯，你不要吓她了！”

“好啦好啦！不哭啦！我不会吃你的！”杰克斯无奈地安慰哭得稀里哗啦的小精灵。

十分钟后。

“拜托，你不要哭了！”

半小时后。

“求求你，你再哭我都想哭了。”好哀怨啊，为什么吓唬人那么容易，哄人却那么难呢？

一个小时后。

“姑奶奶，你哭归哭，声音请小一点好吗，就当我求求你了！”杰克斯连最后一点安慰她的力气都消失殆尽了。电视里放映的恐怖片的声音和小家伙一直哭个不停的声音差点把他逼疯了！

然而，哭的声音是小了点，眼泪却更多了。

两个小时后。

“我输了！我错了！求求你，姑奶奶，我送你回去还不行吗？我错了——呜呜呜！”杰克斯“掩面痛哭”！他都要疯了！女人最厉害的武器就是眼泪，这句话果然没错！杰克斯终于深刻地认识到这句真理。

“君怜，你回来了！”

君怜推门进来，看见杰克斯悔不当初的模样甚感好奇：“垃圾，你又怎么了？”

“你见过有我这么帅的垃圾吗？即使我是垃圾，我也是垃圾中的极品！”杰克斯为自己打抱不平。

“是，你是垃圾中的极品！”君怜一脚把他踹开。

维维的眼里充满了同情，说道：“她终于不哭了啊！”

“咦？耶？真的没有再哭了耶！终于解脱了，我的天——”杰克斯的表情简直可以用欣喜若狂来形容。

“什么？”君怜被他们莫名其妙的对话弄得一头雾水。

“姐姐……”细小微弱的声音传了过来。

“是谁在喊我？”这么小的声音，跟蚊子唱歌似的，君怜一低头，看见桌子上那小小的东西……顿时尖叫："啊，真是太可爱了！这是什么啊？玩偶吗？"君怜爱不释手地摸了摸她的头发，好可爱、好漂亮、好精致的玩偶娃娃，就连日本的 SD 娃娃都比不上眼前的这个精美漂亮！

"姐姐，我是精灵。"

"哈哈，还会说话呢！"

真神奇啊！

"姐姐，我不是玩偶，你不要一直摸人家的头发啦！"

"……"君怜终于呆住了！

"姐姐，你刚才打了坏人，好厉害啊！"小精灵双眼星星闪烁，把君怜当偶像崇拜，想必刚才君怜踹杰克斯那一脚的形象一定是太帅了！

君怜的头呈诡异的形状耷了下来。

她的家里……什么时候能安宁啊？为什么总是出现奇怪的生物？

"姐姐，姐姐，你不要死掉啊！"小精灵紧张地在君怜的周围飞来飞去。

"不要乱说话！"君怜连忙把头抬起来。这小东西的认知有问题，把头低下去，眼睛闭上就是死人？

"姐姐，那个坏人要吃掉我！你救救我吧，我一定会报答你的！"小精灵着急地请求道。

"是杰克斯他要吃掉你吗？"君怜盯着小精灵一字一顿地说道，"你放心！你还不够他塞牙缝的，他要吃也会挑比较大一点的东西吃，半饱半饿他是最受不了的！他那是吓唬你的！"

"是……是吗？"听到自己还不够塞牙缝的时候，小精灵有点不高兴了。不过可以保住一条命，小精灵也就不计较了，"那我可以回家了吗？"

"你是精灵，住在哪里？"

"很深的山里，有一棵非常大非常大的树，我和族人就是住在那里的。"

"那里一定很漂亮……"

"是啊，可惜你们人类的个子太高了，是无法进去的，不然我就可以请姐姐到我住的地方玩了！姐姐，我可以回家了吗？"

"可以啊！让杰克斯送你回去吧！"

小精灵明显地抽了口冷气，连忙拒绝："不用了，我自己可以飞回去的！"

"那你小心。"君怜看着小精灵从窗口飞了出去。待她飞走以后，君怜惋惜地叹出一口气。

“怎么了，舍不得她？”维维关心地问。

“我看不像！”杰克斯冷哼，舍不得？真是开玩笑！他一语道破天机：“她恐怕是后悔了吧，这么值钱的东西，卖给国家科学研究院一定可以值不少钱吧！”

君怜点点头，叹息：“说得是啊！”

“……”

“……”

杰克斯看得出，维维听到君怜的话后，受了不小的打击。

中秋节。花好月也圆。

“君怜，看！我爸爸特意派人到杭州买来的月饼，这种月饼由大师限量制作，很好吃的。”晚间自习时，梵音献宝似的拿着一盒包装精美的月饼，喜滋滋地递给君怜，“我从家里偷了两个，你一个，你的家教朋友一个噢。”他记得君怜家有位外国的家教，就是会变法术的杰克斯。

“我不能收。”君怜连忙拒绝。

“什么不能收？”梵音眼睛一瞪，旋即“色迷迷”地掐了君怜一下，“你太瘦了，我这是养未来的老婆！”

一只强而有力的胳膊紧紧地勒住梵音的腰，他回过头，越朔夜脸色难看地一字一句吐出话来：“未来的老婆？梵音，你好大的胆子！”

“姓越的！你才好大的胆子，放开我，否则我对你不客气了！”梵音开始使用所学过的空手道、跆拳道、合气道，以及一些杂七杂八学来的功夫，偏偏都被越朔夜一一化解。

越朔夜不费吹灰之力，轻而易举地扣住了原本是黑带高手的梵音，他单手将梵音的双手圈住在身后，压制着他纤细的腰肢，使他紧贴到桌面上不能动弹。越朔夜还低下头，邪恶在他耳边吹了一口气，像撩拨一只张牙舞爪的小猫一样：“梵音，你逃不出我的手掌心的。”

“恶——”梵音头一扭，作呕吐状，“你这个该死的变态，少恶心我！”他的鸡皮疙瘩现在掉了一地。

越朔夜丝毫不介意，着迷地看着他俊俏秀丽的脸蛋。梵音少年的青涩与稚嫩与曾经刻在心底的那张容颜不同，但无论“他”变成什么模样，他都很喜欢。越朔夜痴痴地看着他，迷醉地叹息：“驯服你总是这么有成就感，不枉费我追寻了你几世啊，我怎么舍得放弃你……”越朔夜可是一刻都不想从他的身边离开啊！

趁他不注意，梵音竟然脱离了他的钳制，借着桌子翻身跃到离门最近的位置。他神采飞扬、得意洋洋地朝越朔夜吼道：“就凭你，也想制服我？下辈子吧！哈哈哈……”

吼完后，他对君怜说道：“君怜，我先走了。”

越朔夜难以置信地瞪着自己的手……可恶！他怎么失神让他逃掉，真该死啊。

一时大意吗？越朔夜勾起优美的唇线笑了起来：“看来我可不能放弃修行了，不然下一次再让他从我身边逃掉，这只手臂要了有何用处？”那轻柔的语气里有说不出的狠心。

君怜心里一惊。

他抬眼看了君怜一眼，漆黑如墨的眼睛里并没有警告的意思，大概觉得君怜不足以威胁到他。

晚风徐徐。

维维在厨房里收拾着餐具，君怜坐在窗台前，手里拿着书看了一半就没有心思再继续看下去了。

“君怜，月饼，我要吃月饼！”杰克斯看到君怜回来时带着一盒月饼，吵着要吃。

“你又不是中国……鬼，吃什么月饼？”君怜回过头。

“那我从今天开始当中国的鬼，我不要回西方了！”西方可没有中国这么多“好吃”的节日，端午节可以吃各种口味的粽子，中秋节可以吃各种口味的月饼，过年的时候还可以吃到圆滚滚的汤圆和胖乎乎的饺子。

“你的口水流出来了……”君怜单手支着头无奈地提醒杰克斯注意形象。

“我不管，我要吃！月饼！月饼！”

“那等维维收拾完后，一起吃。”

杰克斯立刻把维维从厨房里拉了出来：“好了，维维已经收拾完了！”

莫名其妙被拉出来的维维用疑惑的目光问着君怜。——怎么了？

“他吵着要吃月饼。”君怜对于一个活了几千年的吸血鬼吵着要吃月饼的举动感到不可理解。

"啊,我也想吃月饼!"哪知维维听后同样露出一副渴望的模样。

君怜无奈了,把梵音送的月饼盒拿了出来,打开。杰克斯失望地嘟囔:"怎么就两个,还不够我塞牙缝的呢!"

"你牙缝可真大啊!"君怜受不了地嘲讽了他一句,把月饼递给他,"你出去吃。"

"你们过甜甜蜜蜜的两人世界,把我一个人扔出去,太狠了吧!"杰克斯怪声怪调地道。变成蝙蝠的杰克斯捧着月饼的模样可以和马戏团的小丑相媲美了。滑稽搞笑!

"你有意见吗?"君怜的嘴角浮现出一抹"魔女的微笑",她有得是法子整他!

受到威胁的杰克斯十分老实地摇头,迅速保证:"我没意见!"

君怜满意地点了点头,把剩下的月饼分成两半,把其中的一半递给维维,发现维维在看着窗户外,便疑惑地问:"怎么了?"

"窗外有声音。"维维说。

"我去看看。"君怜走到窗户前,推开窗户四处看了看,"什么都没有啊……"话还没说完,上空的一声轻喊引起了她的注意。

"姐姐。"

小精灵?君怜诧异地看着飞在半空的小精灵,她似乎哭过,梨花带雨的模样可怜兮兮的。

"你不是回家了吗?怎么了?发生了什么事?"君怜关切地问。

"姐姐,我……我迷路了。"小精灵在半空中扇动着翅膀,哽咽地回道。坏人把她带得太远,她根本就找不到回家的路。

君怜扭过头狠狠地瞪了做错事的杰克斯一眼。杰克斯缩了一下,鸵鸟地把脑袋埋进毛茸茸的身体里。

"你先进来吧,明天让杰克斯送你回去。"君怜示意小精灵飞进来。这时,死蝙蝠异常乖巧地飞了起来,把手里珍惜万分的月饼掰了一半递给小精灵。

"你不要哭了,这个给你吃。我带你出去玩吧。"

小精灵哭得太伤心了,忘记他就是害自己回不了家的罪魁祸首,稀里糊涂地接过月饼,扇动着透明的翅膀和他飞出窗外,朝着月亮的方向飞去。

"他们看起来很幸福啊……"维维感叹道。

君怜的脸色异常怪异,一只蝙蝠和一只精灵很幸福?

维维的逻辑有点问题。呃……她还是开始消灭月饼好了。

"味道怎么样？"君怜不喜欢吃月饼，刚才尝了一口，感觉味道不怎么好。

"非常美味啊。"维维笑眯眯的，他也感觉好幸福啊！

"怎么会？我感觉一点都不好吃！"君怜怀疑地看了看手里的月饼，拉过维维的手，对着他的月饼咬了一口，"味道明明是一样的啊！"

突然发现维维一动也不动，她抬头，脱口道："维维，你是不是发烧了，脸好红！"像在冒烟，都可以煎鸡蛋了！

维维清了清嗓音，刚才……君怜吃了他品尝过的东西呢，感觉和君怜好亲密啊（继续脸红中……）。维维避开她尴尬的问题，解释道："君怜会觉得月饼不好吃，大概是因为没有和想在一起的亲人一起吃，所以才会觉得月饼一点都不好吃。而我的亲人就是君怜，能和君怜在一起，无论吃什么都会觉得特别美味。"

"大概是吧。"君怜有些无精打采，她想老爸了，"维维，我好想老爹啊。"

维维为难地看着她，安慰道："君怜的老爸一定也很想君怜的。"他受君怜的影响是不是太深了？看到君怜没精打采的样子，他也一点精神都提不起来。

"君怜，看这边，快看。"窗户外传来梵音大呼小叫的声音。

"砰——"一道道烟花绽开在半空中，很漂亮地在空中划出一道又一道完美的弧线，转瞬即逝……

"哈哈，君怜，漂亮吗？"梵音努力挥着手，茶褐色的头发在烟花下格外夺目，他灿烂的笑脸就像发光体一样，吸引着人全部的视线。

"很漂亮，谢谢你！"君怜对着他大声回道。她移开视线，注意到离梵音不远的地方，越朔夜像暗夜中的守护天使一样静静地站在角落里。

"君怜，我要找其他朋友玩了，中秋快乐！Byebye！"梵音跨上自行车，自行车的后面有着一叠叠的烟花爆竹。

不多久，警笛声充斥着耳膜。君怜听到顿时一僵，抱着脑袋连忙藏在窗户下。

维维同她一起躲藏在窗户下，小声地问："怎么了？"

君怜掩面呻吟："梵音那个白痴，这里是烟花禁放区……嘘，小声点，一会儿有人敲门也不要开门！"

"啊——"

"真的好乌龙，对吧？"君怜忍住笑，听到门口有警察有力的敲门声。

活就是他死。总之只有一句话,他必死无疑!”

“你又打不过他。”君怜小小声提醒太白金星的“惨败历史”。

“嘿嘿嘿嘿,打不过就只好用计了。”太白金星完美无敌的笑容上写着大大的“阴险”两个字。

“神仙怎么可以这么卑鄙!”君怜大声抗议。

“什么卑鄙,这叫兵者诡道。”太白金星话题一转,“维维,我把你养的那两只老鼠带来了。现在他们吃了我炼制的丹药后已经成精。不过他们的耳朵和尾巴还没有去掉,还要修炼几百年的时间。剩下的就交给你了。”

他拍了下手,门外就走进来一黑一白的人影。是两个少年,一个是充满野性的十六岁左右的少年,一个是纤细柔弱、二十岁左右的美男子。

君怜吃惊地张大嘴巴看着他们两人,脱口问道:“你们谁是小白?谁是‘肉团’?”

维维倒是没有吃惊,明白地指给君怜看:“小白的年龄比较大,‘肉团’还是小孩子。”

“肉团”阴冷冷地笑:“蠢女人的脑袋就是蠢!”他的脸蛋棱角分明,瞳孔又大又黑,睫毛也比较长,身后一条老鼠尾巴晃来晃去。

“竟然还会说话……”君怜捧着脑袋感觉头疼。“肉团”真是要多讨厌就有多讨厌。

“黑木,你怎么这样说主人!”小白紧张地拉着“肉团”的衣服。

“黑木?”维维歪着脑袋,看着温柔知性的小白,“‘肉团’的名字叫黑木,是谁起的?那你的名字呢?”

“我叫白瑕。”小白跪坐下来看着维维,“我们的名字都是互相取的,希望主人允许我们用自己的名字。”

“没有关系。”

小白……现在是白瑕的男子转过身一扑,抱住君怜的脑袋说道:“女主人,我好想你。”

“小白!小白你干吗!”

“女主人,能再次见到你真是太好了。”白瑕将君怜抱了起来,放到自己的臂弯里。不管怎么说,他现在已经是个成人,抱着君怜就像抱小女孩一样,轻松得很。

“我不准你抱她！”黑木冲过来将他们分开，自己倒是紧紧地扒着白瑕不放。

“稀罕！”君怜一甩头，拎着维维窝在藤椅上。

太白金星告辞之后，君怜冷着脸看着那两个既熟悉又陌生的人：“你们若是想监视苍溪就离开这里。”

白瑕为难地轻叹了口气：“太白上君的确是交代我们监视苍溪，我们虽然表面应承，但心里绝对不会将苍溪的行踪告诉他们的。”

“我可没那么没品！”黑木脸色难看地大叫了一句。看样子他也是站在维维这一边。

“苍溪虽然讨厌，但是我还没有动过想他死掉的念头。”君怜摸着维维的头发，在指头上绕来绕去，“维维说过，苍溪做过很多离经叛道之事，但是我相信眼见为实。除了爱挑衅别人这一点，他并没有真正伤害过别人。”

“他杀过主人。”黑木心有不甘地道。

维维笑了两声。

“你对他倒很大度。”君怜遭到黑木的提醒，一股闷气涌了上来，不高兴地瞪着维维。

“那时候你已不在我身边，本身就是生不如死。苍溪将我的记忆封闭了起来，你说，这对我来说，是好还是坏？”维维轻描淡写地说道。

君怜看着他，怔了一会儿，将头靠了过去，摩挲着他：“以后再也不要和你分开，死亡也不能。”

学校里。

君怜发现，梵音经常站在镜子面前，一脸陶醉样。

“你脑子里长霉了啊！”君怜懒得理他。

“可是……可是我最近收到了好多情书啊！”梵音哗啦啦地从书包里倒出来不少的书信。

君怜诧异地蹲下身，捡了几封看了看。君怜抬起头研究性地看着梵音的相貌，梵音立刻绽开桃花笑颜。

“是挺多的……”君怜在事实面前不情愿地承认道，梵音这家伙还是挺受女孩子欢迎的。

“刚才放学的时候我才发现书包重了好多。最近每天都可以收到好多的情书，难道说……我的春天来了……”梵音心花朵朵开。

君怜眯着眼睛看他：“你的春天离开过你吗？”

“以前虽然偶尔也能收到情书，但是也从来没有这么多啊。一天就可以收到几十封。”梵音把书信堆起来往书包里放。

君怜捏着他脸上的肉：“最近越朔夜把你养得白白嫩嫩的！你这张脸真是骗了不少女孩子！”

“她们都是败在我的人格魅力下的好不好！哼！”梵音对着镜子犹如自恋狂一样夸耀着自己的长相，“我真是天然的帅啊！”

“美死你吧！”

死拉硬拽才将他拖走，两人边走边讨论最近热播的国产电视剧《士兵突击》。

“我喜欢史今班长。”君怜是史今班长的拥护者。她喜欢温柔的人。

“我比较喜欢老A的那个袁朗，那才叫男人。”

“史今班长最高！”

“老A最强！”梵音不甘示弱。

两人都试图维护自己的“偶像”，没有察觉身后不知道何时蹿出了几个高大的男子。只觉得眼前一黑，两人被套着麻袋扔着一辆车里。

“绑架——”君怜刚喊了一声，已经被人不知道用什么东西敲昏了。

“君怜你怎么了？”梵音听到君怜不再喊叫，心一慌。可是什么都看不见，只好默默在心底祈祷念着：越朔夜快来救命啊，晚点就只能见到我的尸体了！老子找到让你表现的机会了……快点来救我啊！

闭上眼睛，梵音默默记着车子拐了几道弯，嘴里也默默念着数字，计算着距离绑架的时间已经有多久。

车子似乎开到了郊区，颠簸的土路让车子晃来晃去。

令他心忧的是，君怜一直没有醒过来。

终于，过了两个多小时的时间，车子停了下来，有两人将他抬了下去。

“大哥，怎么办？”

“先放仓库里。”

前面有人拉动着铁门的声音。接着，几分钟后，梵音被扔到了地上。他一动不动地假装昏迷。

“不会闷死了吧？”绑匪见梵音一点反应都没有，不由得心生疑惑。

“算了，给他们解开，反正到了这里他们也跑不了。”

有人将他们头上的麻袋拿掉，梵音仍然紧闭双眼。

“大少爷就是细皮嫩肉的，这么点事就吓晕了，哈哈！”有人拿脚尖踢了踢梵音。

“好了好了，去守着。我去市里采购些吃的用的。这可是一大票。别随意把他们交给那个千金小姐。”那个老大吩咐道。

听到周围没有声音的时候，梵音也没有动弹。确定绝对的安全后，他才缓缓将眼睛睁开一条小缝隙观看四周。没有人。梵音连忙起身寻找君怜。这一看，让他的心脏险些跳了出来。君怜睡在他的不远处，额头上正流着血。

“君怜！”梵音跳过去。喊着她的名字。

“君怜你醒一醒！君怜……”喊了数声后，君怜一点反应都没有。梵音慌了，大声喊着：“来人！绑匪呢？你们给我出来！”

两个绑匪从外面跑了进来，看着大喊大叫的梵音，凶神恶煞状吼了起来：“喊什么喊！想死是不是？”

“你们快点给她包扎！叫个医生过来！”梵音命令道。

“她？这个小丫头又不值钱，死了算了。”

“我说快点给她包扎，你们听到没有？”梵音大吼。

“你还命令起大爷我了？不给你点教训，你是不知道我东虎是什么人！”一名大汉上去给了梵音一巴掌，将他的脸扇得红肿起来。梵音的头低了下来。

“给她包扎，你要什么都行，要钱我爷爷多得是，现在不给她包扎的话，到时候我让你们什么都拿不到！”他语气发狠道，拿着刚才摸到的啤酒瓶的碎片用力割断背后的绳子。

“拿不到钱，我就要了你的命！”那个叫东虎的抓住梵音的头发，将他提了起来。

梵音对他露出笑脸，东虎还在诧异的时候，梵音已经旋身将一个啤酒瓶砸到他的头上。

“这是我替君怜还你的！”

梵音冷笑。脚还被捆绑着，他只能整个身体跳起来，踹向那个叫东虎的男人。

“啊——”东虎捂着额头痛苦地大叫着，还未从疼痛中恢复过来，身体又

受到一记“黑心腿”，他倒在地上，恶狠狠地吩咐同伴：“给我打他！”

另一个男人正要冲过来的时候，几秒钟的工夫，梵音已经将脚下的绳子解开。那男子扑上来要抓住他，梵音擒住他的胳膊，顺势给了他一记过肩摔。

这边的动静将外面看守的人惊动。梵音一看又跑进来几个人，心凉了一下。本以为绑匪只有三个人左右，他没想到有什么多人。看样子是个团伙！

识时务者为俊杰！梵音一向明白这个道理，在那几个人过来之前，他连忙举手：“慢！”

那几个高大粗壮的男子停了下来，梵音连忙叫道：“我不想和你们打。我只是想让你们给我朋友包扎一下。”

“给我好好教训教训他！”那个叫东虎的男子在他们中间的地位好像不低，一声令下，几个男子向梵音袭来。

身为富家子弟，梵音从小就开始练习拳脚，应付几个人是没有问题。只是当他们拿出武器时，他身上受的伤越来越多。

直到有人趁他不备，击中他腿部。梵音跪到地上，棍子铺天盖地地往他身上落。

“求求你们，给君怜包扎。”梵音在地上滚动的时候，还不忘大喊。

“包你个头，担心你自己吧！”

“给他打麻醉！”

“TMD！这哪是少爷，简直就是发疯的小豹子。”

一记针管插进了梵音的身体里。药效发作很快！只是几秒钟的时间，梵音的眼前开始一片模糊，身上的痛感也消失了，周围的一切他都感觉不到。

再次醒过来的时候，他不能算出自己睡了多久。麻醉的药效还没有从他身上退去，他使出了十成的力气，才使自己靠着墙壁坐了起来。

“真狼狈。”他闭上眼睛喃喃说道。歪过头，看着君怜脑袋上简单包扎的白纱布，他扯了扯嘴角：“还算他们有点良心。”

手脚重新被绑了起来。周围的啤酒碎片也都被收拾得干干净净。损失了一次逃跑的机会，换来了君怜的伤口包扎。这麻醉药真有效，受了这么重的伤，身上一点疼痛感都没有。

他挪到君怜的身边，靠着她道：“都跟你说老A最强了吧。”

“别睡了，大不了我同意你说的，史今班长天下无敌。”

“君怜……”

“好饿啊,你不饿吗?”

“我身上有吃的噢。”

“什么吃的?”

“我骗……啊?你醒了?”梵音惊喜地叫道。

“梵音……我头好痛!”君怜痛苦地闭着眼睛呻吟。

见她醒来,梵音心里放下一大块石头。他凑过去帮她吹吹:“不痛不痛,痛痛飞飞。”

君怜睁开眼睛,忍着痛楚问:“我们被绑架了?”

梵音“嗯”了一声,又道:“对不起,连累你了。他们的目标是我。”

“幸好跟你一起被带来了,不然我该担心死你了。”君怜眨了眨眼睛,“我睡了很久吗?天这么快就黑了?”

梵音一怔,看着她茫然无神的眼睛,再看着仓库墙壁上高高的窗户外面透着的阳光。

回过神,梵音将头轻轻抵在她的身上,像是怕惊扰她一样轻声回道:“天黑了,很黑很黑……”

“绑匪真小气,天都黑了连灯都不开。”君怜气恼道。她很怕黑耶!

“是啊,晚上有鬼的话怎么办?等我们被救出去以后,我帮你打他们好不好?”梵音的语气温柔得不正常。

有雨滴落到君怜的脸上:“下雨了?”

“嗯。”

“房子真破……都漏雨了。”君怜觉得梵音太安静了,她说一句梵音应一句。平时梵音可没有那么安静呀!当雨滴再次落了一滴在自己的脸上时,她醒悟道:“你哭了?”

“没有啊。”梵音很佩服自己的语调。

“他们打你了?”君怜激动地动了一下,结果头痛得更厉害了。她低叫了一声:“太过分了!他们还敢动手打你!打得厉害不?痛不痛?”

“不痛。”

“怎么会不痛,都把你打哭了。”

“真的不痛……”梵音呜咽地说,“只是心里不知道为什么突然那么难受……”

“不难受，我给你讲笑话好不好？”君怜想不到办法安慰他，提议说笑话帮他转移注意力，“从前有个胖子，从高楼上跳下来，结果你猜他变成了什么？”

“奥特曼？”梵音问。

“不，他变成了一个死胖子。”君怜严肃地道。

梵音忍了忍，没忍住，还是笑了出声。

“心情好多了吧？”

“好多了。”

“不论发生什么事情，还有我在你身边呢。”

“我情愿你不在我身边……”梵音心里难受地道，“君怜，你可不可以打我一下，骂我也可以。我真的很难受。”

“那再给你讲个笑话好了。”

“有一个人骑摩托车喜欢反穿衣服，这样可以挡风。一天他酒后驾驶，车翻了，他一头栽在路旁。警员赶到后，看了现场。警员甲说：好严重的车祸。警员乙说：是啊，脑袋都撞到后面去了。警员甲说：嗯，还有呼吸，我们帮他把头转回来吧。警员乙说：好！一、二使劲，转回来了。警员甲说：嗯，没有呼吸了……”

“哈哈哈，好笑吧？我都讲了这么多次每次都觉得好好笑啊！”君怜说完先笑个不停。

“我以为你在讲鬼故事。”梵音看着她开心的笑脸。

“你不觉得超搞笑吗？那我给你讲其他的吧……”君怜兴致勃勃地正要讲别的笑话，梵音制止她道：“安静。”

铁门的拉动声传入梵音的耳朵。有人进来了。

“老大，那个千金小姐来了。”梵音听出是东虎的声音。

“千金小姐，会是谁呢？”君怜小声道。

“把梵音给放了。”梵音听到外面有个熟悉的女声。

“放了？想得美！他可是一条大鱼！来人，把这个小美人也给我绑起来，到时候多干一票。哈哈哈！”

“你们这群人不讲信用！”那女孩高声尖叫起来。

“笨蛋！绑匪的字典里根本没有‘信用’两个字。”梵音低骂，“是叶婉婉那个笨女人！”迟早他会彻底修理她一顿的！

叶婉婉双手被绑在一起，两个男子推着她进了仓库，接着门被合上。她一

见到梵音就热泪盈眶:“梵音——”

“我不认识你!”梵音冷淡地看着她。

“梵音,我不是故意的,我只是……我只是想给你一下教训。”

“这教训可真够刻骨铭心的。”害得君怜……害得君怜的眼睛……如果君怜的眼睛再也看不见了,他发誓,绝对不会放过叶家。

“你怎么也在这里?”叶婉婉终于发现了君怜的存在。

“我怎么不可以在这里?托你的福,刚才我已经和梵音私订终身了。”君怜笑着道。接着,君怜她低头小声问着梵音:“你是不是骗我?天根本没有黑,我的眼睛看不见了?”

“是……君怜,你不要怕,我一定会请世界上最好的医生给你医治的。”

“不必了。梵音,我假若死在了这里,你一定要把我的尸体藏起来,不要让维维发现,他若是看到我的尸体,一定会发疯的。”君怜像是交代遗言般道。

梵音怒极:“你胡说什么!你怎么可能会死?只是眼睛看不见,哪有那么严重,要死的话我也一定在你前面!”

“我有很不好的预感……我再也不能见到维维了……”她喃喃说着,心底的恐慌越来越深刻。

正说着,门“砰”地被踢开了,门外站着浑身散发着怒气的越朔夜和维维。维维被送到了君怜身边,小手抓着她的手指:“君怜……”他在发抖。

“维维。”君怜顿了一下,没有反手握住他的手。她对着看不见的人道:“我的眼睛看不见了。”

维维全身一僵,过了好久好久,才像是安慰她一样吐出一口长气道:“没有关系,只是眼睛看不见,我会帮你医治好的,那时候你就可以再看到我的样子了。”

“有关系的……维维,有关系的……”她身体里好像有什么在逐渐地衰弱一样,从额头受损的那一刻。她可以感觉得出。

那边,梵音在越朔夜的帮助下将绑匪打得个个赛猪头,惨叫声不绝于耳。

回到了安全熟悉的家中,躺在床上,君怜任由梵音在门外叫着:“君怜,君怜你不要生气,我给你带了最好的医生,开门,开门啊!”

“我不怪他。”君怜道。

维维想用自己的灵力将君怜的伤口医治好,只是莫名其妙地突然无效

了。他的任何治疗的法术都对君怜无效。

"我也不怪,我只怪我当时没有在你身边。"明知道无效,维维仍然一试再试。

"不要再费力气了,伤口治不好的。"

"怎么会,我一定会把你治好。"维维安抚她道,"我是天底下最好的治疗师。"

君怜睡了一会儿,也不知道外面是什么时候了。

"维维?"她抬起手,想寻找维维,却发现手腕无法抬起。

门外,是苍溪的声音。

苍溪道:"我真的没有办法!我很想救她,可这个世界上就连你都无能为力的时候,还会有谁能救得了她。"

"苍溪,我用命跟你交换,行不行?求求你,你一定有办法救她的。"

"你给我下跪,我会折损八百年的修行的,你知不知道!"苍溪气急败坏。

"她要消失了。我不能眼睁睁地看着她在我面前死掉,我的法术对她完全失效,你一定有办法的。苍溪,你是我最好的朋友,她是我所爱,你不能这样对她。你对她见死不救,我会一直恨你!"

"你——" 苍溪气恼地叫着,"我……我只有办法延续她几个小时的性命。"他似乎拿了个东西给维维,"这是观音菩萨净瓶里的圣水,你把这净瓶圣水喂给她喝,可以让她多撑一些时间。"

"苍溪,谢谢你。"

门接着被小心打开,有人温柔地抚摩着君怜的额头。然后,她就感觉到干涩的唇里倒进了清凉甘甜的圣水。

"维维。"身体似乎有所好转,但是听到刚才外面的那番对话,君怜也知道自己所剩的时间不多。

"你醒了?"维维握着她的手,语调轻快地道,"告诉你一个好消息。"

"什么好消息?"

"我变回来了!"维维将她的手放在自己的脸上,"你摸摸看,我又变成了原来的那个维维。"

君怜惊喜地随着他的牵带左摸右摸,果然变了回来。她突然火冒三丈:"是死狐狸对不对?"

“咳……”

“果然是他！他肯定知道将你变回来的方法，却不告诉我，看我着急很好玩吗？”阴险狡诈的家伙！

客厅里仍然有梵音的吵闹声，维维抱着她轻轻拍打：“有没有好一点？”

“好多了。”

他轻轻吻了吻她的额头：“我会一直在你身边，不要害怕。”

她没有将自己连手腕都无法动弹的事情告诉他，只是说道：“你能让苍溪进来吗？我有话想跟他说。”

维维帮她整理了有些乱了的头发，然后退了出去。之后，房间里又多出了一个人。脚步停在门口，只是不动弹。

“苍溪。”君怜喊他。

“哼！”他大步跨过来，坐在她床前的凳子上，“你叫我来干什么？”

“死狐狸，你这次骗了我多久？”一想起来她就牙痒，想咬他一顿。

“那也是因为你笨！”他毫不客气地嘲笑她。真是的，他说没有解药她还真信了，看她乱着急的样子就觉得好玩。

君怜不想再追究，死狐狸好歹也做了一件好事：“谢谢你的圣水。”

“你……你听到了？”

“那一定是很难得的东西，若不是维维求你，想必你谁也不会给。”

“你说错了。”苍溪按着她的伤口处，“我才没有那么薄情寡义，他不说，我也会想法子给你续命。”

“啊啊啊……好痛，我是伤员耶！”君怜痛苦地大叫道。疼痛过去后，她突然觉得，苍溪一点都不无情。

“哼，若不是在太白金星一事上，你处处护着我，我才不会承认你！”

“什么承认不承认，我和维维是天生一对！”

“你要死了，就剩他和我‘地造一双’了。”他凑近她，拉扯着她的头发。趁维维不在，尽情地欺负她，以报心头之恨，“你竟然害得他对我下跪，我只是小小一狐妖，他是什么身份，对我下跪，折损我起码八百年的道行，这笔账，你让我跟谁算。”

“反正八百年对你没差啦！你根本不在意这个，拿这个当借口欺负我，够了没有？”

“哼！”苍溪不甘愿地松开手。

“苍溪，我是不是要死了？”

苍溪沉默了一下：“想必你也有所感觉。”

“嗯，我可以感觉得到。自从我过了十八岁之后，维维很小心地在我身边，不离片刻。说是变小想多和我相处，那也只是借口，他在害怕，害怕我发生意外。没想到还是逃不掉。”

“是啊，就连我都没有料到，这小小的一处伤口，都可以要了你的命。”苍溪嘲笑道，手指却意外轻柔地摸着她的伤口处。

他们静静地享受着这不再争斗的片刻时光，直到君怜再次开口打破了沉寂。

“我死后，你会怎么对他？”

“还未拿定主意。”

“不如再封锁他的记忆吧？”两个人一起商量着对付维维的方法，难得有意见相同的时刻。

“你以为他有那么好对付的？上一次跟他斗法，我休息了两百多年。这一次，我看我休息四百年都未必能恢复得过来。”

“我不想让他痛苦。”

“我知道了。”苍溪起身，“你剩下的时间不多，我就不打扰你和他相处的时间了。”

“苍溪！”君怜喊住他。

“干什么？”

“你真是个好人。”

“这话让我想吐。”

“……有那么假吗？”难得她违心说一次谎话。

“哈哈哈——”苍溪大笑，“君怜，我今天第一次，觉得你还蛮可爱的！”语毕，他笑着离开。

君怜胃痛：“你这话也让我想吐……唔……受不了了……”她是真的想吐了！

维维熬了她爱吃的粥端来，喂给她吃，但她无法咽下。

“我想吐。”心里好难受，君怜叫着，“维维，你扶我起来。”

维维见状慌忙扶她起来。君怜趴在床边,胃里翻滚了几下,将刚才喝下的圣水全部吐了出来。

“真没那个享福的命啊,观音菩萨的圣水都被我吐了出来。”她气喘吁吁地道。

感觉到维维一动不动地,她喊道:“维维,把我放平。这样我很难受。”

维维像是机器人一样,一个命令一个动作。被放平以后,君怜觉得自己已经撑到了极限了,她虚弱地闭上眼睛,在他耳边轻声道:“我会一直在你身边,不要害怕。”

不要害怕我会死亡,我对你的爱永远不会离开你。维维,请你不要为我伤心。我只是暂时地离开你,不要为了分开而一个人哭。

眼睛虽然看不见你,你的容貌,你的温柔,你对我说的每一句爱语,我都刻在了心上。

永远记得。

“君怜……君怜……”在他失声哭泣的时候,她希望有一个人,可以替她安慰他。

维维,我会一直在你身边……一直都在……

像你守护我一样的,我也同样可以守护着你。

这个世界上有很多人,很多声音。热闹无比,喧闹无比。然而往往一个人,只需要另一个人的声音。

别人的热闹与我无关。我只要听到他的声音就已经满足了。她想着。

他像木偶一样,不过是只好大好大的木偶,漂亮极了。只是没有表情,没有声音。

经常默默地陪在她身边坐着,默默对视。可是却让人觉得,他的视线穿过她,看着的是没有尽头的黑暗。

已经许多天了,他都不理她。

因为太无聊,她偶尔会到别处乱逛。没有人可以阻拦她的脚步。院子里的桃树开了花,粉红色的。桃花开了,离结桃子的时候就不远了吧。她站在桃树下,仰着头看着上面漂亮的花骨朵。心想这棵树一定是那个漂亮的木偶种的,不然这花怎么开得这么漂亮呢?

他长得就好像桃花仙人一样,红着脸陶醉地想着木偶美人,她忍不住偷

偷回去，继续陪在他的身边。

“君怜。”

她轻轻摸着他的眼睛，他却毫无感觉。为什么他要哭呢？哭得她的心像被揪住了一样。不过终于能听到他的声音了，她觉得好开心。

只是他又沉默地坐在那里当木偶。捧着脸蛋就这样痴痴地看着他，黑夜和白天交替，他再也没有开口说话，不行了，她好闷，她要出去透透气了。

院子里不知道什么时候出现一个陌生人，银白的长发像要拖到地上一样，他正闭着眼睛喃喃念着什么。她只是游魂，反正没有人可以察觉到她的存在，于是好奇地摸着他的耳朵。他突然睁开眼睛，是红色的。

她吓得缩回了手。这个人是谁啊？他能看到我？

她赶紧往外退去。他站起来在身后喊着：“你不要离开这个院子。我施了阵法！”

什么啊！这个奇怪的人说的话都听不懂。咦？院子的外面原来也有人？是两个男孩子。那个顶可爱的男孩子为什么跪在地上呢？

“你能看到我吗？”她和他打着招呼，他却不理人。

“梵音，不要跪了。”后面的黑衣男孩要抱他起来，他一拳把他打开。

好凶噢！

“你跪多久君怜也不会醒过来，你不要白费力气了！”

“不要管我！”那个叫梵音的嗓音哑哑的，像鸭子一样。

“君怜……君怜……我的老婆……呜呜呜……”他跪在地上哭着，鼻涕和眼泪都抹到了那个黑衣男孩的身上。

“好惨。”她倚着墙头，默默擦着根本不存在的眼泪，替他欷歔不已。不过这个男孩子这么小就娶老婆了？

这时，远处有个直发美女打着太阳伞过来。她将伞罩到了梵音的身上，害怕太阳把他照伤了一样。好温柔好体贴的女孩子啊。

“你滚！”梵音却不领情，把她推倒在地上。

啧啧，这么凶，真怀疑他怎么娶到老婆的。

“梵音……”娇小可爱的女孩子哭着扑到他身上。

“我说过，再让我看见你，我就打你！”梵音好狠心，抓过她就要打她的耳光。”

梵音看着女孩子楚楚可怜的神色，手最终没有放下来，只是将她推得很远。接着，他继续跪到了地上。

“老婆……老婆我对不起你……”他继续哭个没完。

啊……原来他是个负心的人……

夕阳一点点地倾斜。游魂看着残阳消失在城市的尽头。晚风起，那个耳朵尖尖的人还在院子里盘腿念着什么。这个人是唯一可以看到她的人。

“你在干什么？”她凑过去问他。

他不理，继续念。

又过了几个小时，天已经被染成墨汁一样的颜色。他才睁开眼睛说：“我在帮你。”

他突然一把抓住她，游魂又惊又怒：“你干什么？”

“是你说不要让他痛苦的。我只有一个可以不让他痛苦的办法，那就是逆天而行。你不会离开他的，永远不会。”他的嘴角出现意义不明的笑容，将她扯到了屋子里。

“神祈！”他踹开门，喊着那个漂亮木偶的名字。

原来他的名字叫神祈！她心道，终于知道他的名字了。

抓着她的坏蛋将他拉到了神祈的面前。“神祈，你想关上你的眼睛多久，夜里黑白无常就来带她走，你再不醒醒就来不及了。”他使力，一把将她推到了神祈的身边。

“啊！干什么啊！”她叫着，神祈反射性地接过她。真奇怪，这个木偶原来是会动的啊！

神祈低下头看着她，光芒在他的眼里汇集成漂亮的颜色，他将她抱得死紧。“君怜……君怜……”

君怜真想告诉他他认错人了。不过他的身体香香的，软软的，好舍不得离开啊。

“君怜，你还没有离开。真的太好了！”他神情激动。

“我……我不叫君怜……”她道。

“你不叫君怜，那叫什么？”他轻轻抱着她。脸颊不住摩擦她的脸。

“我……我叫……我也不知道……”好像自己没有名字耶！奇怪，怎么想都想不起来，自己到底有没有名字？

“我知道，你就叫君怜，是我的君怜！”他开心地抱着她。

“我是君怜？”

“是。”

原来我叫君怜？她偷偷在他耳边，不好意思地道：“怎么办？君怜好喜欢神祈啊。”

他一怔，接着学她的样子贴在她耳边道：“正好，神祈也好喜欢君怜，我们在一起，好不好？”

“好！”

外面突然亮光一闪。神祈动作一停，牵着君怜到院子里。

“苍溪！”神祈问道，“刚才黑白无常来了？”

“嗯，让我打跑了。不过估计会搬救兵过来。”那个叫苍溪的站在桃花树下，一眼看过去，就像从桃花树里钻出来的桃花妖精一样。他凤目带着笑意看着他们：“你可别再失魂落魄了，不然来了高手我一个人可应付不过来。”

“谢谢你。”神祈道谢。

正说着，暗夜色里来了一只白虎，白虎上坐着一个熟悉的人。

“是君怜的父亲。”

长得皮光肉滑的美形大叔坐在白虎上，笑呵呵地下来，对着神祈和苍溪道：“好久不见。”

“君叔叔，你怎么会在这里？”神祈诧异问道。

“啊，事情太长了。我简单说一下吧。其实我早该死了，是为了复仇才跟阎王橘名指谈判，他给我法力让我复仇。我呢，在复仇完成的时候，签了卖身契，在地府当判官。原先的判官八角再任一年就要转世去了，我就是新顶替的判官，目前在地府实习中。”

“那你现在复仇完成了吗？”苍溪插嘴道。

“差不多完成了。最后一个家伙，呐！我用我的爱！感化了他！”他指着身下的白虎。

“吼——”白虎吼了一声，翻身变成了有疤的少年模样，他龇牙咧嘴道：“什么用爱感化了我！放屁！他跑到我家里吃我的喝我的，还拿我打工赚来的钱乱花。最后为了救他，我还死在了车祸中。现在不得不沦为地府的工作职员，为他做牛做马！这就是用爱感化我？妈妈的，我呸！”

君笑生打了他头一下:"嘴巴放干净点，我跑到你家里给你洗衣服做饭，拿你打工赚的钱是我的报酬。你欠我一条命,我没折磨你对你已经不错了！"

"用不着！"有疤少年变成白虎,躲在一旁生闷气。

君笑生揉了揉它的脑袋,然后,对着君怜招了招手。

君怜看了看神祈,他点了点头,君怜朝君笑生走了过去。

"女儿！"

"老爸！"她乖巧地喊。

君笑生的眼睛立刻湿润了,忍不住一把将她抱入怀里:"君怜,老爸算错了,一直以来我都以为,我复仇完死的那一天,你也会跟随我离开这个人世。到时候我们在冥界团圆。只是那个时候的我没想到,神祈在你的心里会变得比老爸还重要。"

君怜伸出手抱着他的背:"爸,你也很重要,这世上最疼我的,就是你了。"

"这话还比较好听。"君笑生摸着她的脑袋,"女大不中留。我就不留你跟我在一起了。地府那边的事情,我会安排,大小我现在是个替补判官,做点小手脚不被人发现,这点能耐我还是有的。"

"……老爸,你会变成贪官污吏的！"君怜很有预见性地道。

"哈哈,我只为你。"君笑生松开她,走到苍溪的身边,低语对他说了一句什么,苍溪的脸色立刻变黑了。

君笑生折下一枝桃花枝,手一点,那桃花枝变成了君怜的模样。他拉着"假君怜"坐到了白虎身上,大笑离去:"乖女儿,我会经常来看你的！"

原本以为会有一番恶战,没想到君怜的老爸一切都安排好了。接着,神祈和君怜把目光放到了苍溪的身上,问道:"他对你说了什么？"

苍溪没好气地瞪了他一眼:"死判官说有黑锅我背,送死我去！"

"噢。"

"你就一个'噢'。有没有良心？"

"苍溪,你真是个好人！"神祈夸他。

"啊？真的吗？真的吗？你真的这样觉得……神祈,我好喜欢你噢……"苍溪立刻变成狐狸,扑了上来,神祈连忙拉着君怜逃走,花前月下去也。

留下某只可怜的狐狸对月长嚎。

番外篇

《君怜的前生》

一

莲。

她记得了……原本她是朵在佛前修炼的青莲。

莲香清幽。

“莲儿，你是否动了凡心？”佛祖缓缓睁开眼。

凡心？她没有心……怎么可能动了凡心……她只不过是一朵青莲啊。

可是她好羡慕，为什么人间有亲人，有手足，有可以至死方休的甜蜜恋人，她没有？

她也好想好想有亲人，有手足，有……可以至死方休的甜蜜恋人……她希望有个爹，可以撒娇，有个妹妹，她可以哄她闹她，有个可以慢慢走完一生的恋人啊……

“唉——”佛祖竟然叹出一口气来，“你太痴了，倘若不让你下凡尘，恐怕你是不会死心的。”

原来她的“声音”……佛祖可以听到……

痴吗？她只不过每次地想，想到最后不知何时变成了执念，执念越来越深，深到她的根茎……

“你既然动了凡心，我也无法留你，你就下凡去吧。”佛祖接着道，“只是你的本命仍然是莲，命途多舛，恐怕每一世都活不长久。下凡后，你若有心修炼，还是可以修成正果的。”

她的身体渐渐像袅袅的轻烟一般缭绕地升了起来。似乎有什么不一样

了……

二

太平盛世。

“知府大人,恭喜你,喜得千金。”接生婆眉开眼笑地道着喜。谁都知道知府大人疼娘子,又希望有个女儿,如今能如愿以偿,怎么不值得恭喜呢?

君笑生喜悦地接过襁褓中的婴儿。

“咦,这婴儿怎么不哭呢?”接生婆疑惑道,她连忙打了婴儿一下,婴儿顿时放开嗓子哭了起来。

“你打她做什么?大胆!”君笑生怒目瞪着接生婆。

“我……我……大人,婴儿刚出生的时候不哭的话,是不吉利的。”

“滚!”竟然敢打他的女儿,找死吗?

“是……是……”接生婆连滚带爬地逃出君府。

三年大旱。颗粒无收。

怀恨在心的接生婆这样传道:“都是知府家的那个千金,听说是妖怪转世,不然为什么从她一出生,我们老百姓就没有好日子过!三年大旱啊,她是想活活饿死我们。”

“听说她刚出生的时候连哭都没有哭,三岁的时候就会写字,不是妖怪是什么?”

“一定是妖怪!”无知的人这样大声附和。

“烧死她!”

“烧死妖怪!”

君笑生举起剑对着一群盲目迷信的老百姓。他曾经为他们破案无数,现在他们却叫嚣着要烧死他唯一的女儿。

“滚开!”

“大人,你的女儿是妖怪!只有烧死她,我们老百姓才能有条活路啊!”有青年大叫。

“烧妖怪!烧死她!”

火把高举,火舌越蹿越高。

“擅闯君府者,杀无赦!”君笑生高声吩咐道。

“爹。”君莲为爹爹擦着汗,“你做噩梦了吗?”

君笑生大汗淋漓。为了保护君莲,他已经连续五天都没有睡觉了。外面那群盲目的老百姓甚至不顾性命地要冲进君府,就连君府里,都有家奴想毒死君莲。

这是什么世道!

“爹,你上床睡吧。”君莲乖巧地说道。

“不,你先睡吧,乖。”君笑生想抱起女儿,突然发觉不妙,他的力气……刚才那杯茶有问题!

“大人,妖怪不死,老百姓就没有活路啊。”一位家奴从他的手中抢走君莲,像是英雄般高举着他的战胜品大声炫耀,“我抓到妖怪了,烧死她!”

“爹!爹——”君莲大声呼救。

“君莲!”

待君笑生赶到焚烧他女儿的地方时,火苗已经点上。被捆绑在柱子上的君莲痛苦的喊叫声犹如要撕裂他的心一样。

“君莲!君莲——”

“拦住他——”有人一声令下,几个大汉拦住想冲进火海的君笑生。

“爹——呜呜呜……爹,好痛,救我!”

“君莲。”君笑生痛苦地流着泪,“长痛不如短痛,与其被他们烧死,不如就由爹给你个了断吧。”手里的剑“倏”地飞了进去,君莲的呼喊声立刻停止。

火渐渐越烧越旺。

君笑生的俊脸在火苗的照印下,犹如地狱来的索魂使者一般。他满含恨意的双眼一一环视着周遭的人群,恨意浓重地诅咒:“如果我女儿是妖怪的话,她死也不会放过今天在场的每一个人!噗——”他气急攻心,喷出一口血来。

“爹。”

君笑生虚弱地看着刚进来的小人儿。

“梵音,你来了。”

“爹,你看我写的字。”个子小小的梵音举高手里的墨宝。

“……”君笑生对着上面无法辨认的字迹闭上眼睛。

“我拿给姐姐看。君怜姐姐,你看,你看我会写字了噢。这个是爹,这个是

君怜姐姐,这个是我……"梵音对着牌位奶声奶气地喊着。

君笑生也看向桌子上的两张牌位。半年前,他因为君莲的死伤到了身体。梵音是他无意间收养的孤儿。

那群人,烧死了他的女儿,逼得他的娘子悬梁自尽。这一幕幕,他即使是死,也不会忘。

指甲狠狠地嵌入肉里,他一定会杀死那群混蛋。

三

地府。

"名指大人,这个人他不肯转世。"小鬼低着头向大人禀报道。

"噢?"说话的是个相貌俊美的贵气青年,黑衣,长发,他略带疑惑地看向君笑生。

"请大人允许我做孤魂野鬼。"君笑生请求道。

橘名指挑高眉:"为什么?你知道做孤魂野鬼的代价吗?"

君笑生将那段血泪史一五一十地讲了出来,为了给女儿报仇,他会不惜任何代价。

橘名指听完,似笑非笑:"你认为我会允许你的要求吗?"

"求大人成全!"

橘名指翻了翻小鬼递上来的生死簿,讶异道:"又是为了那个君莲?"前一阵子,有一个叫神祈的家伙闯入地府,想抢生死簿,要为那个叫君莲的少女改命呢!

可惜啊,别人的命可以改,独独那个叫君莲的命不能改。

有趣!真是太有趣了!

橘名指示意孟婆将孟婆汤端给君笑生,橘名指饶有兴趣地说道:"不过是一段血债罢了,喝下这碗孟婆汤,你就什么都忘记了,何必执著于前生呢?"

"我绝不喝孟婆汤!"君笑生头一偏,不接孟婆汤。

"别急。我的话还没有说完呢。"橘名指用手指了下那碗孟婆汤,"如果你喝下孟婆汤之后,仍然能记得那段血债,我就答应你的条件。怎样?不仅如此,我还有奖品赠送噢。"

君笑生迟疑地看向那碗孟婆汤,慢慢接过,眼睛看向方案台后的橘名指:

"阁下说话算话？"

"说话算话。"橘名指保证，"绝不反悔。"

君笑生将孟婆汤一饮而尽，将空碗翻给橘名指看。

"君笑生？"没有人喝下孟婆汤后，还能记得生前的事情，这局，他赢定了！

"我在。"君笑生冷冷应道，他目光坚定地看向橘名指，"请大人成全！"

"你——"橘名指难掩惊讶地看着他。

君笑生冷笑道："大人想试我，尽管试，无论是上刀山，下火海，我都不会改变我的决定。我要让他们血——债——血——偿！"

"好！好！"橘子名指仰头大笑起来，"真是有趣。那个叫君莲的，命薄，情倒不浅。你本来与她就只能做两世的父女。你可知道，只要你愿意转世，你就会成为下个王朝的皇帝。这样的机会，你也要错过吗？"

君笑生不改初衷地道："我不稀罕！大人说话一言九鼎，还请大人成全！"

"好，我的奖品就是……"

四

"叔叔……"

"你应该喊我为老爸！"

"老爸，我是扫帚星！你不要领养我，你会死掉的。"

"傻瓜，我前世是你的亲爹，亲手害死你，使你死前有怨，今世我是来还你的债。乖女儿，我今世还是你的爹爹！来，让老爸亲一下！"

"老爸，你会死掉的，我不让你死……我不让你死……"七岁的君怜（"君莲"转世后被取名为"君怜"）又哭又闹。

"我的乖女儿，真乖，亲下……嘿嘿……"老爸有一双狭长的单凤眼，细细长长的，黑色的眼瞳里映出她小小的身影。

"老爸，李阿姨对你那么好，为什么你不喜欢她？"十岁的君怜问着老爸。李阿姨长得漂亮，对她又那么好，老爸为什么不喜欢她啊？

"傻女儿，我背了那么多条人命，已经没有权利得到幸福了。所以，你一定要代替我，比别人更幸福一点啊！"

《梵音的秘密》

初识篇

一

她从小就长了一张贵少爷脸!

对,的的确确是一张贵少爷脸,不是普通的、让人一看就忘的那种男孩子的脸,而是一张王孙子弟的贵少爷脸。

她的皮肤乳白,宛如最上好的瓷器;眉毛不是特别浓,但是漂亮的眼睛却如夜晚天空中最璀璨的星辰一样漆黑明亮,一闪一闪的,很有神采;挺直的鼻梁,再加上嫣红的小嘴哄起人来简直像是吃了蜜糖,惹来路过的大婶心甘情愿地把钱掏出来送给她买零食。

她是女儿身,但是她举手投足间都有一种富贵公子哥的模样。即使她穿着粗布做的衣裳,那种贵公子哥的气息也怎么抹都抹不掉。

偏偏她不是男孩子,她的真实性别是个女孩子,不仅如此,还是一个无父无母的孤儿。

只是老天爷好心地让她遇到了一个肯收养她的人。——扬州知府,君笑生。

后来才知道,君笑生以为她是男孩子,想收养他做儿子,继承家业。当知道她是女孩子的时候,呆了会,才抱住她说:“是女孩就更好了,爹真高兴老天爷又赐了个女儿给我。从今天起,你就叫梵音吧!”

二

皱眉看着镜子里的人。

真的有这么像男孩子吗?

“听说,今天住在城东的贾家小姐派人来提亲,希望能和我们家梵音结成一对鸳鸯呢!”爹喝着苦药,漫不经心地提起,“若不是我有事出府,错过了这场好戏……真让为爹的我感到遗憾啊,梵音,你没有拿扫帚把贾家的人扫出去吧?”

“爹!”梵音瞪了他一眼,重重地喊了一声。

君笑生仿若未闻:“那贾家小姐我虽未见过,但听说她貌美如花,才识、刺绣也是一等一的好,怎么会看上你了呢?你最近几天经常到市集里玩吧?梵音,你真的没有意思娶个才女回来?哈哈哈!”

是又怎么样?我出去玩都不行吗?才女有什么了不起的,我也算是个才女啊!不满的话含在嘴里,梵音嘟起可爱的脸:“我是女儿身,怎么可能和贾家小姐成亲!她是才女,难道我就不是吗?爹若不信,我明天就上京考个状元回来给爹瞧瞧!”

“你的才学爹再清楚不过了,但是你的字迹恐怕会让你第一关就被刷下来了。”梵音的聪颖让他意外,她的字迹……让他更加意外!君笑生看着她,细长的眼睛笑了笑,“梵音,你越来越有男孩子气了呢。”

唉!她也知道,最近她的桃花盛开得也太厉害了,追着她跑的姑娘真是让她头疼到裂开了啊!

她今年才十一岁啦,大概女孩子个子早长的缘故,看起来像是十六岁的贵公子,到哪里都有秋波排山倒海般送来,压得她见桃花就想逃。

“小翠姐姐,这是什么?”梵音好奇地看着小翠在脸上擦来抹去的。

“这是胭脂,水粉啊。擦在脸上可以让女孩子更漂亮,你看小翠姐姐是不是娇媚了很多,很有女人的魅力吧?噢呵呵呵……”小翠得意地笑。

“真……真的耶!”这东西有这么神奇吗?

只要她打扮得像女孩子一样漂亮,多擦些粉,涂点胭脂,这样就不会再有人把她当成男孩子了吧?

当晚,梵音偷偷摸摸地出府,在一家快要收摊的胭脂店里买了些普通姑娘家用的东西,对着镜子开始涂涂抹抹。

“嘿嘿嘿,只要抹点粉,就不会被人家当成男孩子了,也不会有女孩子没事就找我搭话了,真是太棒了!”梵音一想到那个情形,乐得嘴巴都合不上了。既然如此,呃,那就就多擦点粉吧,涂厚一点。

然后,她兴冲冲跑到小翠的厢房,摆出个姿势,眨着眼睛笑嘻嘻地问她:“小翠姐姐,你还认得我是谁吗?”她满心欢喜地等待着小翠的夸赞。

哪知道小翠脸色惨白,眼睛一闭,凄厉大叫起来:“妖怪啊——”

三

“噗哈哈哈哈——”君家老爹笑得肠子都要打结了。眼前的小女儿，向上吊的大眼，脸上涂得一片白一片红的，还有红得似乎刚喝过血的嘴唇，怎么看都像索命的冤鬼。

“爹！”梵音翻着白眼，有那么好笑吗？她又不是故意的！

“小姐……小翠从未曾虐待过你，你至于这样装妖扮鬼地吓奴婢吗？呜呜呜……”小翠哭个不停地埋怨她。

“小翠姐姐……”梵音心里有点愧疚，小翠竟然被她吓得昏过去了，刚刚才醒过来，一睁开眼看到自己就猛哭。

“梵音，哈哈哈哈……”君家老爹还在笑个不停。

“讨厌死了啦，人家以后就当男孩子算了！”梵音气愤地大叫着跑了出去，看样子受的打击颇深。

“小翠，你也下去吧！”君笑生挥挥手，示意小翠退下。待小翠离开后，才将喉咙间的血吐了出来，笑了笑，又悠悠叹出口气：“我时日无多了啊……我若走了，梵音就没有人照顾了。”

他转过头，看着自己房间里的两张牌位：“夫人，女儿，你们等我，我一定会为你们报仇的。到时候，我们一家三口就可以团聚了。”

四

冬至。

君笑生去世后，府中渐渐衰败。初冬的一场大雪，掩盖了这一切。

梵音手里提着自制的灯笼，没走两步，灯笼里的蜡烛便被风雪吹灭了。见蜡烛灭掉，梵音索性把灯笼扔掉，踏入院子里，一脚踩上去，听到脚底下的雪发出咯吱的一声响，小脸上忍不住露出笑容。

“雪下得这么大，明天就堆雪人吧！”“他”从地上抓了一把雪，好凉。

“梵音，你还不睡啊！”从外面喝酒回来的遥叔手里拿着一包东西，看见院子里的梵音，收拢伞，拍了拍不小心落在身上的雪花。他把手里的那包东西递给梵音：“该睡觉了，遥叔在路上给你买了包子，拿去吃吧。”

“谢谢遥叔！”梵音高兴地接过包子，竟然还热着，看样子遥叔一直把包子放怀里呢。遥叔原本是个朝廷追拿的钦犯，后来梵音无意中救了他一命，两个人就这样建立起了感情。

“梵音，你一个人在这么大的府里，不会害怕吗？你今年才十二岁吧？男孩子长得像你这样俊俏很少见噢，我都以为你是仙童下凡来游玩的呢！”

对于遥叔把她认为是男孩子，梵音没有反驳。反正她的外表比较像男孩子，经过小翠的那次“沉重的打击”，她索性就一直穿男装，梳男孩子的发辫了。这就当作是“他”的秘密好了！

“这里是我的家，为什么要怕，再说，我还要陪我爹和姐姐呢。”“他”理所当然地回道。

“这府里的仆人呢，怎么一个都没有？”

“我爹死后，发不出工钱，就一个个离开了。本来小翠姐姐死活都不肯走，但是她娘让她嫁人，也就离开了，现在就剩下我一个人了。遥叔，你去睡吧。我今天要为我爹守夜。”

“那好吧！”遥叔拍了拍“他”的头，到房间里睡下了。

梵音感觉口渴，到院子里找了片干净的雪，拿在手里小口吃着解渴。突然看见院子的角落里有片黑布，似有人昏迷在那，于是大着胆子走了过去。

是个男的？

梵音吃力地把那个昏迷的少年翻过来，不觉惊叹，好英俊的少年！不知道自己和他比起来，谁更受姑娘的欢迎？

看了看他身下的血迹……这血的颜色，竟然是紫色的……

妖怪吗？

不管啦，先救人再说！

五

哎呀呀！这少年的相貌真是让人流口水呢，刚才在雪地里看一眼便让人觉得心跳，把他拖进屋子里，对着蜡烛一照，更是让人吃惊得连话都说不出来。那少年的眉是剑眉，英俊的轮廓恰巧是女孩子最爱的那一种类型，绝对可以堪称扬州所有闺中少女的梦中情人。他的双目紧闭，睫毛细长浓密，似乎在

隐忍着疼痛的表情让梵音的心口一阵阵发痒。

“呀，什么时候我的口水都流出来了呢，爹若是还在，看到我对男人流口水，非要骂我不可。”梵音拭去嘴角的口水，幸好没有人看见，不然“他”的面子里子都丢光了。

刚才雪地里有血迹，那他一定是受了重伤，先帮他检查伤口吧。

梵音把蜡烛放在一旁，想查看他的伤口在哪，可是找来找去都没有发现。

大概把他的衣服脱了比较好找吧？

梵音贼贼的表情像是正在偷吃鱼的猫，小手摸到他的衣领，谁晓得手刚一碰到他的衣领，便被突如其来的一道力量擒住。那位原本应该是昏迷的少年正充满怒气地睁大一双眼睛瞪着“他”，气急败坏地吼出一个字：“滚——”

“我不会，不然你滚一遍给我看好了。”梵音耸肩无所谓地松开手，一张小脸开始努力装无辜地冲他嘻笑！

越朔夜看着眼前这个眼睛漂亮、嘴角很翘，看起来有些小巧玲珑的贵族公子，眼睛里的光闪了闪，杀了“他”？可是他看到的景象渐渐模糊，脑子好沉！担心“他”趁他昏迷的时候再靠近他，越朔夜趁着神志清醒的时候为自己设下一道结界。

梵音见他再次昏睡，大喜，嘴角乐得差点没咧到耳根去。可当“他”发现无论如何都无法靠近那个家伙身边时，“他”郁闷了。

“果然是妖怪啊……”梵音似有所悟地喃喃道。

六

“滚！”

“哎呀，酷哥，我早说过了，我不会滚，你滚一遍示范给我看好不好？我保证能学会！不知这位大哥有没有兴致‘亲身教导’一番？”梵音端着一碗人参汤，一面闪开他的攻击，一面和他调侃。

遥叔探进一只头，看着厢房内宛如野兽一样的狂怒少年，以及飞来飞去的梵音，再看了看地上乱七八糟的破损物，摇了摇头，再这样下去，这栋房子就要毁了。

“你到底想要怎么样？”越朔夜停止攻击，脸色难看到了极点，他明明有机会杀死那个可恶可恨的家伙的，可每次攻击的时候，都下意识地避开“他”，射

向“他”旁边的地方。

“只要你把这个喝了，我就走！”梵音把人参汤放在他的面前。

“我不喝，滚开！”人类的药物对他根本无任何作用，越朔夜一双眼睛泛着危险的光芒，“不要惹怒我！”他身在魔界受到四哥的暗袭，才受了重伤逃到人间，没想到碰到如此讨厌的人类。

“你不喝，我就不走。这药可是我一大早就到山上挖耶！这么冷的雪天，挖根人参有多辛苦你知不知道……啊？”

床上受伤的人猛地扑了上来，在梵音的惊呼声中，利落地将梵音压在身下，越朔夜阴森可怖的目光死死地盯着“他”：“人类就是这么讨厌！”他张口朝“他”纤细的脖颈上咬去，想一口咬断“他”的脖子！

“等一下，白痴！”梵音拽着他的头发让他的头往后仰，很干脆地将另一只手上只剩下半碗的人参汤放到他的嘴边，“把这个喝下去！”

恐怖的沉默随着越朔夜越来越冷的脸色弥漫开来，他散发出来的气势，冰冷得就连空气都在凝固。在外面看戏的遥叔觉得不对劲，正想冲进来解救梵音的时候，却目瞪口呆地看到越朔夜将参汤慢慢地喝了下去，只是越朔夜的眼睛片刻不移地盯着梵音看。

“早喝下去不就行了？”梵音对于自己身处危险的情况似乎一点都不知道，松开他的头发，从他身底下爬出来，然后被越朔夜一把拉住。

“干吗啦！”梵音没好气地想拉回自己的袖子，“他”还要收拾屋子呢。没空陪他玩！

“不准走！”

“这是我家，你让我去哪！笨蛋！”梵音冲他大喊。

越朔夜松开手，看着“他”收拾仿佛经过龙卷风袭击的房间。

待他再次沉睡的时候，感觉到似乎有人在踢他。“妖怪一点都不凶嘛！”梵音抓了抓脖子，还少根筋地傻笑：“何况这只妖怪又长这么帅，喔呵呵呵……”

七

醒来的时候已经是下午，越朔夜捂着胸口吃力地下了床，看着周围。

“遥叔，快来看！”梵音正在院子里堆了个大雪人，笑呵呵地喊来遥叔一起

欣赏。

越朔夜听到“他”的声音，忍着身体的不适，朝梵音的方向走去。

“咦？你醒啦！”梵音开心地献宝，“看我堆的雪人，是我一个人堆的噢，厉害吧？”

“哼！”越朔夜撇过头，故意不看“他”的雪人。

一只白色的兔子在院子里跑来跑去，越朔夜一伸手，那只兔子便朝他的手心飞去。他嘴角挂着一丝嗜血的冷笑，一口咬断那只兔子的脖子，开始吸食它的血液。

他转过头，正好看到梵音偏着头看着自己的动作。

“好吃吗？”

“什么？”

“他”一点都不害怕他吗？越朔夜的眼睛里第一次有了困惑。

“这只兔子是我养的，你居然连声招呼都不打就把它吃了。不过兔子生吃不好吃啦，用火烤一烤比较好吃！”

“你不怕吗？”不怕他吗？越朔夜的心情很复杂，他希望“他”怕他，可是为什么见“他”一点都不害怕地靠近自己，心情会感觉愉悦？

“怕什么？这兔子本来就是我养来做储粮的，哪天我饿了，我也会杀了它。既然你那么饿，就给你吃好了。”梵音无所谓地笑了笑，转身又去堆雪人了。

八

大年初一。

越朔夜一直在梵音的家里养伤，晚饭时分，梵音和遥叔在房间里生了火弄烤鸡，越朔夜在房间的柱了上靠着。

一群官兵打破大门冲了进来。

“捉拿钦犯李遥！”为首的官兵大喝一声，接着几个官兵围上来将遥叔捆绑住。遥叔见官兵还要绑住梵音和越朔夜，连忙大叫：“与他们无关，是我逃到这里来了，他们不知道我是朝廷要犯！”

“真的吗？”为首的官兵问梵音。

“当然是真的，我们又不认识他。原来他是朝廷要犯啊？‘要饭’是什么东

西？乞丐吗？”梵音睁大一双要多可爱有多可爱的眼睛询问道。

官兵离去，被破坏的大门裹着风雪吹了进来，梵音专心致志地烤着鸡，仿佛刚才没有发生过任何事情。

越朔夜看着“他”，心越来越往下沉。

他记得自己杀了梵音养的兔子时，梵音也是这样一副无所谓的神情。

遥叔被带走的时候，梵音也还是。

“他”没有感情吗？那么有一天，梵音是不是也可以轻易地把自己丢掉，仿佛从未认识过他呢？

九

春江水暖鸭先知。柳树发芽，万物复苏。

这一天大早，梵音换上一身月牙白的长衫，长发用白色的缎带系住。越朔夜站在门外，看着房间里对着镜子里装扮得宛如翩翩浊世佳公子的梵音，沉声问“他”：“你要干什么？”

梵音系上爹在“他”生日时送给“他”的白色玉佩，一只手拿着白色的玉质折扇，踏出房门。他打开折扇，举止就像受过良好家教的贵公子般优雅迷人：“怎么样？哈哈哈！本少爷一出门，保证迷死扬州城的所有姑娘！噢呵呵呵……”

越朔夜立刻有把“他”锁起来的心思。这祸害！

“开玩笑的啦！我对姑娘可没有兴趣，我今天要和遥叔去见几位商贾。从今天起，我梵音的目标就是要成为天下最富有的人。皇帝算什么，我要过得比他快活！”

“好大的口气。”越朔夜讥讽道。

遥叔上个月从大牢里逃了出来，为了怕官兵找梵音的麻烦，所以躲到了城外，但和他们也经常联系。遥叔是天下第一大盗，哪里都是任他想来就来，想走就走的。

那时，他才明白，梵音和遥叔撇开关系，是为了怕遥叔逃命时，还要多顾一条命。所以才会那样说。

他回过神，继续嘲讽道：“这人间，最富有的就莫过于皇帝，你要过得比他快活？不可能！”

梵音笑道："是吗？这人间，只有一个皇上，可是这天底下也只有我一个梵音，只要我努力去做，没有什么我梵音办不到的事！""他"这般自信。

越朔夜怔怔地看着"他"自信的笑，一颗心从此收不回来。

现代篇

一

梵音实在是很郁闷。

不是因为别的，是因为他的恋爱之路。

想他梵音是上海东天国际贸易总裁的继承人，又长得英俊潇洒、玉树临风，再加上性格又可爱又风趣，明明很讨人喜欢，可偏偏从小到大连女孩子的手都很少牵过。

一路上也没有人少偷偷看他啊……可、可为什么偷瞄他的都是男人！男人啊！可恶！可恶！可恶——

更可恨的是为什么连逛个街都有那种店的老板主动找他！他贵少爷似的将双手插在兜里，面无表情地听完对方的介绍和邀请，然后冲对方冷笑一声，二话没说，卷起袖子就将对方好一顿开扁。

"果然有个性，来我们店里吧，包你大红大紫……啊！不准打脸！"猥琐大叔朝手下一阵大吼，"还愣着干什么，把他绑起来。"

两个大叔一左一右地架住他的胳膊，梵音额头上的青筋直跳："光天化日之下，你们胆子实在是太大了！"

"没办法，像你这样的极品跑掉了多可惜，所以使出点激烈的手段是应该的。"

"那也要看你有没有那个本事！"他的空手道、跆拳道可不是白练的。梵音反手一抓，钳制住右手的那位身穿西服的大叔的胳膊，用力一甩，成功地将那位大叔甩离了五米之远。

"快给我抓住他！"

"放心，我不会逃走的，今天不把你们这群烂蛋狠狠地扁上一顿，实在难消我心头之火！"梵音避开迎面而来的拳头，伸出长腿用力一踢。对方立刻弯腰鬼哭狼嚎似的叫了起来。梵音哼了哼，对付下一位找死的大叔，眼角却意外

地瞄见熟悉的人影站在不远处——越朔夜?

他怎么在这?老是神出鬼没的!靠,一点同学之爱都没有,看到他有难都不会上来帮忙!

越朔夜的眉头越皱越紧。他知道梵音的功夫不错,但是没有想到梵音的习惯是专攻对方的下三路……挨上梵音的一脚,相信那些家伙的下辈子估计都会毁了。

如果他再不出手救下那群家伙的话,那群人肯定会被梵音打得不死即残!越朔夜身形一晃,挡在梵音的面前:"住手,你想打死他们吗?"

"我向来只管杀不管埋,打死了你替他们收尸不就行了!"梵音冷笑,出拳袭向越朔夜。越朔夜连躲都没有躲,长手一伸,隔开他的胳膊将他按在墙边,道:"该打的都打了,你下手太重,当心他们会报复你的。等他们知道你的身份后,他们会稍微收敛一些的。你也不想以后太麻烦是吧?"

梵音动了动,让越朔夜松开手。他揉了揉手腕,斜睨了正在地上惨叫的那群人,阴恻恻地冷哼道:"是他们不长眼睛送上门来找死,怪得了谁?对了!"他突然两眼发亮地看着越朔夜,抓住他问道:"你来得正好,我正想找人问问《那小子真帅》的男主角选出来了没有?是不是我?想本公子我身为明远三公子之首,不选我选谁。哈哈哈,君怜,我和你培养感情的机会来了!"

"是我。"

"嗯?你说什么?"

"话剧社投票产生的结果是男主角由我来扮演。"不知道为什么,看着梵音难看的脸色,越朔夜的心情越发愉快起来。

"你——再——说——一——遍!"梵音怒目而视,咬牙切齿。

"我知道你不想面对这个残酷的现实,但是这一次你的确是输给了我。"有心挑衅着梵音的怒火,越朔夜如他所愿地重复了一次。

"姓越的!从今天起!我要跟你势、不、两、立——"梵音的怒吼声响彻云霄。

二

学校门口。

"君怜,你知道这是什么吗?"嘿嘿嘿嘿!梵音阴险地从兜里掏出一包白色

的粉末，放到君怜的面前阴笑着问。

“我不知道。”君怜疑惑地看着他笑得无比阴险无比狡诈无比黑暗的模样，迟疑着是不是该提醒一下梵音，越朔夜此刻正站在他的身后……

梵音得意地一笑：“这是泻药！”又名含笑半步癫！

“泻……泻药……”君怜的声音抖啊抖，她可以猜测出梵音想把这些泻药给谁吃了。连忙头痛地给梵音使着眼色，可偏偏梵音正说得高兴，一点都没有接收到她的眼色：“对！只要越朔夜那个混蛋吃下这些泻药，我保证他拉得上吐下泻，到时候，嘿嘿嘿嘿……”

君怜闭口不语，她已经无法挽救梵音的这条小命了。

“会不会有副作用？”

“荣誉出品！质量保证！绝不添加防腐剂，而且不含 PPA！”梵音自信满满地保证道。

越朔夜得到答案，低下头，一口气将梵音手中的粉末吹到他的那张俊俏的脸上。

“咳咳咳——”梵音咳嗽个不停。完了，他吞下去一些。真是太可恶了——“越朔夜，你这个小人！”

“你还是去医院呆着吧！”

“肚子……好疼……真 TMD 的不愧是正宗出品的含笑半步癫啊……”没走几步，泻药的药效开始发作。梵音的牙齿磨得咯吱咯吱响。

姓越的，你给我等着瞧！

三

“肚子好些了吗？”第二天刚进学校，梵音就听到越朔夜“亲切的问候”。

梵音眯起眼睛，不动声色地笑道：“多谢关心，我真幸运……起码还活着。”只不过感觉像是丢掉了半条命。

“你看上去有点虚弱，黑眼圈都出来了！”他是真的关心他。

“你如果一整夜都和马桶相伴，相信我，你也会很虚弱，并且成功晋级为国宝大熊猫！”梵音不冷不热地嘲讽道。

“你想要演话剧，我让给你就是。”他本来就不在乎这些。

“谁稀罕！”梵音头一扭，倔强地离开。什么都和他抢！反正君怜他是无论如何都不会让给他的，好不容易有了恋爱的机会，他一定会誓死守候在君怜的身边的。

越朔夜追了上来，一把握住他的手腕：“梵音，不要和我闹别扭！”他感觉出梵音真的是在生他的气。

“放开我！混蛋！”梵音挣扎着用力甩手，无奈他攥得又疼又紧，怎么甩都甩不掉，“你再不放开，我就不客气了！”

“梵音，林老师找你，他让你到他办公室一趟！”有同学朝这边跑了过来。

“放开啦！”梵音冲他大吼。

如他所愿，越朔夜缓缓松开他的手腕，漆黑如墨的眼睛里有着梵音看不懂的感情。

梵音揉着手腕，都肿了一圈了。王八蛋，他下那么大的力气做什么！揉手腕的动作停顿了一下……难道说越朔夜是真的怕自己生他的气？

怎么可能嘛！我在他心里有那么重要的地位吗？是朋友的话就不要抢我的心上人，不然有你好看！哼！梵音松开手，朝林老师的办公室走去。

三

端午节之后不久，便是校季运动会。

“君怜，你真的不参加运动会吗？有奖品的噢！”梵音热切地拉着君怜上了主席台，“既然你不参加，那就坐在这里帮我记分吧！”

“真不知道林老师怎么会把校季运动会交给你主办？”不会是脑子出什么问题了吧？君怜不住嘀咕着。

“君怜，我去安排其他事情，你先坐在这里。”梵音交代着，“要乖乖的，不要乱跑噢！”

“知道了啦！”星期天还被他拉过来，本来可以在家陪维维的。维维天天一个人在家，肯定无聊透顶，不然也不会每次她周末的时候维维比她还高兴。

君怜单手托腮，看着不远处梵音有条不紊地指挥着其他同学的工作，学校里到处都是一派热闹的情景。

“君怜，我的工作完成了。还有半个小时运动会就要开始了！”梵音跑了过

来，兴高采烈地冲君怜笑道。

“喝口水休息一下吧。”君怜将桌子上的矿泉水递了过去。

“不了，君怜我也报名参加了运动会，如果拿到奖品的话，那我要送给你！”梵音乐呵呵地做着白日梦，想到自己拿着奖品送到君怜的面前，君怜激动地扑到他的怀抱里，然后两个人……

三十分钟的入场式举行完后，运动会如火如荼地开展了。学校本身就很大，有着足够的场地举行各种各样的比赛。操场、篮球场、乒乓球室、羽毛球室、排球室、跆拳道场以及游泳馆里都聚满了人。

君怜走进跆拳道馆，她惊讶地看着场里穿着跆拳道服的梵音和越朔夜，问旁边的女同学道：“越朔夜也会跆拳道？好像他打得很不错，梵音会不会输啊？”

“不会的！梵音参加什么比赛，越朔夜都跟着参加，而且每一次越朔夜都帮着梵音把最厉害的那个人解决之后，自己又故意输给梵音。”

果然女孩子的话音刚落，越朔夜就输给了梵音。

“你——”梵音跳脚，“你起来跟我打，不准你故意输给我！”他讨厌这种情况，根本就不是自己赢来的奖品，拿到君怜面前他也会觉得没有面子。

越朔夜别过头去，梵音不是想赢得比赛吗？他帮他，有什么错，只要他不对自己生气就行，可是为什么梵音的怒火越来越盛了呢。

“越朔夜，你到底想要什么！”总是跟在他后面，阴阳怪气的。他若是喜欢君怜的话就光明正大地和他竞争，别老是跟在他屁股后面耍阴招。梵音将他压在地板上，气呼呼地大声质问他。

“我想要你！”

“……”是错觉吧？他的听觉一定是出问题了！

“抱歉，刚才耳朵出了点问题，大家继续比赛，我回家看下医生。”梵音平静地站了起来，正在越朔夜奇怪他怎么了的时候，梵音犹如逃命一般离开了跆拳道馆。

好像……被拒绝了呢……

恋爱篇

一

经过一番长达三天三夜的慎重思考，因为睡眠不足而导致顶着两只熊猫眼的梵音，终于做出了一个破釜沉舟的决定！

“君怜！请你接受我的求婚！”捧着多到足以淹没他身高的法国玫瑰花，梵音忍受着连连打喷嚏的冲动，努力想将九千九百九十九朵玫瑰放到君怜的手中。

君怜花容失色！

旋即，是面无表情的沉默。

两颗眼珠子目不转睛地定在梵音那张不时扭曲的脸上，这家伙又在发什么神经？还是想了新招数准备整她？

“阿嚏，阿嚏，阿嚏——”

梵音不想破坏此刻求婚浪漫的场面，可惜天不遂人愿，他……他有花粉过敏症……

“阿嚏——”

凌乱的玫瑰花瓣随着某花粉过敏症白痴打喷嚏的动作，铺天盖地地朝君怜的头发上、脸上、衣服上飞了过来——

抽了抽鼻子，梵音抬起头，君怜脸色发黑，她身上不知道什么时候覆盖着乱七八糟的玫瑰花瓣。梵音惊讶地“啊”了一声，歉意不已地连忙道歉：“对……对不起……我不是故意的！”

“没……关……系！”君怜的话从牙缝里挤了出来，摘掉额头上不小心贴到的几片玫瑰花瓣，顺便看了下衣服上粘着的无数红红点点的花瓣，发出阵阵冷笑：我知道你不是故意的——你是有意的！

梵音双眼迷离，长长的睫毛又黑又翘地眨啊眨的，俊俏的脸蛋红艳艳的，煞是好看。唯独煞风景破坏帅哥形象的就是鼻子上塞的那两团蠢棉花。

“君怜，你愿意死后葬在我们家祖坟吗？”

“为什么？”君怜吓飞了魂。他想干什么！

“只要你答应我的求婚，我们就可以一起慢慢变老，然后死了以后就可以一起葬在我们家祖坟里了！多好啊……”多美丽的远景啊！他露出变态一般的

笑容。

君怜拍了拍身上的花瓣，回绝道："我才不想和你一起'卖卖电脑'，更不想死之后还要在你的魔爪下长眠。"

梵音毫不气馁。

"我知道你害羞，不好意思答应我的求婚。君怜，我是真心想给你幸福，我们可以先订婚，慢慢培养感情。等到你对我敞开你紧闭了十七年的心扉时，我们到那时候再举办一场隆重的婚礼！"他开始勾画甜蜜蓝图，并且将藏在身上的几张CD拿出来，"结婚以后，我主外，你主内，你想要什么我都可以给你，只要你要，只要我有。然后我们再生一个白白胖胖的小宝宝，看！我连胎教音乐都准备好了，管家说：教育娃娃要从胎教抓起！我们的宝宝千万不能输在起跑线上！"他一脸坚决。

君怜扭头看向窗外太阳公公高挂的艳阳天，心底一阵惋惜，看来她祈祷上天轰雷劈死梵音这个白痴的希望很渺茫。

"我不会答应你的求婚的，小白痴，我还不想这么早被越朔夜给'暗杀'掉！"摇摇头，君怜把那几张"音乐胎教"放到梵音的怀里，露出一抹充满兴趣地笑，"所以，这些东西，我想将来你会用得到的！"

"啊？"

二

"我不会放弃的！"有时候白痴的行动力和意志力也是非常固执可怕的，梵音把绞尽脑汁写了一个多小时的情书一折，一叠，再一折，叠成一个心的形状。

"君怜……呵呵呵……"梵音再一次对着心型情书露出变态一般的笑容。

"梵音，你的脸蛋好红噢！"旁边的男同学突然惊叫，用力捂住胸口，他刚才心跳得好快！难道说，他对梵音……爸爸妈妈，我对不起你们的生育之恩啊，你们的儿子走上了一条不归路，呜呜呜……

不明白男同学为什么哭得那么伤心，梵音起身，来到君怜的课桌面前，趁着君怜不在，小心翼翼地把那封珍贵万分的情书偷偷夹到君怜的课本里。

"老师来了。"大家连忙坐好。

君怜看了看桌子上的课本，然后转身，把刚才借来的书还给座位在她后

面的越朔夜:“谢谢你的书。”

“不用客气。”越朔夜接过。

看到这一幕的梵音眼珠子险些都快要掉下来了。他倒抽了一口冷气,天!他的信……

越朔夜翻开书,一张心形的浅蓝色信笺引起了他的注意。

情书?

梵音抱着脑袋闭上眼睛,在心底几乎是歇斯底里地用力大吼:万恶的杀千刀的神啊,你一定要阻止我的恋爱之路吗?是不是非要折磨死我你才甘心啊——啊啊啊——他一定会被老天爷玩死的!

越朔夜狭长深邃的星眸缓缓眯起,他捏着那封上面画着“一箭穿心”的图案,以及写着“LOVE! LOVE! LOVE! 爱的天使”等字迹的情书,如果他没有看错的话,这个蚯蚓字除了梵音他实在想不到第二个人。

梵音……他激动地握紧那封“情书”,冲着梵音露出一抹令人心醉的笑。

“呵呵……呵呵呵呵……为什么我还活着……”梵音看到越朔夜激动的神情,尴尬地冲他笑着,然后“啪嗒”一声倒在桌子上,气绝身亡。

他要装死!

果然,越朔夜拆开信之后,脸色顿时变得难看起来。

偷偷眯起一只眼睛观察着对方一举一动的梵音,看到越朔夜射过来一记狠毒凛冽的目光时,立刻摸了本书盖在脑袋上,继续装死。

越朔夜目光如锋利的刀一样瞪着君怜,将那封情书攥得死紧。

这封情书……是梵音写给她的……

不——可——原——谅!

君怜突然莫名地打了个冷战,不自在地摸了摸寒毛直立的小脖子,为什么她会感觉到一股被人强烈怨恨的杀意捏?

三

夜路走多了,迟早会被鬼抓住的。

呜呜呜……他实在很想把他的情书要回来啊。梵音窝在路边,抱住路边的一棵大树猛撞!笨蛋笨蛋笨蛋!为什么自己那么笨,竟然连课本上的名字都没有看就直接把情信夹了进去。而且偏偏好死不死地把情信夹到了越朔夜的课本里。

“我想要你！”

炽热的眼神，灼烫了他的心脏。那一刻，梵音觉得就连心跳都紧缩到停止跳动。

那句话，像魔咒……

不知道为什么会突然想起跆拳道馆，越朔夜的专注眼神吓到了他。

“太过分了……”梵音靠着树干慢慢坐了下来，他把脑袋埋在膝盖上，“如果是开玩笑的话，真是太过分了！”

害得他三天三夜都没有睡好觉，不是很过分吗?

为了停止胡思乱想，他才决定向君怜求婚的。他喜欢的女孩子是君怜，又不是他。再说，和越朔夜在一起的话，那不是很奇怪吗?

可是，为什么一想到那句话，心跳就快得不能制止?

一定是被越朔夜下了奇怪的咒语。

一定是的!

阳光太温暖，太舒服，不知不觉将梵音的全身烘得暖洋洋的。梵音眼睛无法睁开，就这样安静地依靠着树干睡着了。

越朔夜看到的便是这样美丽的画面，像可爱的猫一样的少年，任午后的阳光折射在白皙漂亮的脸蛋上。

越朔夜站在他的面前，影子覆盖住他的全身，熟睡中的梵音皱了皱眉头。越朔夜在心底暗暗叹了口气，在他的旁边靠着树干坐了下来。

很自然地，像是察觉到身边的温暖源，梵音紧紧靠了过来，栗色头发靠在越朔夜的肩膀上。

越朔夜偏过头，虔诚地亲吻着他的头发。他爱他爱得心都要死了。梵音，你什么时候才能长大?

四

梵音家。

“会被杀的……”少女咕哝了一句。

“或许吧。”如果小越不想背负上弑师的罪名，那他说不定得到的会是感激。

"维维……"

白色的身影转了过来，清冷的月光照在他那比月亮更加美丽的容颜上。维维无辜地眨了眨眼睛："君怜，我很嫉妒很嫉妒，我现在做的事情已经失去了理智，所以请你一定要劝阻我！"

君怜踌躇了一下，脑海里记起越朔夜恨不得杀了她而后快的毒蛇眼神，她决定让维维继续失去理智。

越朔夜的恨意实在是太强烈了，啊啊啊啊，她明明是无辜的人啊。

"今晚的月色真美啊……"她很专心致志地欣赏着夜空中如弯勾的上弦月，努力忽视心底的罪恶感。

"好了。"维维将越朔夜的手臂放在梵音的腰上。

君怜转身，看着眼前两位少年暧昧到让人流鼻血的睡姿，原来失去理智的维维真的可怕到连她都感觉到恐惧的地步。有必要这样对待梵音和越朔夜吗？

只因为维维发现梵音的情书，以及晚饭的时候越朔夜因为嫉妒而想杀死她的眼神，维维知道事情的前因后果后（就连梵音求婚的事情都知道了），便决定让越朔夜和梵音"生米煮成熟饭"。

"小越一定会感激为师的……"维维闭上眼睛这样想着。他真的是已经失去理智了。

"梵音一定会杀死你的……"君怜打破维维自欺欺人的美梦。

"不管啦！只要他不缠着君怜就可以了！"维维揉了揉眼睛，他也好想整天整天地和君怜在一起，可惜一千多年的封闭，让他早就已经脱离了现在这个社会。他看向像恋人一样亲密相依偎的少年："美少年之间被禁忌的蔷薇色恋情啊，就让他们慢慢烦恼去吧。"

五

梵音不知道当一早醒来见到有人如此亲密地和他睡在一起，他应该做什么反应。

尖叫？

那是小女生才做的事情好不好？

还有，越朔夜是怎么爬上他的床的？房间里的保安系统是失灵了吗？

“喂！”他拍了拍越朔夜那张俊美得让人喘息不过来的英俊脸蛋。

“呃……”越朔夜靠在他身上蹭了蹭。好舒服，梵音的味道。

“喂！越朔夜，越朔夜——”把他当抱枕了吗？梵音气恼地挣扎起来，无奈他越是挣扎，越朔夜搂得就越紧，简直像把他融入身体里一样，最后竟然将他压制得一动都动不了。梵音冲他的耳朵大吼：“越朔夜！你给我起来——”

“嗯？”越朔夜眨了眨眼睛，再眨了眨眼睛，他渐渐清醒过来。不是在做梦？

“梵音，你怎么在这里？”他疑惑的口吻满是无辜。

“这句话应该由我来问你吧！你怎么出现在我家里？还有，你快一点给我起来啦！”梵音的脸蛋涨得通红，试图用大吼大叫来掩饰自己的羞涩。

“这里是你家？”越朔夜惊讶地直起身体，丝绸一样的白色棉被滑过他的胸膛，好一片“风光美景”，换来的是梵音惊天动地的惊叫声和喷鼻血的声音：“你没穿衣服……噗嗤——”鼻血源源不断地喷洒了出来。

“梵音，你流了好多的鼻血！”越朔夜慌了神，连忙靠过去拿棉被替梵音擦鼻血，哪料到他靠得越近，梵音的鼻血越喷越多，最后竟然失血过多得晕倒过去。

“我……我就知道……老天爷你一定要玩死我才甘心！”昏迷前，梵音迷迷糊糊地冲着老天竖起一记中指。

“的确……”看着君怜开心，维维也忍不住笑了起来，“但是君怜很开心啊！”

“是啊！我很开心！”

这一刻，君怜感觉到真正的幸福。

赏月，吃完月饼，夜深人静。

这个时候，人们都陷入了甜美的梦乡之中。

君怜的家里也不例外，寂静一片。

黑夜里，门“吱”的一声被打开。

一道人影突然出现在门口。

“是谁！”维维机警地挡在前面，注视着面前这个不速之客。

无论如何，他一定要保护君怜不受伤害！

“呵呵……”听上去有点耳熟的低沉笑声，维维皱起眉头，他记得这个声音。

周围突然亮了起来，看到不速之客的容貌时，维维的记忆如潮水一般汹涌，他的脸色变得苍白。

“我是来解除封印的……”化成九尾妖狐的苍溪伸出手，他的手指修长有力，骨节微突。

“想起我来了吗？神祈，我们好久不见！”

——当我们再次见面的时候，以我为媒介，忘却的记忆就会回来。

他记得意识昏迷的前一刻，听到苍溪念咒的声音。

果然是妖啊……

当封住记忆的封印解除时，许多的画面犹如潮水一般涌了上来，有时快，有时慢。跳跃着的画面引起了维维头部的疼痛。

恢复了记忆，维维似乎就连灵力都恢复了不少呢。

维维动了动僵硬的手指，灵力在他体内乱窜。他冷冷地看向不速之客——苍溪，道：“我现在的名字叫维维！”神祈，那只不过是他以前的名字。

“呵呵，果然是很蠢的脑袋，一直没有变呢……这千年以来，我好怀念你愚蠢的模样啊——”薄唇轻吐，苍溪笑起来的声音并不好听，但不至于令人生厌就是了。

“是吗？苍溪，你变成学生的模样挺不错的，我喜欢你戴眼镜的模样。”看起来堪称模范乖学生的那一面的苍溪自己可从来没有见过。用灵力“探”出苍溪在他被封印记忆的这段时间做了些什么好事，果然有不小的发现。

“恭喜你啊，苍溪。”维维诚心诚意地祝贺，苍溪竟然可以成修成正果，虽然他用的方法是偏道，但对于苍溪这样的恶狐也意外地可以修成了正果，不知道到底是好还是不好呢？只是曾经一起修行的他，于情于理，都应该向他道声恭喜。

哪知苍溪的声音立刻冷了下来：“哼，这倒不必，我来这里可不是听你一句恭喜的！”顿了一下，他继续不怀好意地露出了狐狸笑挑衅他：“神祈，难道对你而言，这个世界上只有朋友，没有敌人吗？”

“呃……既然你这样问……”

“怎样？”他可是迫不及待地想听他的答案。

维维边抬起如初雪般洁白的手腕揉捏着，边漫不经心地问道：“那好吧。不知道应该算是我的朋友还是敌人的九尾狐苍溪，你还想杀我第二次吗？”

对君怜而言，一大早见到陌生奇异的男子已经不是第一次了。自从杰克斯突然出现在自己家的早餐桌上以后，每天睡觉前，君怜都会做一番心里暗示：明天家中不知道又会出现什么奇怪的东西呢！

有了心理准备果然不一样。君怜很镇定地对着突然出现在自家客厅里的陌生男子说了声“你好”，然后理了理一头乱蓬蓬的头发，拖着拖鞋到卫生间呆了会，然后边刷牙边敲了敲厨房的门，脸臭臭地看着在厨房做饭的维维：“晤快电抹，吾饿稀了！”

维维自动在脑子里将她的话“翻译”了一遍。——能快点吗？我饿死了！

“已经好了，你洗漱完就可以吃饭了！”

“噢……”那她快点刷刷刷。

“一起吃早餐吗？今天是周日，你和君怜都没有课吧！”把皮蛋粥放到餐桌上，维维侧过头问着一旁呆成木雕的苍溪。不过维维记得，苍溪不喜欢吃食物的！

恢复了记忆的神祈比是维维的时候要沉稳冷静很多，言行举止中，无论是哪一方面，都像是多了一点异样的东西存在他的身上，气质与他原先有些可爱的模样有着大大的不同。

苍溪的脸色渐渐铁青了起来，似乎是强忍着怒气，他用力瞪着正在做早点的"鬼魂"。很……很好！他一字一句地从牙缝里吐出一句话来："谢谢你的邀请，请给我来一份！"

维维面不改色地耍着不多的幽默感："我本来只是说说客套话而已。"话虽如此，餐桌上仍然多了一份碗筷。

只不过苍溪的脸色更铁青了，并且已经有了往青面獠牙发展的趋势。

君怜边吃边打量着陌生来客。对方不能称之为人类吧？他头上还有毛茸茸的耳朵……

"维维，这位是你的朋友？"她脱口问道。

"哼！"苍溪冷哼了一声，他还以为她真的不好奇呢！依普通高中女学生的反应而言，见到他的真面目之后，她的反应未免也太镇静了点！

"啊，算是吧！"维维抬头看了苍溪一眼。并不打算由自己来主动介绍苍溪的身份，还是由君怜自己慢慢认出吧！奇怪，明明苍溪现在的面貌与学生的那个苍溪变化并不大，只是发色和耳朵不同，君怜怎么会认不出旁边的这个苍溪就是她的同班同学呢？

三个人就这样平静地围在一起吃早餐……维维都不知道怎么形容才够贴切，简直是太诡异了。

"你……有些眼熟……"好像她认识的一个人噢！真的非常像！君怜左看右看，觉得眼前陌生男子就像……

"眼熟？"苍溪一点都不在意她猜出，他曾经接近过她，"你觉得像谁？"他还以为她真的笨得无可救药了，没想到还有点脑子。

"越朔夜！"

"……"苍溪的眼神渐渐转冷，目露杀气地盯着傻笑中的君怜。

"呵呵，越朔夜是我的一位同班同学啦，我只是觉得你和他的气质有点像而已……"都是给人一种冷冷的不喜欢别人靠近的感觉呢。

"我能摸一摸你的耳朵吗？"他是猫妖？还是狗妖呢？好像犬夜叉噢！见他没有反应，君怜兴致勃勃地趁机提出要求，她对他头发上的两只白色的耳朵非常感兴趣！

"你想摸摸吗？可是要付出代价的噢！"苍溪危险地露出一口白牙，似乎只要君怜的手伸过来摸他的耳朵，他就会一口咬断她的手指。

"要付钱的吗？我很穷的，还是算了！"

少根筋的君怜吃完早餐就去骚扰凌晨才回来的杰克斯和小精灵，完全不知道自己刚在鬼门关转悠了一圈。

“苍溪，君怜说得没错呢，我在很早前也觉得你和小越有些像……”他是你的私生子吗？这句话即使是维维，也不敢问出口，怕遭到九尾狐极其可怕的报复。

“神祈，收起你的鬼念头！那只恶魔跟我绝对没有半点关系！”越朔夜区区一介魔王之子，怎么能有资格和他相提并论！

低下头喝粥。这粥……味道很不错。

用完早餐，苍溪双手抱胸斜靠着墙壁，默默地看着一只吸血鬼蝙蝠和一只精灵在客厅里飞来飞去，而君怜躲到房间里不知在做什么。他不太高兴地冷哼了一声，转过头，看着厨房里正专心把西瓜切成块状的维维。

这里真热闹！

有种……家的感觉！

“你看起来像是家庭主妇！”他看不起他！绝对看不起他！

维维淡淡一笑：“你若说家庭煮夫也成！”夫？呵呵……维维笑了起来，如果他是“家庭煮夫”的话，那君怜不就是他的……

“你的样子可真蠢！”苍溪扯着嘴角说了一句。他盯着那只老是飞来飞去的惹人厌的吸血鬼蝙蝠，手指发痒，嗜血的因子跑了出来，闪电般伸出手抓住了那只蝙蝠。

“啊，维维——”杰克斯下意识地高声呼救。

会说话？来不及诧异的苍溪想要毁尸灭迹，手指迅速攥紧，却被一道灵光击中，他吃痛地松了手。

是维维！

“混蛋！”杰克斯见他的灵力极高，是个不好惹的人物，于是就躲到维维的身后，很小人地对着苍溪竖起中指！

苍溪的眼睛怨毒地眯了起来。

胆敢挑衅他？很好！

“苍溪！”维维难得生气地看着他。

“不要对我的朋友出手！”他有些不悦地警告道。

“这个我可不能保证，我一时眼花，以为就是只普通的蝙蝠。不过，你的朋友可真够多的啊！”苍溪的语气竟然有些酸溜溜的。

杰克斯顶着盘子歪歪斜斜地飞出厨房，去找小精灵和君怜吃点心。

“看来你挺悠闲自在的，就连我杀了你，你都不恨我吗？”苍溪问。

维维有些奇怪地看着他：“我能理解你是在内疚吗？我本来以为依你冷血的程度是不可能存在愧疚感的。即使你杀了我，也做过补救的工作不是吗？为了保护我，将我的魂魄封印在结界之中，不惜用了法力最强的血界。消耗了你很大的精力吧？虽然我这几世无法与君怜相见，但是冥冥之中上天自有安排，最终，还是让她来找我，我们现在很幸福！”

“哼！”习惯性的嘲讽语气，“幸福这种不存在的东西像童话泡沫一样，是幻象，轻轻一捏就会消失得无影无踪！”

他残酷地提醒沉浸在幸福之中的维维道：“难道你忘记了吗？莲花只能开一季，花开一次就会枯萎死掉的啊！”

见维维嘴角挂着一丝不在意的微笑，苍溪沉默了，知道他刚才的那一番话等于是白说。神祈那既认真又别扭的个性也不是一天两天的了，他也不是今天第一次认识他。

“你就一点都不生气吗？”

“生气有什么用呢？君怜的本命是朵莲花，这是无可奈何的事情。但我的灵力具有治愈以及令弱小生命起死回生的效果，我可以用我的灵力延长君莲的生命。就像上一世，君莲多活了十八天呢！”一想到那仿佛上苍恩赐的十八天，他真的好开心啊！

“值得吗？终有一天，你的灵力会耗尽的啊！”苍溪很不能理解神祈这种不要命的行为！

“哪怕毁我千年修行，只要能和君莲多相守一天，即使耗尽我的灵力，我也是心甘情愿的啊。”维维将餐具擦得亮亮的，瞪大圆圆亮亮的眼睛仔细看着盘底的倒影，他摸了摸自己，从昨天苍溪解开结界之后，开始变得越来越白的头发。“没想到被你杀死后，我还可以继续修行，而且我的能力竟然越来越高……苍溪，你觉得，如果我把我所有的灵力都送给君怜，她会不会像我一样拥有不死之身？”

“你——”苍溪气愤地一击，维维手中的盘子立刻粉碎成一片一片的，噼里啪啦的爆炸声一响，厨房似乎遭遇狂风袭击一般乱得不成样子，东西散落一地。

他克制着喘息，目光凌厉地盯着神祈，好像看到什么怪物似的，就那样死死地盯着他。

维维坦然地接受他陌生的眼光。

许久,苍溪嘴角轻轻上钩,划出一道优美的弧线。他长袖掩唇,轻笑出声,笑声越来越大:“哈哈,哈哈哈哈哈,我都已经杀死了你,你认为你还拥有不死之身吗?你永远都是我的,神祈!你永远永远都别想逃出我的手掌心!”说完,他转身,却又像想起什么,止住脚步,往后一甩袖,做了一个手势,原本乱糟糟的厨房顿时恢复了原状。

他明亮异常的眼睛坚定地注视着维维几千年如一日的绝色容颜:“我化身接近君怜,观察了她数月之久。直到现在,我仍旧没有察觉出她和别的女人有什么不同之处,竟然能让你迷恋数千年。”

“她的好,你是不会懂的。”维维轻轻地说了一句。

因为他爱君怜,所以才会懂她、知她、恋她。

“哼!我不需懂!但无论如何,我绝不会允许她毁你千年修行,误你前程!即使有越朔夜那个小子在旁边保护着她,我也有办法彻底地杀死她,让她不得转生!”

“我虽然解除了结界,但你的身体还在我这,你只剩一魂一魄,怎么和我斗?”

“你要恨我,就恨吧!”

“我一定会把你从她身边夺回来!”

“你的朋友呢?”君怜从房间里出来想招待一下维维的朋友时,才发现小小的客厅里只有维维一个人。

“他已经走了。”

“你有没有好好招待人家啊!”没想到维维的朋友还不少呢!细数一下,她的朋友只有梵音一个人!

“有啊,不过,他不需要我的招待。”

“怎么会呢!如果不是想见维维的话,他怎么会来找你呢!”君怜学着维维的样子把腿盘了起来,坐在他的身边。

“……是吗?”维维的样子似乎有点怪怪的。

“不要说这些了,杰克斯刚才跟我说,他想让小精灵留在这里玩一段时间才回去。”君怜一副贼贼的模样偷笑道,“我觉得你上次说得没有错,说不定,杰克斯真的喜欢上小精灵了呢!”一只吸血鬼蝙蝠和一只精灵,史上最强的配对情侣即将产生了，哈哈哈！想免费看好戏的君怜一想到那个情景，就忍不住偷笑。

聊了一会儿，君怜见维维的兴致不是很高，也渐渐安静下来，两人之间沉默了好长时间。

“你在想什么呢？”许久她都不再开口说话，维维问道。

“没有在想什么啊！你呢？在想什么？”君怜笑了笑。

“……你在我的身边，我当然只能想着你啊。”维维虽然不好意思，但还是说了出来。

“是……是……是吗？”君怜的脸通红了起来，她难得娇羞地低下头。真是的，维维干吗突然说这么肉麻的话！完了完了！心跳得仿佛快要蹦出来似的，她忍不住想用手按住。

突如其来的一只手按住她的动作，把她的手包裹了起来。君怜抬起头看着维维。

“怜，我真的好喜欢你。”这句话，他不知道曾经对每一世的君怜说过多少遍，可即使如此，他还是想把他的心意传达出去，想亲口告诉她，一遍又一遍地告诉她。他怕她会忘记了他们之间的爱，没想到，这一世，先忘记的是他自己。

“我也真的好喜欢维维啊！”君怜握住他冰凉的手，扑进他的怀里，紧紧地抱住他，就这样简简单单地相爱着，全世界的人都和他们这样幸福快乐着，那该有多好啊！

哪知道维维竟然叹了口气：“你不懂的。”

“我哪里不懂了？”君怜不服气了，坐直了身子与他对视，“难道你说我爱你没有你爱我多吗？哼！我告诉你，别的我比不过你，可我绝对爱你比你爱我多！”太过分了！她没维维漂亮，也没有维维做菜的技术好，但是她爱他绝对比他爱她更多！这点她一定要坚持！

“是是是！”维维宠溺地看着她，将她重新搂回自己的怀抱之中，就像两株纠结生长在一起的藤蔓紧紧相拥。

“你不信的话我们就来拉钩！”君怜固执地伸出小尾指，然后拉住维维的小尾指缠绕一起，“君怜爱维维，拉钩上吊一百年，不许变！”

“别闹了！”维维想阻拦她，不过她的固执让她得逞了……唉！维维忍不住又在心底叹了口气，重新拉回她，用毯子将她裹在自己的怀里，道：“休息吧。”

“我一点都不困啊，干吗要我休息啊！”

“你累了！”维维将手覆盖在她的眼睛上。

“才……才怪……”她明明一点睡意都没有啊，可是，为什么她的眼睛却睁不开呢？好吧，或许她真的有点累了，就睡一会儿好了，就一会儿。

“傻孩子！”感觉她已经熟睡，维维这才缓缓将手从她的眼睛上移开。他将脸贴近她，感觉到她不同于他冰冷的温暖温度，就这样静静维持着这个姿势。半晌他才侧过脸，看了看她安静的睡容，小心地吻了一下她。

“小笨蛋，你根本就记不起以前的事，你的爱怎么可能比我的还多？每一世，你都这样说，可你永远都不可能比我爱你更爱我。我这么努力，你可不许再比我先一步抛弃我。说什么‘君怜爱维维，拉勾上吊一百年，不许变’，可是你根本就活不过百年，你这个傻瓜！你总是给我希望，然后就丢下我一个人，一个人傻傻地等你。我都不知道自己为什么那么爱你，不知道自己为什么没有办法放弃你。没想到我死掉了，我们又遇到在一起。你忘记了我以前对你的爱，忘记了我的名字。

“神祈，是我的名字啊！我叫宇文神祈，你还能记得吗？恐怕你又忘记了，你只记得‘维维’。其实也没有关系，‘维维’这个名字是你给我的，就像你的‘怜’字也是我给你的一样。维维、维维，很喜欢你叫这个名字的声音。

“真想把你忘掉。或许忘掉你，我就不会再这么痛苦了。

“和你在一起，真快乐啊！只要能让你活下去，即使能让你多活一天，就算是下地狱，我也会做。”

“我爱你！”

轻轻的一个吻，已经足够刻骨铭心。

我爱你，不知道从什么时候开始，这三个字变成了一种咒语。

地上的落叶点缀着整个庭院，初秋过后的绵绵小雨让小院更增添了几丝秋意。

“师父。”

维维抬眼，一身黑衣黑裤的越朔夜站在门前不远处。几滴雨滴从他额前的黑发滑落下来，他站在那里大概有一段时间了。维维低下头，寻了一把伞，施了咒术，这才撑起伞踏出这个家的大门。

他单手撑着伞的举动，在外人看来，就像一把伞自己在移动。越朔夜默契地接过他手里的伞。

“你这样会生病的。”他责备道。

“只是想让心静下来。”他本就是最邪恶的魔了，病菌根本不可能侵入他的身体，越朔夜没有解释，转而问道，“那只九尾狐解开血界了？”

“你应该称苍溪为师叔。”维维苦笑着纠正他，“你和苍溪总是针锋相对，其实他心底很关心你的。”

“是吗？”越朔夜一副不以为然的语气，“关心我？是恨不得杀了我而后快吧？要不是怕无法对师父你交代，那只可恶的狐狸早就不顾我的死活了。”见维维眉头皱了起来，越朔夜连忙转移话题。

“师父，你准备走？”

“嗯。”

“准备去哪？”师父要走？那君怜怎么办？

维维想了想，道：“我恢复了所有的记忆，想先去长白山跟一些朋友告别。然后……”

他的话还没说完，就被越朔夜截断。

“告别？”越朔夜的神情瞬时冷了下来，就连语气都加重了几分，“告别什么？你心里想什么，苍溪早就料得一清二楚，你想救君怜是不是？为了多让君怜活几天，你连自己的命都不要了是不是？君怜到底有哪一点好，值得你不惜性命也要保她？你以为苍溪会允许你这样做吗？他会先杀了君怜！”

“所以我才留你在君怜的身边，保护她啊！”

越朔夜的表情阴森，嘴角缓缓勾起一丝诡谲的笑：“可是，我也想杀死君怜啊！”

“啊？”维维震惊地看着他。

“你怎么会希望我来保护君怜呢，我并不想保护君怜啊。对我而言，当然是师父比较重要啊！”他一直没有动手杀君怜，那是因为他拿不定主意，君怜对师父那么重要，如果他动手杀了君怜的话，那师父绝对不会原谅他。所以，他就等苍溪动手好了，这样，师父就可以和苍溪反目成仇。

维维震惊过后，头低了下去，不知道在想什么。越朔夜道：“师父，你该知道，苍溪的灵力与你旗鼓相当，如果再加上我的妖力呢，想阻止你可谓轻而易举。师父你一定很难过吧？最亲近的人背叛了你，与你为敌……可是我又何尝不难过呢？我最亲近的人要丢下我为一个女人而死，你这么聪明，为什么从来不曾想一下我的感受呢？”

“只要没有君怜，我可以和苍溪和平共处，到时候，我们三个人就永远住在长白山，永远都不再入世。好不好？”

“那梵音呢？”维维缓缓抬起头，看着他魔魅的眼，“你忘记梵音了吗？”

“梵音？”越朔夜冷冷一笑，“他让我又爱又恨，我当然不可能忘记他，我会先杀死他，把他的尸体埋进长白山里永远都陪着我们。纠缠了几世，情算什么，爱又算什么？他根本就不记得我对他的感情！所以我决定了，我不会再要他回应我的感情了，因为我不会爱一个死人！他会死，君怜也会彻底地消失。”

“不愧是魔王的儿子，你的心真狠！”维维苦笑着摇头，“我没有你狠心，竟然可以那么对待自己喜欢的人。”

越朔夜的心脏被这句话狠狠地刺痛了一下。

“不管怎么样，君怜是活不过明天了。”

“你这话是什么意思！”维维紧张地攥住他的衣服。

“我已经把魔界的‘摄魂珠’给了苍溪，想必刚才你让君怜熟睡的时候，苍溪已经动手了。‘摄魂珠’可以在十二个小时内，将君怜的魂魄融化，永世不能超生。”

“你——”维维第一次对越朔夜说不出话来。刚才君怜在他的怀里的时候就已经死了？是他！都是他害了君怜！无法原谅自己的念头充斥着他的大脑，仅剩的一魂一魄就快要因为这个自责的念头爆炸开来。

“苍溪已经料到你在救君怜之前，会想去一趟长白山向你那些鸟啊鱼啊老树精之类的东西告别，他现在已经在长白山等你了！”

“越、朔、夜！”为什么！为什么你不阻止他！

“师父，你开始恨我了吗？”越朔夜的嘴唇干涩，喉咙也干干的，“是你逼我们做的决定啊！如果一切维持原来的样子，那不好吗？”

没有人回答他的问题。因为维维已经消失了。

“看来我也要走了，这出戏没有我，那可不行！”越朔夜的身体开始慢慢模糊起来，“真想再见梵音一面啊……不过无妨，不久之后，他就会和我永远在一起了。”真期待那一天早点来临啊！

一把雨伞遗世般孤独地斜立在地上。

细雨如针。

Chapter 08
命运的对抗

"怎么会有把伞在这？"

梵音好奇地停住自行车，勾起伞在手里转了转，突然瞪大眼睛，看着伞上贴着的那张很眼熟很眼熟的红字条——梵音所有物？

这不是君怜的伞吗？

"呵呵呵呵……也只有君怜的伞才能有这么破，也难怪她会扔掉！"他笑着，笑到一半的时候又突然停了！"不对啊！依君怜那么小气的程度，这把伞即使再破，她也不会舍得扔掉啊！"

会不会是她不小心弄掉了呢？

"算了算了，不要想了！烦死人了！去找君怜问一下不就行了！"梵音仰头望着到处都是朵朵白云的蓝天，无奈地长叹口气，"一把破伞而已，要不是君怜的，我才懒得理呢！谁让君怜是我未来的'老婆'呢！哈哈哈！看到君怜每次都咬着牙看着我，恨不得一下子扑进我的怀里抱住我的样子，真让我怪不好意思的！真怕哪一天她会突然忍不住，真的扑上来抱住我，那下一步我该怎么办呢？抱她？亲她？哎呀！君怜你好坏噢！害得人家不小心想到让人脸红的画面了！"思春的纯情少年傻傻笑个不停。

眼角瞄到有人站在君怜家的门前，梵音"啊"地大叫起来："喂，你想干吗？你是谁啊！"

那人听到他大叫的声音，转过头，感觉奇怪地看了梵音一眼。

竟然……竟然长得比我帅！而且还有股成熟稳重的男人味！一看到对方的相貌，梵音的自尊心就受到了打击。

对方没理他，抬手继续敲着君怜家的大门。

“喂,说你呢！我切,你是不是聋子？我说话你听不见啊,浪费我半天感情！”梵音将自行车随手扔到一边,用伞挡着君怜的大门,瞪着那个陌生的男人。

“这是你家大门啊！敲坏了你能赔得起吗？这可都是古董！”他这话可不算撒谎,君怜说她现在住的这间房子有几百年的历史呢！

“古董？”男人听到这个词,脸色变得有些怪异。他凑到红漆斑驳的大门边仔细看了看,边看边点头:“的确是古董,真够破的！”

“你也认为够破的啊！唉,真是英雄所见略同！我也是这样认为的,所以我一直建议君怜搬到我家和我一起住,结果每次我一提,她就打我！”梵音和陌生男人一同对着君怜家的大门感叹。哼！也不想想他可是一片好心！不答应也就算了,还动手打他！他就靠这张俊美无双的脸蛋混饭吃的！爷爷会那么喜欢他,就是因为他长得比较帅！

“和你一起住？她为什么要和你一起住啊？”男人好奇地问道。

“那当然是因为君怜是我未来的老婆啦！反正君怜以后会嫁给我的,提前搬到我们家有什么不对！你眼睛睁这么大,是吃惊了吧！一看你就是老封建！”

“嫁给你？哈哈哈……”男人大笑了起来,他拍了拍梵音的肩膀,掌下的骨骼过于纤细,果然如他所料,“你……哈哈哈……你能娶君怜那丫头？你用什么娶她啊？君怜如果嫁给你,那才叫毁了！”

“哼,你当然不知道啦！君怜她呀,其实一直在暗恋我！”梵音得意洋洋地说道。

“咳咳,暗……暗恋你？”男人笑得更厉害了,“好吧,你告诉我,你哪里来的自信,君怜会暗恋你？哈哈哈！笑死我了,君怜为什么会暗恋你啊？”

梵音挺了挺胸:“这还用说！当然是因为我长得英俊潇洒,再加上家世良好！我才貌双全,简直就是女孩子梦寐以求的白马王子！”

“相貌的确不错……仔细看一下的话,不仅是相貌,还有嗓音,都是宜男宜女的那一型呢……”男人伸手抬高梵音小巧的下巴仔细看着。

“喂！我告诉你,别动手动脚的,我可没有你和越朔夜的那种奇怪癖好！我警告你啊,你暗恋我可以,但是不能冲动知道吗？我的心已经给了君怜一个人了,你别肖想我了！知道吗？下次再对我动手动脚的话,可别怪我对你不客气！”梵音“啪”地一下打开他的手。

“我可没有肖想你……至于你刚才说你‘才貌双全,简直就是女孩子梦寐以求的白马王子'……"他的话说到一半,又弯腰猛笑了起来。

"白……马……王……子?我……我不行了……哈哈哈,你真会开玩笑!"男人全身无力地靠着墙,笑得连眼泪都流出来了,"你真的不知道你其实是……"

"是什么?"梵音好学宝宝一样竖直耳朵仔细听。

男人突然不说了,等笑得差不多的时候,才勉强站直身体,上下打量着梵音。梵音被男人的眼光看得心里毛毛的,问:"你看什么?怎么不说了?"

"好吧!我问你,你是谁?"

"我叫梵音,是上海东天国际贸易总裁的继承人噢!你想和我抢君怜的话,是一点胜算都没有的!"

"我不会和你抢君怜的……咳咳……"男人憋着笑,"你是梵音少爷?"他故意将"少爷"两个字咬得重重的。

"当然是!"

"你真的知道男人和女人的差别吗?"男人这样想着,这个梵音不至于这么笨吧?

"你好色噢!大叔,问我这种问题!"梵音一副"你是变态大叔"的表情嫌弃地看着男人,"我还不会笨得连这都不知道!"女孩子都软软的,身上香香的,头发长长的,撒起娇来像小猫一样。男孩子都是硬邦邦的一身排骨,跑完步身上的臭气可以熏死一堆苍蝇……呃,他当然是例外啦,因为他有喷香水,嘿嘿嘿!

"……"男人的脸皮抽动了一下,梵音这样回答就是根本不知道的样子嘛!没想到梵音的纯情程度超乎他的想象。在现在这个社会,竟然还有像梵音这样纯洁的人,没有受到一丝污染,真的很奇怪!

"你平常看什么书?"

"财经之类的啊,我是堂堂大家族的继承人,爷爷要我看什么书我就看什么喽!"

"不上网吗?你平常浏览一些什么网站?"

"管家会把我该熟悉的一些网站的地址写好,然后家教老师会告诉我应该注意些什么,股市的走向啊什么的……"

"电视会看吗?"

“不是很喜欢看电视,不过‘X 战记’我每集都有看噢!”

“……上厕所的话你会怎么办?”

“什么怎么办?家里有卫生间啊!啊,我知道了,大叔,你想偷看我上厕所!你这个恶心的变态!”

“如果在学校呢?”青筋险些冒了出来,被骂成“变态”的男人继续追问。

“我从小到大上的学校都是我爷爷出资盖的,怎么会和那些平民抢卫生间啊,当然有我专用的卫生间啊!”回答完,梵音有些郁闷了,谈了半天,到底在谈些什么啊?“你干吗问这些乱七八糟的问题啊!我为什么要回答啊!靠,什么啊!你还真够变态的,越朔夜比你好多了,他起码不会问这些八婆才想知道的事情!”

男人哑口无言,不能怪梵音太单纯,只能怪他的家族将他保护得太好了!

“越朔夜是谁?”这是他第二次提到“越朔夜”这个名字了,男人不免有些好奇。

“他呀!和你一样都有着特殊的嗜好,喜欢男人。男人有什么好喜欢的,女孩子又香又软的,抱起来多舒服啊!不过我不歧视 GAY 啦,只要别碰我就行了!”梵音敬谢不敏地道。

“喔……这样说,他喜欢你噢!”男人贼贼笑道。

“哼!那当然是因为我有魅力啦!”

“你不喜欢他吗?”

“我……我……”梵音别扭了老半天,一句话也说不出来,眼睛一闭大声叫道,“反正我心里已经有君怜了,我不能伤害君怜的!”他可是很从一而终的,不像那些三心二意的混蛋让女孩子伤心!

男人沉默了良久,最后,才开口问道:“我能问你最后一个问题吗?”

“你问吧!”

男人正了正色,问道:“请问,你有妄想症吗?”

“……”

“君怜,开门!开门……开门!”梵音把门敲得砰砰响。气死他了,那个变态大叔的言下之意就是说他自恋?什么嘛!他这么诚实的人,说的统统都是实话啊!他这么帅气,不用问都知道君怜一定是在偷偷暗恋他啊!

不行！一定要找君怜问个清楚！

“这扇门不是古董吗？敲坏的话要赔的噢！”男人在一旁微笑地看着发飙的梵音。

“关你什么事！我的就是君怜的，君怜的当然就是我的了！我敲我的门你有意见啊！我告诉你，你即使有意见也不能说！”梵音的火气果然很大。

“我没意见。”男人两手一摊，让了开来。

“嗳，说了这么久，你到底是谁啊？”梵音奇怪地斜看着他。

“我是君怜的老爸啊！”

“……你骗人！”梵音被吓得一下子跳得老远。

“虽然我经常把骗人当混饭吃，但唯独这一次，我可以发誓我绝对没有骗人！”

“你真的没有骗我？”梵音一脸惊吓。

“我的确是君怜的老爸。”男人帅气的面孔虽然和父字辈有些差距，但身上那种经过岁月磨练的稳重感是不可否认的。

“我……我……我……我不信！啊啊啊……”梵音转身开始砸门，“君怜，君怜你给我出来！有人冒充你老爸！你出来，出来我们一起修理他！君怜，你快出来！”见半天没人来开门，他飞起一脚把门踹开。

“砰”的一声，年岁已久、早就已经残破不堪的大门就这样被梵音的一脚断送了。

男人看着地上的大门，蹲了下来，扶起放到一旁，等会他要帮女儿修理一下。这门的确太破了，被那个叫梵音的家伙踹上一脚就全废了！

“君怜！君怜你听我说，外面有个变态男人说他是你老爸，你出来看一下他有没有在说谎。他要是说谎的话我就一脚踢爆他的头，他若真是你老爸的话……我以后就不敢面对岳父大人了！呜呜呜……”神啊！请您保佑我吧！梵音在心底流着眼泪请求神保佑他。

“君怜，你不要睡啦！还有，睡在椅子上很容易着凉的！”梵音用力晃着熟睡中的君怜。

“不要碰她！”自称为君怜老爸的那个男人走了进来，突然脸色大变地冲上来阻止梵音，“她灵魂出壳，不要随便碰她的身体。”

“啊，大叔，君怜没有气了，她死了！她死了！”梵音探向君怜的鼻息，发现君怜竟然一丝气息都没有,吓得一屁股跌到地上。

“好吵,维维,什么事那么吵啊?”杰克斯从君怜的房间里出来,小精灵飞到他的草窝头上,好奇地注视着陌生的来客。

“咦?你是谁啊?”杰克斯瞪着不速之客。

“你是谁?”君怜的老爸同样皱着眉头看着眼前的外国男子。

“我知道他,他是君怜的家教老师,给君怜补习英语的!”梵音回过神来,连忙对君怜的老爸解释道。

“噢!原来是君怜的朋友,我是君怜的老爸。”男子说了一句,然后立刻蹲下来检查君怜的状况。

“君怜怎么了?”杰克斯不知道发生了什么事情,看着一动也不动的君怜问道,“维维呢?”

“维维是谁?”梵音奇怪地问了一句。维维是君怜的朋友吗?为什么他不认识?

“君怜灵魂出壳,被人收走了!”君怜的老爸想了一下,问道,“你说的维维,是不是神祈?”

“神祈?你知道维维的名字?原来他叫神祈啊!”杰克斯恍然大悟,“君怜说你只是个骗子,可见未必噢。你可以看见我,一定很厉害啊!不过君怜没有说错,你长得的确挺帅啊!”

“骗钱是一回事,会法术是另外一回事。”君怜的老爸苦笑道,“没想到我还是来迟了一步。”

“什么意思?”

“君怜的本命是朵莲,所以她活不过十八岁。神祈一直守护在她的身边,不知道为什么,有一世神祈突然死了,并且被人囚禁了起来。我救不了他,就只能让君怜到这里找神祈。”他继续说道,“就在前两天,我算出君怜最近会遭一次大劫,想赶过来保护她,没想到我还是来迟了一步。”

杰克斯问道:“那维维呢?”

“如果我没有猜错的话,君怜的魂魄是被一个叫苍溪的九尾狐收走了!神祈已经去救她了!”君怜的老爸道,“现在,我们只有等他回来才能知道结果。”

冷!

冰寒入骨的阴冷气息从四肢蔓延到全身的每一个感官。寒气蚀骨，又冷又痛，君怜迫不得已地睁开双眼，这才发觉有点不对劲。

这里是哪里？

好冷，仿佛有冰针在刺一样的疼痛。君怜皱起小脸，是谁这样折磨她，为什么不让她死掉算了！

“你醒了！”有人歪着头打量着痛苦的她。

“你是谁？”君怜勉强问了一句，要死，她也要死个明白！“我与你无冤无仇，为什么要把我装在这颗玻璃珠里？”

她突然抬起眼紧紧盯着他：“你不是维维的朋友吗？为什么要杀我？”

“你不用知道得太多。”化成九尾狐的苍溪举高不断散发着妖气的“摄魂珠”，让她看到周遭的环境。这是一所很普通的房屋，周围的摆设也很简单，整洁得可以说是一尘不染。苍溪慢条斯理地解释道：“这里是神祈……哦，不！是维维以前所住的地方，这是他睡觉的地方，这里是他画丹青的地方，这里曾经摆放的是他养的鱼，不过自从他走以后，鱼都被我弄死了。还有这里，是他修行的地方！”

“这里是维维以前住的地方？”君怜感觉手指好像开始融化，有东西缠在她的身上，吞噬着她的身体。因为迫切地想看清楚维维以前所住的地方，所以她就没有在意。“为什么要带我来这里？”她听出他语气中的杀意，有些明白地道：“你恨维维？”神祈？原来这就是维维的名字吗？

“不，我怎么会恨他呢？我恨的是你！我恨不得杀了你，吸尽你的血，吃光你的肉，将你的骨丢到荒山野岭喂野兽。只要杀了你，神祈就会回到这里，只要你死了，一切都会恢复原状！”苍溪轻轻说道，类似野兽的双眼已经变成了可怕的红色。

“你……”君怜隐约明白了苍溪对维维复杂的感情。可是不行，她不能死在这里，她还有老爸，她不能丢下老爸一个人。还有维维，如果知道她死了，而且还是被他的朋友杀死的，维维一定会非常伤心。

“你不怕维维知道后，会讨厌你吗？”

苍溪轻描淡写地回道：“你不知道吧？让一个人的记忆消失的方法很简单，只要饮下孟婆汤，神祈就会把所有的事情忘得一干二净。我不怕他忘记我，因为我还活着。而你，你的魂魄在十二个小时内将会和这颗‘摄魂珠’融为一体,到时,你将灰飞烟灭,连转生的机会都没有!"

"为什么……"君怜仍然不明白。

"为什么?因为即使你死了,神祈也不会放弃寻找你的转世,是你,毁了他的修行。他明明就要修成正果,却又轻易地放弃。真可笑!为了一个女人,就要放弃数千年以来的修行。你说,这个理由足够让我杀死你吗?"

"那这也是维维的决定,与你无关!"

"哼,可笑,最没有关系的人是你吧!"苍溪撇了撇嘴,讥讽道,"你大概还不知道吧,因为你的本命是朵莲而已,所以每一世都活不到十八岁。神祈想用他所有的灵力维持你活下去,所以,我一定要阻止他!"

"你是说,我活不到十八岁?"君怜听了心里一窒。

"对!即使我不杀你,你也活不过十八岁那一年。要不是神祈想到了让你活下去的方法,我也不会想动手彻底地杀死你!你也觉得自己该死对吧?"苍溪将手中的"摄魂珠"攥得更紧了几分!

"没有谁该死,任何人都不能左右我!"君怜大声地喊道。她的身体已经开始融化,不,准确地说,她的魂魄已经开始融化。维维……维维……她好疼,被不知道的东西所吞噬的感觉让她痛得几乎要昏死过去。

仿佛心有灵犀一般,维维的声音立刻在君怜的耳边响起:"苍溪,放开君怜!"

君怜艰难地睁开眼睛,嘴角挂着一丝难看的微笑:"维维,你来了。"

她偏头看向一旁的银发男子:"原来你是苍溪……呵呵……我真是个笨蛋……"为什么自己没有发觉他就是苍溪呢?

"君怜,君怜你怎么样了?"维维被苍溪设下的结界隔了开来,只能着急地看着君怜的魂魄痛苦地在"摄魂珠"里挣扎。

"苍溪!你放了她!"维维大声尖叫道,"放了她!你放了她!"他来不及救君怜了,已经来不及了!

"君怜!君怜!"似乎感同身受一般,君怜的痛苦传到他的身上,神祈的灵力立刻强了起来。一滴眼泪滑了下来,紧接着泪水模糊了他的双眼,可他的脑子里重复着君怜痛苦的表情。他的双手紧紧贴着透明结界的墙,语气里有着前所未有的恨意:"苍溪,我恨你!我恨你!你放了她!我要杀了你!我要杀了你!你放了她……"

苍溪的结界已经有了松动，他连忙阻止道："神祈，你不能进来，你会被'摄魂珠'吸进去的！不要进……"

他还没有来得及加强结界的防御力，布下的结界已经被维维强制裂开。维维冲了过来，以迅雷不及掩耳的速度夺到了"摄魂珠"。可是当他的手一碰到"摄魂珠"，整个魂魄就迅速被"摄魂珠"吸食了进去。

"神祈——"苍溪眼睁睁地看着维维化作一股白色的光为"摄魂珠"所食，他的动作再快，也只是抓住维维的衣袖。"摄魂珠"的妖力太强大了，他只能任维维的衣袖从他的指间滑开。

维维进入"摄魂珠"后，迅速抱住仅剩下上半身的君怜，他喊着她的名字："君怜，君怜，君怜，你不要死！你不要丢下我一个人，君怜，不要死！求求你！"

"维维……"君怜用另一只手抚摩着他的头发，"维维，你不要哭。"看到他哭她的心好痛，是她害维维变成这个样子的，或许苍溪说得没有错，只要她死了，维维就不会痛苦了，他就会恢复原来的单纯，继续他的修行。

"君怜，你不要死……你不能死。呜呜呜，对不起，对不起，我想不出办法救你，怎么办？君怜我该怎么办？"维维像一个手足无措的孩子紧紧抱住君怜，嘤嘤地哭了起来。

"神祈！你快出来！"苍溪对着"摄魂珠"里的维维大喊。

"怎么办？我该怎么办？君怜你不要死，不要死，不要丢下我！"维维恍若未闻，只是一个劲地重复着那几句话。

"神祈！你快出来！"苍溪着急地大喊道。越朔夜只告诉他吸食人魂魄的方法，没有告诉他怎么才能将魂魄从"摄魂珠"里拉出来。

"君怜，君怜对不起，我救不了你，我没有办法救你，那么，我们就这样死在一起吧……"维维喃喃地说道。

几欲陷入昏迷中的君怜，听到了维维这句话，心里暖了暖，似乎有了笑意："真好，我们能死在一起……"可是……她还有老爸，她不能死，她不能让老爸伤心痛苦。自从她察觉到老爸的秘密之后，才知道老爸唯一拥有的也就只有她了。她死了，老爸一定也活不下去了。君怜睁开眼睛看着已经失神的维维，强忍着痛楚，轻声道："维维，我不想死在这里。"

这句话让维维有了求生的意志，他安慰她道："你放心，苍溪一定会找小越救我们的，他见不得我消失。"

“你知道他对你……”君怜有些惊讶,她以为维维不知道苍溪对他有着特殊的感情呢!

“九尾狐天生就有随意改变身体结构的能力，你大概没有见过苍溪着女装的模样。后来他见我无心情爱,才重新变回男人的模样与我一同修行。没想到我遇见了你。”

“啊?”苍溪着女装的模样?若不是自己现在这个处境,君怜还真想在脑中想象一下苍溪着女装的模样呢!

“你支持下去,我不会让你死在这里的。”维维握紧她的手,轻吻着她的额头和头发,似乎想将力量传给她。

“嗯。”君怜轻轻应了一声。

正如维维所料,苍溪情急之下,首先想到了越朔夜。他带着魔界的“摄魂珠”找到越朔夜的时候,满身妖气的越朔夜正在君怜的家中,与两个陌生的男子斗法。而梵音的嘴角有着血丝,想必受了很重的内伤。

“我以为你一个人就足够应付了,你怎么会让师父被‘摄魂珠’所食?”越朔夜本来去了一趟长白山,看到师父在苍溪的结界外手足无措的样子,以为君怜必死无疑。于是想不如现在就动手杀了梵音,然后带他回长白山,再让师父喝下孟婆汤,让一切都恢复平静。

“老爸……”君怜看到久违的老爸,强忍着身体的虚弱,高兴地喊了一声,问道,“你怎么来了?”

“怜怜,你怎么在这里面?”君怜的老爸很是诧异,“神祈?你也在?”

“君怜,不要说话,你没有力气了。”神祈对君怜的情况很是担心,求救似的看向越朔夜请求道,“小越。请你将君怜放出去,拜托你了!”

越朔夜收回妖气,看了众人一眼,大家都把希望放在他的身上,可是他……他只能无可奈何地告诉大家:“对不起。”

他解释说:“‘摄魂珠’是魔界的宝物,相传是很久前一位妖力强大的魔王死后留下的一只眼睛,具有吞噬魂魄的力量,他能在十二个小时内将任何魂灵融化,与‘摄魂珠’融成一体,没有人能抗衡它的力量。”

“怎么会这样……”苍溪听后脸色苍白。

“……”维维沉默着抱紧君怜。

“君怜，君怜！”君怜的老爸呼喊着意识昏迷的女儿。

君怜听到老爸的声音，已经连睁开眼睛的力量都没有了。刚才越朔夜那样说，就是连唯一的希望都幻灭了。不过能和维维死在一起，她已经很知足了。“老爸，你好好照顾自己。”她流着泪说道。

“女儿……”看着君怜流下的眼泪，君怜的老爸也难掩哽咽。

“君怜！君怜你怎么了？”梵音不明白发生了什么事情，只知道君怜被关在那颗黑黑的琉璃珠里。她眼睛紧闭地倒在那个身穿白衣，有着花容月貌的男人怀里。

“是梵音吗？”君怜的声音很微弱。

“君怜！我是梵音，你不能死，我还没有娶你当老婆呢！你死了我娶谁啊！”

他嘴角的一滴血滑了下来，刚巧落在“摄魂珠”上面。

“去……去你的，我才不会嫁给你。”君怜没好气地说道。她好累，好想好好地睡一觉。

君怜的老爸注意到经过梵音的血所染的地方，原本黑如墨汁的琉璃渐渐变淡。他惊叫了起来：“你们看！”

原来“摄魂珠”是可以被净化的？

维维也注意到了，他高兴地晃了晃沉睡中的君怜：“君怜，你撑一下，说不定我们还有救！”他的灵力就具有净化的功效。维维闭上眼，拼命释放自己体内的灵力，白色的光芒越来越炽，强烈到几乎要刺瞎人的眼睛。奇迹发生了，漆黑如黑琉璃的“摄魂珠”渐渐地转为乳白色，就连君怜的灵魂也恢复了完整。一道强烈的七彩光芒过后，“摄魂珠”消失了。

“君怜！”

“神祈！”

君怜的老爸和苍溪一齐叫了起来。

“君怜！你快回到你的身体里。”维维不顾身体的虚弱，将君怜的魂魄打入她原先的身体里，然后眼睛一眨都不眨地盯着君怜的反应。

沉睡着的君怜似乎仍然很疼痛，她先是痛苦地皱了皱眉毛，然后在维维的屏息凝神中缓缓睁开眼睛。

“君怜……太好了！你没事，你没事！真是太好了……”维维紧紧地抱着她。

"怜怜……"君怜的老爸也用力地抚摸着她的头发。

"君怜!"梵音也想抱一下,身后的越朔夜拉住了他。

"干吗!你又想杀掉我?"梵音凶巴巴地瞪着他。

"我……"越朔夜说不出话来。到底杀了他,还是不杀?

"真讨厌你这种人!喜欢你的人不喜欢你,就要将对方杀掉?你这个变态!本来还以为你人很不错,可以和你做朋友的,没想到你根本就不正常!"梵音继续骂他。

越朔夜的表情很是奇怪。他复读机一样重复了一次梵音话里的意思:"你本来想和我做朋友的?"

"是!但是从现在开始,我不认识你!"梵音气得哇哇叫,他的胸口好疼。

"你根本就不知道我想要什么?"越朔夜突然一把抱住他。

如果梵音死了,那一定会少了很多乐趣吧。他怎么会想到要杀死他呢?没有梵音的日子,那种痛苦,他早就经历过了,难道还要经历第二次吗?他问自己。

答案是否定的。

他看着怀里的梵音,暗暗在心里下了决定,然后转头对苍溪说道:"对不起,我们的盟友关系,正式无效。"他可以不修行,可以不和师父在一起,但是却无法放弃梵音。

无论多久,他都可以等。

等到梵音爱上他的那一天。

学校期末考终于结束了,君怜刚从考场出来,梵音立刻跳到她的前面,抱怨道:"君怜,我都出来一个多小时了,你怎么才出来?"

君怜没吭声,他以为谁都和他一样是天才啊?四十分钟交卷,而且题题都能答对。

"君怜!"君怜的老爸也在考场外,看见她的身影,连忙喊道。

"岳父大人!"梵音厚脸皮地叫道,"我们已经考完了,好累哦!一起去大吃大喝一顿庆祝吧!"

"咳!"每次听到梵音这样喊他,他都想笑。君怜的老爸正了下脸色,婉言拒绝道:"不用了,维维在家烧了饭菜等着我们呢。"

我也要学会烧饭！梵音暗暗下了决心。

"走吧。"越朔夜在他后面提醒他。

梵音见是他，顿时跳离他三米远！与这种危险人物还是保持距离为好。

越朔夜的眼神黯了下来，但这一切都是自己亲手造成的，是他毁了梵音对他的信任。

"我，梵音，将是本世纪最伟大的厨师，加油！"梵音定下雄伟的目标。

听到梵音的白痴誓言，越朔夜笑了。无妨，即使有裂痕，就梵音那天生大条的神经线，也不会记恨太久的。

"考得怎么样？"

"一般般吧。"君怜专心吃着冰棒，抽空回答老爸的问题。虽然她很努力地想当个成绩优异的好学生，也很努力认真地学习，但是不知道为什么，她的成绩一直都不是很好。咬下一口冰棒，她保证道："我下学期一定会努力的！"

"不要太努力，考得普普通通就行，我最喜欢我们家普普通通的小怜了！"君怜的老爸笑着道。

"哪有人不希望自己的儿女出色的？"君怜横了老爸一眼。

"我就是不希望你太出色啊，平凡一点才能得到幸福啊。"

"我可是很希望我将来有大出息的，请你不要消磨我的斗志。"君怜不满地回道。

"他一直跟在我们后面。"君怜的老爸突然说道。苍溪从走出校门起就跟在他们后面，他担心他会突然对君怜出手，老实说，凭他一个人的力量，是根本就阻止不了苍溪的。

"我知道。"她早就发觉了，"他想跟，就让他跟吧。"

他不来找她，她迟早也会找他。听维维说，是苍溪杀死了他。维维的身体也在他那。如果是这样的话，说不定维维还可以恢复成人，过上正常人的生活。

"我有事情找你跟神祈。"苍溪一路跟随着他们，直到君怜到了家进了屋准备关门时，他才伸手阻挡住君怜关门的动作。

君怜看了他一眼，将门打开："请进。"

小小的一张方桌前。

"我来，是想弄清楚一件事情的。"苍溪说道。

“噢？”

君怜的老爸将放在自己前面的茶杯推到维维面前，偷偷喝起了酒。

“什么事？”君怜心平气和地问道。

“神祈，你真的不想再继续修行了吗？”明明是问神祈的问题，苍溪的眼睛却看着君怜。

维维没有回答。君怜扭头看了维维一眼，维维才硬硬地说了一句：“我不想继续修行了！”

“噢？那真遗憾。”苍溪的语气听上去似乎在为他惋惜，“即使没有君怜？”这一次，苍溪是看着神祈的眼睛问的。

“即使没有君怜，我也已经没有修行的意愿。”维维想，他会慢慢等到老去的那一天，但是绝对不会再修行了。

“那既然这样，我尊重你的选择。”苍溪看着神祈和君怜慢吞吞地道，“祝你们白头偕老，永结同心。”

“听起来像是对新婚夫妇的结婚祝词。”君怜的老爸插了一句。

君怜没好气地瞪了老爸一眼，然后疑惑地看着苍溪问道：“为什么？”

苍溪明白她的疑问，笑着为她解释：“没有为什么。我仔细想过你的话，你说过：‘那是维维的决定，与你无关。’你说得对，没有我，神祈会过得更幸福。我才是多余的那个人！”见维维似乎要说些什么，他抬手阻止他，继续道：“还有一点就是，维维是因为太无聊，才去修行的。修不修得成正果，对他来说，并不重要。能找到幸福，能有让他继续活下去的目标，才是最重要的。他找到了，那个人就是你。很抱歉，我曾经想杀死你。但这一切都是为了神祈着想，只差几千年的时间，他就能修成正果，晋为仙界。但是他为了你突然告诉我说放弃修行，这让我很生气。后来我想，修成正果之后，在仙界的日子更无聊，不如就让他和你在一起。”

他笑了笑又说：“其实真正的原因是，我并不想和神祈斗法。你不要看他一副挺柔弱的样子，从我认识他的那一天我就知道了，他只是长着一张极具欺骗性的脸，千万不能小看他。现在我已经修成正果，强制拉着维维一起修行的话，对我来说，也没有意义了。”

“我没有觉得你是多余的人。”维维突然说了一句。他刚才想说的就是这句话，可被苍溪制止了。

“我知道。”就是因为你这样，所以我才没办法放开对你的感情。苍溪暗叹。

“维维还能恢复成人吗？”君怜问了一个她最关心的问题。

“当然可以。”苍溪笑道。

“君怜，你男朋友很漂亮啊。”刘婶对着刚从巷口另一端回来的君怜笑呵呵地道，“对你又那么好，简直是百依百顺。”

“刘婶，今天是交租金的日子，对吧？”君怜把前两天预备好的租金拿给她。

“呵呵，是啊是啊。”刘婶笑得眼睛都眯在一起了，“不过刘婶可没有说错，你的男朋友那么出色，要好好把握啊！可别让别的女孩子追走了噢！如果不是刘婶老了，早就倒追他了。”

回家后，君怜问维维：“你今天出去了？”

“你怎么知道的？”

“刚才又有星探到这附近找你，又有人被你惊艳到了噢！”自从维维有了身体可以随意出门行走后，就不时地有人想亲近他，有时甚至追到家里。一开始因为他那一头漂亮的长发经常被人误认为女孩子，后来将头发剪短了，虽然能很轻易地分别出维维不是女生，但更显得他的相貌漂亮得过分。

“维维，你以后干脆变身出去吧。”杰克斯取笑他。

“我已经很少出门了。如果有人愿意去菜市场买菜的话，那我根本就不用出门。”维维瞪了好吃懒做的杰克斯一眼。

杰克斯嘀咕着：“不是我不愿意出门，白天我根本就不能出去啊。”他是见不得光的好不好！

“外面好热啊。”君怜从假期补习班回来，把手放到维维的身上消暑。维维的身体大概是因为一直被苍溪封在冰里的缘故，一直都是冰凉冰凉的。

“维维，以后不要再偷偷渡给我灵气了。”君怜靠着他的身体说道。

“嗯？我要开始做饭了，来帮忙吧！”维维转移了话题。

君怜连忙装晕：“哎呀！我好像中暑了。”没有维维的时候，她经常是吃泡面解决的，君怜对做家务可谓是深恶痛绝。

“那你休息吧。”

越朔夜随后进了门,君怜喊住他,将盘旋在心底的疑惑问出:“你觉得苍溪是什么样的人?”她一直奇怪苍溪怎么突然那么好心将维维的身体还了回来。

越朔夜想了一下,说:“心狠手辣,狡猾卑鄙!”

原来苍溪的风评那么差!君怜咂舌,难怪她看到苍溪突然变得好说话,就一直觉得怪怪的。“为什么他会那么轻易地放过我?”先前他可是恨不得杀了她呢!

“他最近发生了一些无法控制的事。”越朔夜似乎知道些什么,却不肯说明。

“噢?是这样……”君怜有些担心,“那他会不会……”

“不会,他目前自身难保!”越朔夜嘴角难得露出一丝笑意,似乎是在幸灾乐祸。他说了句君怜听不懂的话:“因为仙药的副作用开始发作了!”

“什么?”君怜被他的话弄混乱了,什么药的副作用?

“没什么。”话就聊到这,越朔夜就上了二楼。

Chapter 09

奇怪的表演

这是一栋旧式的阁楼。

漆红的大铁门好像是刚刚刷了新。踏进大门，是铺天盖地的绿意，葡萄架子上的叶子经过昨夜的雨水洗刷后，温柔地舒展开。

维维手里抱着一大堆被子从屋内走出来，细心地将它们铺在阳光下。越朔夜住进来以后，二楼的储藏室需要整理一下，这样房间才会显得更大一些。

维维踮着脚将被子搭在晒衣绳上，身后突然有人将他的身体往上举。维维回头一看，是越朔夜。

维维看了看天色，惊讶地问道："今天怎么回来得这么早？"才九点左右吧？

"他翘课了！"越朔夜闷闷地回了一句。

听到他的回答，不用想也知道越朔夜嘴里的那个"他"就是梵音。

维维轻笑："你怎么不跟上去？"

看了师父一眼，越朔夜踌躇了一下，然后决定"打小报告"："他是带着君怜一起翘课的！君怜不允许我跟！"

"……今天就让君怜洗碗吧！"维维沉默了片刻，缓缓道。

"我没意见！"越朔夜恨恨地道。他离开梵音几乎不能做任何事，跟随了梵音那么久，几乎凡事都以梵音为中心。仅仅一会儿见不到他，越朔夜都觉得要发狂了一般。

收拾完储藏室后，维维给了徒弟买菜的钱，打发他去做点事。维维躺在藤椅上，微微闭着眼睛，想着君怜和梵音翘课会去哪里呢？想着想着，维维就想到了君怜昨天晚上的吻，又轻又软，痒痒的……如愿以偿之后他的心里就好像吃了蜜一般,一直甜到现在……

“苍溪!你在干什么!”尖叫声突然划破宁静的小院。

维维受了惊,慌忙张开眼。

苍溪直起身体,目视着他轻笑:“睡得真是毫无防备啊!”

“不小心睡着了……”不妙!如他所说……真是太没有防备了!维维烦恼地按着额头,刚才他做梦好像有梦到……吻?

真是大大大大大的不妙啊!

“连我进来你都没察觉到,我若想再杀了你一次,根本是轻而易举。”

说话间君怜已经冲到了两个人的面前,她指着讨人厌的狐狸苍溪气呼呼地说道:“你……你……你刚才在干什么!”

苍溪对于如何激怒别人这种游戏是玩得再熟练不过了。他恶意地伸出诱人的舌尖舔了舔下唇,以一种回味无穷的愉悦嗓音道:“做什么你不是看到了吗?真是甜啊……”

犹如独一无二的宝藏被人分享了一般,君怜扑上去要咬死那只死狐狸,不料却被维维从后面拉住衣领,抱住腰身拖进屋去:“你今天逃课去了哪里?”

“啊,放开我!维维!难道你一点都不生气吗?”

“生气又有什么用?”

“KAO!你不生气我可是被他给气死了!他竟然……竟然……你……你快松开我,让我打死那只死狐狸!”

“你打不过他!”维维心平气和的声音陈述着一项不用想大家都知道的事实。

君怜简直气炸了,不断发出尖叫,一路上不知道扑腾掉多少东西。苍溪听到屋子里维维轻轻叹了口气之后,杂乱的响动声突然停止了,屋里越来越安静,安静到他的心里开始不舒服……

席地坐在葡萄架下面,苍溪靠着冰凉的墙壁想:要等到什么时候,他才能找到第二个可以彼此一心一意对待的人呢?

苍溪抬眼看了看头顶,伸出手,使了点法力,藤架上还没有成熟的果实掉到了手心,慢慢放进嘴里,青涩的果实,让嘴里尽是一片苦涩的味道。

直到吃饭的时候,君怜还是气嘟嘟的,一看到苍溪那张狐狸脸更是双眼喷火,大有想用目光杀死他的架势。苍溪如老僧入定般无动于衷,自顾自夹了块丝瓜在嘴里，细嚼慢咽地吃完后还不忘称赞："嗯……好吃！"

待苍溪再伸筷子夹那道菜的时候，半路杀出了个程咬金，君怜伸出筷子用力将他夹起来的丝瓜打掉。

苍溪抬头瞪她。

君怜不甘示弱地给他瞪回去。谁怕谁啊！

"怎么不吃了？"维维把最后一个菜放上桌子的时候，才发现苍溪和君怜正彼此瞪来瞪去，却没有吃菜。

"维维，今天的丝瓜炒得格外好吃噢！"君怜把整盘清炒丝瓜都倒进自己的碗里，不顾维维惊讶的眼神，开始努力扒饭。

"这盘菜是我的，谁都不要跟我抢，不然我就跟谁急！"这是宣示她的独有权。

"呵呵……"苍溪支起手臂，再次故意对着君怜舔舔优美的唇线，"可惜啊，我已经吃了一口，你想独享已经来不及了噢！"

君怜差点掀桌子，这日子没法过了！整天有只色狐狸对着维维虎视眈眈，成天以激怒她为目的地在身边晃来晃去。她要郁闷到内出血啊！

君怜看了不知情的维维一眼，耐着性子压住想掀桌子的举动，总有一天，她一定要想办法让苍溪这只死狐狸消失在她和维维的眼前！哼！

"怜，听小越说，你和梵音逃课。到底去了哪里了？"

本来瞪着苍溪的目光因为听到维维的话，转而瞪向越朔夜，她冷哼了下道："谁说我逃课了，是上午刚上课之前，林老师说下午校庆举办活动缺些东西，让我陪梵音去采购。这次校庆听说是由梵音负责举办，真不知道老师是怎么想的，竟然把这么大的事情交给那个吊儿郎当、整天不务正业的小少爷梵音！上一次也是，校季运动会学校也把全权负责权交给了梵音，真是令人费解！"

"不要看梵音整天嘻嘻哈哈的，他还是很厉害的！"维维认为梵音不像外表那样简单。

下午的时候，梵音来找君怜一起上学，兴奋的样子让维维不由得侧目。

"怜……下午是你们学校的校庆？"维维靠着门，慢慢开口问道。

"是啊！"君怜边收拾东西，边随口应了一声。

"对啊对啊！一切都是我策划的噢！噢呵呵呵……保证可以给大家留下一个难忘的回忆！"梵音插嘴，得意洋洋地笑道。

“那……你是不是也会参与？”

“那当然，本少爷准备了很好看的节目，排练了很久呢，就等今天这一天了！”梵音笑眯了眼睛。今天是他大显身手的日子了！好期待呀！

维维似乎可以预见会有什么难忘的回忆，便忍着笑，在君怜出门时才吩咐她：“你今天注意梵音，我很想知道他会准备什么节目。”

“啊，他还准备了节目？”君怜一头雾水。

看样子梵音的保密工作做得很到位啊，竟然连君怜都不知道这件事情。

下午就只上了一节课，接下来全校师生就开始移至学校大礼堂。校庆活动一般就是说说最近学校内的丰功伟绩，校长做出了什么成绩，学生们又获得了多少奖项。颁奖的时候，梵音连续上了五次礼台领奖。

“节目怎么还没有开始？”梵音解开衣领的衣扣，拿刚上去领回来的获奖证书扇扇风，好热！等得他好不耐烦。

君怜一把夺下他手里的获奖证书，打开一看：全国化学竞赛第一名？他……他……他……太厉害了吧！这是第几张证书了？

终于奖品和奖学金都发放完了，接下来开始欣赏学生的节目。梵音兴奋地站了起来，丢下一句“我去准备准备”，便快步离开了君怜的旁边。

不知道他会准备什么节目，看他一副神神秘秘的样子，一向对别人的事情不感兴趣的君怜都忍不住好奇起来。

第一个节目是民族舞蹈，舞蹈社的学生身穿中国独特的民族服装跳了起来。第二个节目是小品……君怜回想了一下，似乎有听梵音说，第三个节目就是他的！那就是下一个节目了！听到主持人报幕，君怜连忙抬起头，当她抬起头看到礼台的那一刻，彻彻底底地崩溃了。

“哗——”全场的师生也都惊呆住了。就连校长也将刚喝进去的一口茶给喷了出来，似乎还不小心被呛到了！

越朔夜看到礼台上欢蹦乱跳的梵音身上穿的服装后，脑袋里有着几秒钟的空白。他呆了呆，僵硬地回过头问着身后的君怜：“他……他跳的那是什么民族的舞蹈……”

君怜手里的笔“啪”地掉到了桌子上，艰难地开口道：“那……不是舞蹈……”

“啊？”

她咽了咽口水，冷汗涔涔："那……那是体操……他跳的是传说中的奥特曼广播体操！……我的天啊！"她捂着眼睛呻吟了一声。

太丢脸了！

从现在起，她绝对不认识那个叫梵音的笨蛋！

绝、对、不、认、识、他！

"哈哈哈！我一出场，果然镇压全校。整个礼堂寂静得连一根针掉在地上，都可以听得清清楚楚！是真的是真的！我亲自验证过的，我专门偷偷带了一根针，趁大家不注意的时候丢到了地上，可惜大家都看得目不转睛！只有我清楚地听到了那根针掉到了地上的声音噢！"

"看得目不转睛……是看得目瞪口呆才对吧！"君怜痛苦地抱住头，偷偷往耳朵里塞了两块棉花。

"尤其是校长，那个眼神都直了，估计是很多年没有看到这么精彩的节目了……"叽里呱啦叽里呱啦……

君怜熟视无睹地绕过他离开原地。

"还有陈老师，他的脸色都变了！从红变到白，从白变到蓝，赤橙黄绿青靛紫，七种颜色挨个变，跟霓虹灯似的，哈哈哈！四川的民间艺术'变脸'都没他厉害！"

我不认识他，绝对不认识他！

"君怜，你要想学奥特曼广播体操的话，我可以教你噢，你不用跟我客气，我们的关系已经众所周知……"

"知你个头啊！"君怜终于忍不住爆炸了。

"我知道你很想学，又不好意思，女孩子的脾气都是这样的，别扭是另一种撒娇的方式……"呱呱呱！聒噪声不断，那魔音，犹如死掉的冤魂一样在你耳边念来念去，念到你气绝身亡也不会罢休。

君怜的目光悲愤欲绝，直直望向越朔夜，哪知道一向跟在梵音后面的越朔夜今天都站得离梵音远远的，一副"我不认识他"的模样。见到她投过来"SOS"的信号，竟然立刻把头抬起来作欣赏蓝天白云状。

蹦蹦跳跳的梵音跟随着君怜一路往她家去，继而引来路上无数人"关爱的目光"，大意多是：

"唉，智障吧？一个女孩子带个智障弟弟真辛苦哦！"

“应该是傻子吧……好可怜……”

“不过我看他更像是白痴……的确好可怜……让人郁闷的是一个白痴都长那么帅，我的BF却长得跟外星人似的……”

听不下去了！

君怜掏钱到“徐记”买了包油炸臭豆腐，回头扬了扬：“梵音，看我手里这是什么？”

“汪！”名叫“梵音”的大狗立刻扑了过来。

“乖！慢慢吃，小心别烫到！”摸了摸他的头，君怜松了口气，终于安静了。

越朔夜认真地看了几眼“徐记”豆腐摊，然后看了看梵音心满意足的模样，脸上挂着“受教了”的表情。

梵音囫囵吞枣地一口一个将臭豆腐丢进嘴里，吃完后一抹嘴巴，俊俏可爱的脸蛋上一派春天灿烂的温柔笑意：“君怜，每次你送我‘定情之物’我都好开心好开心好开心……”

糟！她八百年前就将“定情之物”这事忘记了。经过梵音一提起，君怜才明白刚才她犯了一个多么重大的错误！

君怜脸色一变，掉头就走。

“君怜，你要跟我比赛跑步吗？”梵音在后面追着。

“啊啊啊，你不要跟过来！”

“哈哈哈！淘气鬼！就要抓住你了……好浪漫啊……”梵音忍不住佩服君怜真是太有情调了！

君怜闻言打了个趔趄，浑身上下迅速冒起了鸡皮疙瘩。淘气鬼……好冷啊……

以破竹之势冲进家门，君怜迅速把门合上，落锁。

“哈哈哈！抓住你了！”一回头，梵音的脸正对着自己。

胸间一股气血立刻上涌，淤积于心，君怜无力地蹲到地上。“你是怎么进来的？”

“哈哈哈，君怜你不知道你们家附近有条近路吗？我抄小道过来的，就先进来等你了。对了，你锁大门干什么？想留我吃晚饭吗？哎呀！真是太客气了！不过未婚妻如此盛情相邀，我一定不会推辞的！我今天就留下来吃晚饭吧！”

他还真是一点都不客气啊！

“我已经有了维维，不是你的未婚妻，而且我对比我小的男孩子一点兴趣都没有！”君怜第一千零九十次重申。

“只要你还没有嫁人，我就还有机会！你的‘定情之物’还在我的肚子里，我很珍惜你的爱！年龄不是问题，不要因为世俗的眼光而逃避爱情。放心吧，君怜，你最后一定会发现，我才是最适合你的白马王子！”梵音也第一千零九十一次地反驳。

“……唉！”

梵音“辩才”的称呼也不是白来的，听说辩论会上没有一个是他的对手。她还是放弃算了！

“维维，今天多做一个人的饭菜！”君怜进了屋，对着维维有气无力地道。

维维坐在角落里，不知道在想什么，应都没有应一声。君怜走了过去，蹲下来与他平视。

失神了的维维终于回过神来，见是她，喜悦之色溢于言表。他抓住她的手说道：“你回来了？”

君怜愣了愣：“维维，你刚才在想什么呢？好像……好像……”就只有你一个人的感觉，那个词她没有说出来。刚才维维那样呆坐在那里，周围的空气都感觉寂寞起来。

“我在等你呀！”

维维抓住她的手，放在脸颊上开心地蹭啊蹭。

“一个人在家……真是太寂寞了！真想时时刻刻都和怜在一起啊！”自从给君怜吃下西王母的药后，没有了威胁到君怜性命的因素，维维变得是非常粘人，经常做些暧昧的动作，惹得君怜脸红心跳。

这一次也不例外，君怜红着脸，结结巴巴地道：“这……这也是……没有办法的事情啊……不过周末的时候我可以整天陪着你！”

“不够啊……”

“啊？”

“只有周末是不够的……”

“可是……”

“那么短的时间，对我等了那么久来说，是不够的……好想每时每刻和你在一起……一定要想个办法才可以……”维维边想边起身去了厨房。君怜抓了抓头发，很沮丧地想了半天：每天在学校里的时间的确是太长了，可是这些也是没有办法的事情啊！只是维维本来就是怕寂寞的人，家里没有人的时候一定很伤心吧……如果暑假到了就好了，那样就可以每天和维维在一起，即使只是一起看书维维也会很开心……

之所以这样想，是因为有一次有东西落在家里没有带，便折了回去。大门也没有锁，她推门进去时，就看到维维坐在她的屋子里，低着头，像是等待着什么，更像是被束缚在那里，不得动弹。那一刻，君怜不知道为什么悄悄在门外哭了起来。

他等得实在太辛苦了！那么安静，没有人说话，真是寂寞到让她心疼得忍不住哭了出来。

当维维抬头看到她时，那喜悦的笑容完全是发自内心的。

后来，君怜才知道，维维是从来不锁大门的，都是为了方便她回来，方便她可以用更快的时间到他的身边。

"如果有方法可以让两个人每一时每一刻都在一起，那就好了，那样，维维就再也不会寂寞了吧。"不知道为什么，君怜产生了和维维一样的念头。

或许是为了让彼此的距离更拉近一些，这样幸福才会更多一些吧。幸福来之不易，只有失而复得的人才能深刻地体会到。

维维咬着指头，翻看着从苍溪那里要来的《秘药采集》。

"你看这个干什么？"苍溪站在他面前，问，"你需要什么药？我可以给你？"他连西王母的药都可以偷来，天底下没有他拿不到的药草。

"不……不用了……"维维紧张地笑了一下。

他将书合了起来，抱在胸前："书……可以借我看几天吗？我找到想要的东西就会还给你。"

"送给你吧。"苍溪端起茶几上的水杯，无所谓地道。

"谢谢。"道了个谢，维维开心地跑回了房间里。

"就是这个！"

苍溪听到维维掩盖不住喜悦的声音。

维维到底想做什么？苍溪喝水的动作停顿了一下，他一向聪明，却也无法猜透维维的目的。随他了，反正他做什么都行，只要他开心就好。定了定心，他慢慢将水杯里的水一饮而尽。

“玲珑草的种子。”

“千年火龙果。”

“爱人的血……”

维维烦恼地看着第三个条件——“爱人的血”？难道让他去取君怜的血？不不不！他连想一想这个念头的时候头都晕得厉害，君怜是他好不容易等到的人，怎么可能舍得她受到伤害？

可是如果没有“爱人的血”这个必要条件，药即使制出来，也没有药效的啊。

怎么办？

“你要制‘小小小的爱’？”苍溪悄无声息地突然站在他身后问道。

“啊——”被发现了！维维扑到纸上的动作已经晚了。苍溪抽过那张纸，然后一件一件地拿起了桌子上维维集齐的东西，“玲珑草的种子……真稀奇，你连这个也找得到？”

“是……是小精灵临走的时候送给我的……”维维小声地解释。

“千年火龙果。这个呢？”

“院子里种着一棵火龙果树，你没有注意到吗？我看了下，那棵树已经结了几千年了，前几天有一颗果子熟透了掉到了地上，我就给捡起来，收到抽屉里了。”维维更加小声地解释。他也觉得该有的刚巧都备齐了，所以才下定决心做药的。

“爱人的血……”苍溪轻勾唇角，“依照你的性子，绝对不可能去取别人的血，更何况是君怜……”

“……”维维低着头，不吭声，算是默认了。

一道红色的血丝从半空中落到维维面前。维维诧异抬头的瞬间，苍溪突然迅速伸出手掐住他的喉咙，扳起他的脸用力捏了下去，受痛的维维迫不得已地张开嘴准备叫出声，苍溪将手腕放到他的嘴边。

血流缓缓流入维维的嘴里。

“咳咳咳——”见他喝了下去，苍溪这才松开对他的钳制。

“爱人的血……不止君怜一个人吧？说不定我的也会有效果呢！”苍溪运气将玲珑草的种子和千年火龙果在手心里发热，他炼药的本领在西王母的身边时学到了不少。很快地，玲珑草的种子和千年火龙果融合到了一起，形成了一颗黑色的药丸,苍溪将药丸塞到了维维的嘴边,强迫他吞了下去。

“你——”维维生气了,可还没有将话说完,就痛苦地弯下腰。

“不这样做的话,你会喝下去吗?”知道他想说什么,苍溪边懒洋洋地等待药效发作,边调侃道:“你的肚子里,是我的血啊……是不是感觉热热的?一想到我的血从你的嘴里,流过你的喉咙,滑过最接近你心脏的地方,我就兴奋得想抽干我所有的血液,跟你融合到一起……”

他的话越来越听不清楚,维维趴在地上,神智有些涣散……好痛苦……有股热流在身体里到处乱窜。奇怪的是,血管里血液汩汩流动的声音,他却可以听得清清楚楚。最终,他缓缓闭上眼睛……

“难道失败了?”意识彻底昏迷前,他听到苍溪惊讶的疑问声,身体被人抱了起来,放到柔软的地方。

“君怜……”维维的嘴唇动了动,却没有喊出声音来。

睡了一会儿,疼痛感越来越轻,有人在身边摸来摸去的细微动作惊醒了维维。维维困难地睁开眼睛,看到眼前的苍溪,气得一下子跳了起来。

“你……你这个坏蛋——”他直指着苍溪的鼻子骂道。突然觉得好像有什么不同的地方……呆了一下,才发现眼前的苍溪,像个巨人一样耸立在他面前。

维维低头看了看自己,好小的身体。

他不敢相信地摸了摸自己的头发、脸蛋、手……

“成……成功了!”维维兴奋地要扑上去告诉苍溪这个发现,苍溪伸出一只手指推着他,以免他从床上掉下去。

维维兴奋地抱着他的中指,整个身体挂在半空中,他的双脚不断晃来晃去,开心地叫着:“成功了!真的成功了!太好了,苍溪!‘小小小的爱’竟然是真的!”

“难道你还以为是传说?我所记录的秘药当然都是真的。话说回来了,你要制‘小小小的爱’到底是为了什么?”他问出心底的疑问。

维维开心地说道:“我……我只是想和君怜一起上学放学,一起出去玩,一起吃饭,一起睡……睡……”

“扑哧——”不知道想到了什么,他的鼻子突然飙升出一股长长的鼻血后,身体软绵绵地往后倒去。看来他一向纯洁得不可思议的脑袋里,幻想出了让他承受不了的场景。

“笨蛋！”苍溪受不了地骂了一声。是不是人变小了？心智也跟着变得幼稚了？他担忧地看着“袖珍”版的维维，拿手指拨了拨，维维随着他的力量翻了个身。再推一下，维维像条毛毛虫一样任他翻来滚去的。

动作轻柔地将他慢慢捏了起来，放到自己的掌心。苍溪的嘴角露出意义不明的微笑。只可惜一直在兴奋的维维没有心思注意到这些。

君怜从学校回到家里的时候，感觉家里安静得有些不对劲。平时这个时候，维维早就迎接上来了。

她将书包放到藤椅上，进了屋，才发现苍溪坐在床边的椅子上。

又是他这只狐狸！

苍溪也发现有人进来了，抬头见是她，露出奸诈的狐狸笑容出来。

君怜防备地看了他一眼，环视了一下屋子，问：“维维呢？”

苍溪没接话。

“你没见到他吗，他平时这个时间都在家里的啊？”君怜走到他的身边，发现他的视线一直集中在同一个地方，他在看什么？顺着他的视线移去，终于发现了身体变小了的维维。

“维维？”君怜惊讶地叫了出来。

“君怜？你……你回来了？”维维听到她的声音连忙跳了起来，小小的身体在君怜看呆了的眼神下跑到她的身边，抓住她的衣服。

“怜，对不起，我还没有开始烧饭……”他露出无辜的表情仰头看着她。

君怜一动也不动，只是瞪着他。突然一转身，她提高苍溪的衣领，恶狠狠地大叫道：“是不是你做的，为什么维维会变成这样？快点把他恢复过来！”

苍溪不耐烦地扯回自己的衣服，冷道：“是他自己要求的！”

“对啊！君怜，是我自己要求的！”维维露出牙齿笑道。

君怜的身体晃了晃……呆呆地坐到地板上。

吃饭的时候，君怜仍然没有从维维的身体变小了这个打击中恢复过来。尽管身体变小了，但是饭菜的美味度没有降低。维维奋力地从桌子腿往上爬，将做好的饭菜摆到餐桌上时，君怜的眼珠子也随着他跑来跑去的动作移动。

“怜！吃饭了！”维维将竹筷塞到她的手里。

君怜握着竹筷的手指用了用力，开口询问：“为什么？”

维维沉默了一会儿，才回答她：“我不想一个人在家里，等你回来的每一分每一秒都太漫长了，所以我才制了‘小小小的爱’，这样可以将身体缩小，每天跟你在一起，也不会被别人发现。”

他抬起头看着她，目光里一片坚定：“我想和你在一起，不浪费每一分每一秒的时间。我想要我的视线所及的地方里都会出现你的身影。”

君怜只是看着他，却不说话。

很长一段时间的沉默后，维维感觉到君怜似乎生气了。不明白哪里做错了的他，心脏痛苦地紧缩了起来。他低声问：“我爱你，你难道不想每时每刻都和我在一起吗？”

“我明白你寂寞的心情，但是，我无法赞同你的这种做法。”难道维维一点都没有意识到吗？君怜慢慢地伸出手指，以非常轻的力度推了他一下。维维立刻被往后推开了，他茫然地看着君怜。

“你变得这么小，怎么保护自己？”君怜的眼睛里突然涌出了眼泪，“为什么不和我商量？我很怕……”每天消耗自身的灵力给她，害得维维连保护自己的力量都没有，如今又变成这样小小的模样，一旦不注意，维维身边就很有可能会发生她害怕的事情。一想到那些让她害怕的事情，君怜忍不住伏在桌子上哭了起来。

“怜……你不要哭……”维维抱住她的指尖。他求救的目光看向苍溪。

苍溪轻轻叹了口气，放下手里的碗。

“我会负责的。”他郑重地承诺道。

“你负责去死啊！”心情烦躁的君怜哭着骂他，难道他不知道，她最讨厌的人就是他吗？

“维维的安全，我会注意的，你不用再哭了，要哭的话就滚出去哭！”苍溪的语气也是异常不好，他恨不得拎着她的衣领将她丢出去。女人哭哭啼啼的烦死了，也不想一想，维维这样做，是为了谁？

“君怜，你不要哭了，对不起……我应该和你商量的……”维维踮起脚尖想帮她擦眼泪，无奈够不到，只能干着急。

君怜擦了擦眼泪，转过头咬牙瞪着苍溪：“维维要少了一根头发，我就诅咒你到死为止！”

对于这一点，苍溪倒无所谓，反正诅咒他的人又不止她一个。

接着，她转移视线，瞪向维维：“还有你，快一点恢复原来的样子！”

“可是……”维维烦恼地望着苍溪。

“怎么解开‘小小小的爱’啊？”《秘药采集》里只有制药的方法，没有写解药的步骤啊。

“——我一向只害人，从来没有想过救人，解药的方法我也不清楚。”苍溪回望着他。

“害人精！”君怜暗骂了一声，惹来苍溪不悦的视线。

两个人又开始互相瞪来瞪去，如同两只野兽相遇，不拼个你死我活绝不罢休。

“啊啊啊——苍溪，你不要生气……”维维赶紧过去安抚苍溪，苍溪无视他。

“君怜，你看，我现在不也很可爱吗？”维维小小的个头又急急跑到君怜那一边，试图引开她与苍溪“决斗”的视线。

“……”君怜低头看着他。

“哈哈……”维维傻笑，“我……现在……现在的样子……很可爱吧……”他真的很怕君怜哪一天和苍溪打起来，而他只能帮君怜收尸……

“是很可爱。”君怜面无表情地拾起竹筷，伸向维维，用筷子把他小小的身体夹了起来，“啊”地张大嘴巴，把他往嘴里送去，“可爱得真是想让我一口将你吞掉……”

维维的头上出现斗大的汗珠。

苍溪狠狠地将手里的馒头塞到君怜的嘴里，阻挡了维维“羊入虎口”。

“呼——”得救了，维维松了口气软软地挂在竹筷上。

君怜的嘴巴动了动，嚼了嚼嘴里的馒头，将维维放到餐桌上，沉默地开始吃饭。

“吃饭、吃饭吧……”维维抹了一把头上的冷汗，跑去想拿一块馒头，结果累了半天，才将馒头从篮子里拉出来。一用力，馒头滚了一下，维维立刻“啪”地一下子被压到了“馒头山”下发出“啊”的惨叫。

君怜和苍溪默默看着他被压的景象，互视了一眼，难得有默契地一致决定，不去帮他，让他自救。

身体变小的维维，对家务还是很热衷的样子。吃饭后，本来君怜想帮他忙的，但是看到维维从厨房跑到客厅，忙活得不亦乐乎的样子，就默默地从院子里拿出拖把开始帮忙拖地。

“君怜,你还在生气呀？”维维忙完了,见她在拖地,就跑到她的拖把上坐着。

“怎么可能不生气？”君怜看了他一眼,闷闷地回道。

维维摸着自己的头发,呵呵笑道:“我觉得现在这个样子也没有什么不好的呀,和以前并没有太大的差别嘛。”

君怜不说话,把拖把冲干净后放到院子里晒着。维维坐在她的肩上,看她在翻抽屉,然后从抽屉里拿出一把直尺出来。

把他从肩膀上拿下来,放桌子上,君怜开始给他量身高。

“喏,还说和以前并没有太大差别?这就是很明显的差别。”君怜把直尺给他看。

“有多高？”维维凑过去。

“才十厘米！”君怜吼道。

大门有了响动,君怜猜测是越朔夜回来了。越朔夜神龙见首不见尾,君怜偶尔才看他回来一次,平时他总是跟在梵音的身边。见他回家,连忙喊住他:“越朔夜！”

越朔夜停住脚步,回过头,看见她手里捧着东西朝他走来。

“师……师父？你怎么变成这个样子？”他目瞪口呆。

“呵呵……”维维很难和徒弟解释这种事情,太没有面子了。

“他吃了一种叫‘小小小的爱’的药,你知不知道解药的方法？”君怜问道。

“‘小小小的爱’?真的有这种药?”越朔夜似乎有听说过,他摇了摇头:“我只是听说过有这种药,以为只是故事而已。没想到是真的。”

“那你的意思是,你也不清楚解药的方法？”君怜失望地又问了一次。

“问问苍溪吧……或许他知道……”越朔夜不是很肯定地提出建议。

君怜愤然道:“就是他把制药的方法给维维的,但是却说不知道解药的方法,真是太过分了！”

越朔夜哑然,半晌后,他一直一直盯着维维。如果梵音也变成师父现在这个样子……这个念头闪了一下,令他的脸上浮现不正常的红晕,掩着嘴急忙往楼上跑去。

他奇怪的动作使君怜和维维莫名其妙。

“他怎么了？”君怜望着他用力关上门的背影。

“不知道……”维维也不清楚,越朔夜这孩子真是越来越奇怪了。

该做完的事情都做完了，是午休的时间。夏季的中午让人感到乏累，君怜从书架子上抽出一本书翻看。维维则无聊地趴在书页的中间。

拿书看不是真的想看内容，只是有助于睡眠……果然，眼睛盯着书本还没有三分钟，君怜就已经睡着了。

维维捧着小脑袋不解地看着那本书——食谱大全？

君怜今天晚上想吃这个吗？银耳雪梨炖瘦肉……暗暗记下食谱，维维打算晚上就烧这个菜。

君怜从房间里出来，她在到处找维维，却没有找到他。过了一会儿，君怜终于在窗台边看见维维的身影。维维正开心地看着院子里他种的葡萄。

“维维……”君怜喊了一声。

维维回过头，冲她笑着……接着一阵风吹了过来，维维小小的身体从窗台上被风刮了下去……

君怜的心立刻揪住了。“不要——”她大声叫着。

君怜突然坐起来，才发现刚才做了个噩梦。她摸了摸额头，不知道什么时候布满了一头的冷汗。手里的书随着刚才的动作滑到了地上，君怜听到维维“啊”地叫了一声。

“啊？维维？”君怜突然想起维维刚才还趴在书上看书，顿觉不妙。慌忙捡起那本书，打开一看，维维已经被压得扁扁的，跟张小纸人似的，眼冒金星。

“君怜……好过分……”维维黑色的眼睛里含着水汪汪的眼泪看着她。

“对……对不起……”君怜连忙道歉。

看了看挂在墙上的钟表，差不多是该去上课的时间了。君怜收拾好了书包，探手看见苍溪坐在客厅里，嘴里嚼着小黄瓜，手里捧着本书在专注地看着。

“走的时候把门锁上。”她磨蹭完后，拎着书包走到苍溪的身边，吩咐他别忘记锁门。

“我和你们一起走。”苍溪把书合上，放到旁边的茶几上。君怜瞟了一眼他刚才在看的书，是漫画？书的封面上赫然印上两个大字——《绝爱》？

“……”

君怜沉默了半天，趁着苍溪去找维维的时候，迅速把那本书放进书包里，偷偷钻进厨房。

“君怜，你在烧什么呢？”

维维坐在苍溪的肩上,两个人站在厨房门口,看着君怜正在"毁尸灭迹"的动作。

苍溪的表情似笑非笑。

"没什么。"君怜拍了拍手,将烧掉的书灰放到垃圾筒里。

"君怜,我要跟你一起去你们的学校!"维维开心地建议。

"不行!"君怜把他从苍溪的肩上拎了下来,"你乖乖在家,小心一点,不要被野猫叼走了!"

"5555……"维维要抗议。他费那么大的劲把身体变小是为了什么?"君怜,带我一起去吧,我携带方便,会陪你说话解闷,是居家外出都必备的良品啊……"他奋力游说君怜改变主意。

"我说不行就不行!"在家里,总比外面安全些。她不想时刻都担心他。君怜告诉自己,任他怎么说,她也绝对不会改变心意的。

维维失望地低下头。

"既然你在家里没有事情做,我这有两本书,给你看着解闷吧。"苍溪不知道从哪里"变"出了几本书。

《凤于九天》《阿多尼斯精品集》……

"噢,还有CD!"

苍溪突然想起来,他还有好东西,接着又拿出了几张CD给他。

《蓝宇》《霸王别姬》……

"你怎么不去死!"君怜尖叫,扑上去将那堆东西抢过来扔掉,一把抓住维维。

"你,跟我在一起,一步都不能离开我的视线!"她把维维扔进书包里,隔开苍溪的视线。

Chapter 10
甜蜜的生活

“君怜？”小小的维维从背包里探出头来，看着路过的小商店，连忙喊了恋人一声。

“干吗？”

“我想吃冰！”维维指着对面的商店冲她笑道。

“……”君怜脑子里的第一个念头就是：你这么小的个，什么时候能把一支冰棒吃完啊？她还没有行动的时候，苍溪已经直奔商店。

不得不说，苍溪对维维的要求，真的是有求必应啊！

看着苍溪将买来的冰棒小心放到维维手心里，并且温柔地笑了笑，君怜的脑袋再一次疼痛了一下。那么危险的苍溪，喜欢的人为什么会是维维？

维维小心翼翼地捧着冰棒的样子让人感觉特别可笑。“谢谢苍溪！”对着苍溪道谢完的维维把冰棒送到君怜的嘴边。

“咬！”

君怜听话地咬了一小口。啊……夏天吃冰真的会让人心情舒畅啊。

笑得开心的维维舔了一小口，正准备吃的时候，突然冰棒被苍溪拦截过去，狠狠地咬了一大块。维维愣了愣，抬头看着眼神凶恶的苍溪。

“你——”维维眼看又要生气了。

“冰棒是我买来的，我吃一口你有什么意见？”苍溪眼神不善地瞪他。

维维扁着嘴巴，嘀咕着“我又不想吃你的口水……”维维将冰棒甩了甩，委屈地在另一角咬了一小口。

含着冰的维维，腮帮子鼓鼓的像只可爱的小青蛙。他边吃边交代着：“君怜……下午放学后跟我去市场买梨子啊，我要给你做好吃的。”

“好。你小心点，不要把水滴到我的书包上。”

安静地走了一会儿，君怜烦恼地喊着走在前面几步远的苍溪：“喂！”

“你不用问了，我真的不知道。”苍溪用脚指头都能猜出来她想问什么。

“那个什么秘药，是你记载的耶！你怎么可能不知道解药的方法！你到底是从哪里知道那个药的制作过程的！”

苍溪回想了一下，良久，才终于唤回了一点点的记忆。

“‘小小小的爱’的制作过程，是从地府里偷听到的。时间太久了，至于是从谁的口中听到的，我已经记不清楚了。”

“你再下一次地府吧！”君怜“好心”提议。

“下地府是没有问题。只是地府里来来往往那么多魂魄，或许那个人早就已经转世投胎了。”苍溪说道。

他的话让君怜陷入了绝境：“难道……维维只能维持这个样子……”

“君怜，我这样不好吗？”

“他这样有什么不好？”

维维和苍溪异口同声地道。

“我……我跟你们不是同一个世界的人。”君怜虚弱地笑了笑，“都说过了，这样的维维让我很担心啊。”

“我会保护他！”苍溪再次申明道。

“……就是因为这一点，我才会更担心啊！”你到底知不知道最危险的那个人是谁啊？就是你啊！后面那句话没有胆子说出来，君怜只好将它咽到肚子里。

谈话间，他们不知不觉已经到了学校。到了教室，梵音依旧热情地跟她打着招呼，君怜应了一声，将书包放到抽屉里，让维维在课桌的抽屉里呆着。

“你不要乱动，上课的时候也不要和我说话，免得让别人发现！”君怜叮嘱道。

“我会乖乖不动的。”维维一向听话，答应过的事情也就应该没有问题了。君怜见他双手放到膝盖上，发亮的眼睛一直注视着自己，脸不由得红了又红。

“你……不要……一直盯着我啊……”这样让她怎么安心上课啊？

维维闷闷地“噢”了一下，垂下睫毛看着自己放在膝盖上的手。

没事了！君怜舒了口气，刚巧上课老师进来，原本有些嘈杂的教室立刻安静下来。

摊开课本，这节课上需要学的是诸葛亮的《出师表》。

语文课代表站起来领读《出师表》，君怜和大家随着领读一起念课文。念到一半的时候，她看了一眼抽屉里小小的身影。

……好像……太安静了。

又可爱又漂亮，每一部分，都像是最擅长画美人的画家用心勾画出来的一样。他淡青色的头发泛着柔和的光，因为一直注视着自己的手，所以可以清楚地看到维维细小的长睫，安安静静地遮盖着眼睑。他如美玉的脸蛋上一丝瑕疵都没有，嫩得仿佛轻轻一掐，就可以掐出水来，让人心生嫉妒。

他性格也非常温柔体贴。不仅会帮她做家务，还擅长烧菜。任何从他手里烹饪出来的美食，都可口得让品尝者恨不得连自己的舌头都咬下来吞到肚子里。

这样的维维……竟然是她的恋人？君怜真的很想知道上辈子她是做了什么天大的好事，才能得夫如此。

“维维……维维！”他太安静了，让君怜心里一阵不安。趁着老师不注意的时候，她小声地喊着他的名字问：“你睡着了吗？”

维维几不可察地微微摇了摇头，仍然低头注视着自己的手。

君怜无语。这家伙乖巧得不可思议，让他乖乖不要乱动，他真的就和被人点了穴一样直挺挺地在那里坐着。

不知道是不是有维维在的原因，君怜一向觉得漫长的上课时间一眨眼的工夫就过去了。下课铃响了之后，像是解禁一样，班里的声音又热闹起来。

看老师离开，周围也没有人注意自己，君怜连忙抓紧时间偷偷和维维说话。

“老师走了，你可以动了！”

“动……不……了……”

“怎么了？”怎么会动不了？君怜立刻紧张起来。

“腿麻麻的……没办法动……”维维抬起头可怜兮兮地看着她。

败给他了！君怜轻轻捏起他，让他小小的身体平躺在抽屉里：“这样有没有好一点？”

“还没有。”维维蜷着小小的身体。

君怜见状偷笑，抓着自己的一缕头发，用发丝搔他痒痒。维维左躲右遮，笑得喘不过气，幸好周围的声音也很大，完全可以把他的声音掩盖下去。

“好没有？要不要再挠挠？”君怜恶作剧地逗他。

“你……不要……闹了……哈哈哈……好痒，君怜，别……闹我了……”维维被她搔得笑个不行，最后实在笑得不能动了。维维四肢软软地躺在抽屉里，湿润的眼角瞟了君怜一眼，真是让人心生怜爱……

“这是什么啊？”

突然背后有道充满疑惑的声音响了起来，一直在后座的同学，伸手到君怜的抽屉里，将维维拎了起来。

君怜的心脏立刻像是被人用力攥紧了，她紧张地看着一直不怎么说话的后座同学，眼睛片刻都不离开她的手心。

后座同学疑惑地注视着“那个东西”：“这是什么，玩偶吗？做得真精致啊！好漂亮，君怜同学，你是在哪里买到的？”

维维刚才被君怜一番折腾，一丝力气都没有，只能四肢无力地任陌生人拎着自己。

后座同学的话立刻引来了周围女生的注意力。

“啊，好可爱！”有女孩子的尖叫声。

“给我给我！”

“我也要看！”

“还给我……”君怜连忙想要夺回维维。

“小气，君怜，借我们看一下有什么关系嘛！”拿着维维的女同学手里的动作一缩，避开了君怜扑上来的动作。

“我要生气了！”君怜的脸上隐约发出怒色。可是注意力都被新奇的小人偶吸引走的同学都不在意她的话。

“不知道是用什么做成的？”君怜见一群女生围着维维，其中有个女生好奇地拿笔尖扎了维维一下。

“啊！”

几位女生面面相觑。彼此对看了几秒钟后，才有人发言：“刚才……好像有人叫了一下？你们有没有听到？”

“我听到了！”

"我也听到了！"

刚才刺到维维的那一下似乎也刺到了君怜身上一样。她怒气冲天，冲上去推开她们。

"把他还给我！"她摊开手，眼睛里闪着火光，直视着手里拿着维维的女生。

那女生被她的样子吓了一跳，怔在那里不敢动弹。

"他是我的，还给我！"

维维终于被小心翼翼地交回了君怜的手里。君怜双手捧着他，扭头朝教室门外跑去，一直跑到没人的操场远处，才停了下来。

君怜摊开手心，维维小小的身体躺在那里。

她想问他怎么样，好不好。君怜嘴巴张了张，却没有办法开口，嗓子好痛，好难受。为什么她没有好好保护他呢？害得他受伤，一定很痛吧……

"君怜？"刚才被一群女生折磨的头昏眼花的维维，又加上被君怜带着跑来跑去，险些昏迷过去的维维睁开眼睛，发现君怜在自己的面前哭泣。

"你……你怎么了？"

"对……对不起……"君怜将他贴到自己的脸颊上，自己哭泣的丑样子也不在乎，"是我不好！我的错……你……痛不痛？"

"……不痛不痛……"维维踮着脚尖摸着她的头安慰她。

"我是问你痛不痛！"君怜撇开脸，避开他的手。

"我不痛啊！"维维笑呵呵地说。

"我不信，她扎到了哪里？"君怜抹了抹脸上的眼泪，想仔细看看维维伤到了哪里。

"没……没有……她也只是轻轻碰了一下……"维维的话语里充满了躲闪的意味。

"是哪里？快说！不然我以后都不理你了！"君怜隐隐生气的样子让维维妥协了。

"是……肚子上啊……你可不可以不要看？"维维在君怜的手上缩了一下。

"不行！我要看看她扎的那下严重不严重！"

不顾他的躲避，君怜把他的衣服撩起来，仔细看了看他身上的伤痕，本来白玉一样的身体上出现一个暗暗的小点，君怜颤抖的手尖伸过去，轻轻按了一下……

“啊——”维维顿时大叫。

君怜吓了一跳，伤得这么严重，眼泪差点又流了下来，她哽咽道：“你还说伤得不重？”

“不……不是的啊……”

“啊？”

“君怜……君怜……是第一个看到我肚脐眼的人，我……我很不好意思……又好高兴……”维维的脸蛋红得像可以滴出血一样。

“……”君怜无语地看了他一眼，连生气的力量都没有了。

“你吓死我了！”

“我都说没事啦。”维维捧着脸颊，他都可以感觉到脑袋充血有多严重。君怜刚才摸了他的小肚子……啊啊啊，太大胆了……也不给他心理准备的时间……

“她们真是太过分了！”想到那些女生的举动，君怜怒气未消。

“可是……君怜刚才的样子也很恐怖啊……回去向她们道歉吧……”维维摸了摸脸，好像温度降低了一点点。

“凭什么？”受伤的人是他啊，他怎么还让她去跟“凶手们”道歉？维维脑袋瓜子坏掉了！

“不知者无罪啊！”

“我没办法跟她们道歉，把我扁一顿也不可能！”君怜提高音量，她没有找她们算账就已经很不错了，居然还让她去道歉，三个字：不——可——能！

“谁……谁会扁你啊……那么凶……”维维抬眼看她化身母老虎的样子，小声道。

“你说什么？”君怜眼神一横。

维维连忙堆满笑容：“我说谁敢扁你，我就去扁他！”

下节课一会儿就要开始了，君怜带着维维往教室走去。苍溪就站在教室门口等着他们。

“发生了什么事？”

“有人……”君怜刚开口，就遭到维维的阻拦。

“没……什么事情啊，一切都很好啊！怜，对吧对吧？”维维一副天下太平的模样。

苍溪看着他掩饰的神情，冷哼了一声，将手拂过眼前，教室里的记忆开始回放。

记忆影像回放结束，苍溪犹如恶魔般阴森森地笑了。

“都该死……”

“你想干什么？”君怜警觉不妙。

“你也该死……”苍溪伸手朝她可爱的小脖子伸去。

“苍溪，你若再造杀孽，我定不饶你！”维维突然厉声道。

只差一点点就可以碰到君怜的脖子的手定在了那里。

好险！君怜摸了摸自己的小脖子，又从鬼门关转了一圈回来了。若是哪天维维不在，她丝毫不怀疑苍溪第一个要动手的对象就是她！

“都说了，维维这样很危险，你们都不相信……”君怜咕哝了一句。

“呵呵……”维维没有话说，只能傻笑。

苍溪将手覆在维维的身上，一道白光笼罩在维维身上，他边施法边道：“我施了个小法术在你身上，若是有人想要对你不利，他的所作所为将反弹到自己身上，可保你无恙。只是这法术只有三次的效果，不过也足够了。你遇到危险心里喊我的名字，我就会立刻赶到你身边。”

“我可以保护自己啊……”维维不太愿意受他保护。

君怜嘴角抽搐，这算什么？在她这个正牌女友面前说“你遇到危险心里喊我的名字，我就会立刻赶到你身边”。

真感人……

她心里很呕血啊！史上最强的超级大电灯泡，非苍溪莫属！

“苍溪也该找个恋人了……”维维支着额头想着。

“是啊是啊。我们给他介绍一个吧。”免得他总是跟我抢你。君怜对维维的话举双手双脚赞成。“把梵音配给他吧！梵音又会搞怪又会整人，整死那只狐狸！”君怜提议。

“啊？可是梵音是男孩子啊……”维维愣了一下，才讷讷地说道，“而且小越也绝对不肯会让梵音和苍溪在一起的，到时候他们会斗起来啊！”

“你不也是男的？”就是要他们斗起来才没工夫管我们两个谈情说爱。

“……我……我大概不一样……”

“哪里不一样？”

“我救了苍溪一命，当时他伤得很重，我几乎是倾尽灵力才把他救活。后来本想送他下山，他又不肯，只好留下他和我一起修炼。几百年的时间里他的世界都只有我一个人，所以他才会产生错觉，认为我是他生命里最重要的人吧。”维维回想着，“不过，即使他可以变成女孩子和我在一起，我也无法对他产生像对君怜一样的感情啊！”

“苍溪变成女孩子的样子漂亮吗？”君怜听到他的话后才想起，维维说过，苍溪曾经变成女孩子要和他在一起。

“非常漂亮！”维维叹道。

“比我漂亮吗？”君怜明知道自己长得不好看，却故意和苍溪比较。

“……比你漂亮，但是你比较重要！”维维实话实说。

这答案还算满意。君怜伸出手指和他玩，总是按他肚子，维维总是笑着躲开，可是抽屉里的空间就只有那么大，他跑到哪里都被君怜抓到，然后推倒……

“不要闹了啊……”维维咬了她的手指头一口，君怜才乖乖把手从抽屉里拿出来安心上课。

回家的时候君怜顺路买了两颗大大的梨子。君怜削好梨子后交给维维，就趴在桌子上默写《出师表》了，这是今天的作业。

写了一半，君怜就记不清楚下面的内容了，又把书抽出来站在院子里背了会，然后回屋继续默写。作业写完后，君怜跑去厨房看维维今天烧的什么菜。

“银耳雪梨炖瘦肉……不是你要我烧的吗？”维维边搅粥边随口道。

“我什么时候说过了？”君怜回想了半天，她好像没有说让维维今天烧什么菜啊，“不过好香啊！”

“先盛一点给你尝尝味道。”维维拿了个小碟给君怜盛了些品尝。

君怜拿勺子吃了一口：“真好吃，我今天要多吃一碗！”她又把勺子转到维维嘴边，“你自己尝尝……”

维维轻尝了口：“好像还差点东西。”

“已经很好吃了。总是吃你做的东西，现在我根本就吃不下方便面了……”

“那我就一直做给你吃，你去收拾下吧，饭马上就好了！”

满足地吃完饭，君怜今天超水平发挥……吃了四碗！维维担心地看着她的肚子。

“要不要吃胃药？”他看着都替她撑得慌。

“不用不用，我还可以再吃一碗！”君怜发出豪言。

幸好她没有化语言为行动。

“好像真的吃多了……”一刻钟后，君怜摸了摸自己圆滚滚的小肚子，把一切责任都推卸到维维身上，“谁让你做得那么好吃。哎……真的还想再来一碗！”捏了捏肚子上的肉，自从认识维维以后，她胖了好多……呜……她的身材毁在了维维的手里。

维维的额头上挂满一排黑线。

君怜打来水，给“肉团”先生和小白洗澡。本来给“肉团”和小白洗澡的工作一直都是维维在做。可维维吃了“小小小的爱”，个头还没有“肉团”大，洗澡的工作只能由君怜接手了。

“杰克斯今天寄信来了吗？他什么时候回来？”君怜祈祷他最好永远都不要回来。

“寄了，他说他要接受大精灵的重重考验，才能娶小精灵……要很久才能回来。”

“苍溪呢？”

“夜游去了。”

“越朔夜呢？”

“好像去梵音家里了，小越最近总跟梵音挤在一张床上。”

“噢……”

说着说着，两个人突然意识到，家里的闲杂人等都走得干干净净，就只剩下她和他了。

空间变得狭隘起来。

他们的视线相撞在一起，又不好意思地别开，假装什么都没看见，什么都没听见，只剩下心跳声。

怦、怦、怦——

心跳声如雷，分不清是她的还是他的。

稀薄的空气让人晕眩，维维想起她第一次进来的时候。平凡无奇的样貌，只有眼睛大得出奇,漫不经心的一眼扫过来,害得他心脏紧缩。

“维维,我……我洗好了!”君怜把“肉团”和小白从水里捧出来。刚从水里出来,“肉团”和小白冻得发抖,瑟瑟地缩在一起,水耗子一样。“把毛巾递过来,我给他们擦一下吧!”君怜道。

“啊……好的……”

维维递过毛巾给她,不小心手指碰到她的指尖,手一抖,毛巾掉到了地上。

“我……”维维的手捂着胸口,低着头不敢看她。

“是我不小心,没有接住啊。”君怜笑着说,然后把“肉团”和小白放到地上的毛巾上,轻轻地为他们擦拭身上的水。

接着,君怜跑去把它们放到阳台上,让晚风把他们的毛发吹干。

维维紧张地拦住她:“君怜……君怜!这样他们会感冒的!”

啊?耗子也会感冒?君怜脑子里闪过这个念头,但是维维既然这样说了,于是只好把“肉团”和小白放到风扇前。然后她把风扇打开,马力全开。

呼——

桌子上的纸哗啦一下,吹散开来。

“肉团”和小白冷得发抖,前爪紧紧地抱住自己的身体,风扇吹得它们眼睛都睁不开。

维维相信,如果它们会说话的话,那一定会叫着“好冷……”

“君……君怜!这样也不可以……一样会感冒的啊……”维维叫道。

“啪”的一声,君怜把风扇关了。

她看着他:“那要怎么办?”它们身上湿漉漉的,看得她难受。

“什么都不用做,他们自己会想办法的。”维维刚说完,就见小白过去舔“肉团”身上的毛,而“肉团”也过去帮小白。

两只老鼠含着眼泪交流:“我想离家出走……”

“我也想……”

维维听了出来,拉着“肉团”的尾巴小声叫道:“不要啦!”

“他们在干吗,说我坏话?”君怜将吹散的纸张捡了起来,整理好放到桌子上。

“他们说明天要给他们吃好的,要吃肉……”维维为难地转述道。他不敢告诉君怜,“肉团”和小白正计划着离家出走。君怜如果知道了,那一定会放鞭炮庆祝的。

“没——有——钱!”君怜一口拒绝。

果然……维维眼睁睁地看着“肉团”和小白收拾行囊,挥一挥尾巴,不带走一片云彩。

“希望你们找个好人家,觉得不好的话欢迎随时回来!”维维和他们告别,接着垂头丧气地转过身。

这下子连“肉团”和小白都走了,房间里真的只剩下君怜和他了。

君怜洗过澡,头发还湿湿的。她盘腿坐在地板上,手里拿着本子计划着什么。维维跑了过头,踮起脚看她在写什么。

是财政支出簿。

“怎么了?”维维明知故问道。君怜一旦把财政支出簿拿出来,就说明手里所剩的钱不多了。

“下半个月不要买菜了,只喝米粥吧。”君怜说道。

“钱不够撑到月底吗?”

“嗯。没多少了。”

维维靠了过去。“君怜好可怜……”他的脸伏在她的手边,想安慰她。他很想赚钱给她,可惜他年少时也是个小少爷,什么都不用做,家里就会把最好的东西送到他的房间里。而修炼以后,他就吃得很少,几十年都想不起来吃顿饭。因为他没有饥饿感,所以不吃饭对他而言又不会死。直到和君怜在一起后,他才开始吃饭,完全是因为君怜捧着他做的饭菜,那幸福的样子让他也想一起分享。

“哪里可怜了?有你做饭,我幸福得不得了!”君怜把簿子合上,爬起来放到抽屉里。

“怜,以后我可以不吃的……”维维小声建议。

君怜盘腿坐了回来,一阵沉默。

“我没有关系的,反正我不吃东西又不会死。”她的沉默让维维紧张起来,君怜这个样子就说明她生气了。

“你觉得我养不起你吗?”君怜低着头,轻轻问。

“不!不是的!”维维爬到她手上打转,他突然觉得一时说不清楚,“我……

我……只是想帮你节省……"

"如果你想找个好人家，也可以离家出走。我不介意的。"君怜站起来，走到自己的房间里，把门关上，留着维维一个人在客厅里。

她刚才看到了维维阻拦"肉团"和小白的举动，没想到自己穷得连耗子都离家出走，真是太失败了！

维维听到君怜在屋内呜呜的哭泣声，心痛得也想掉眼泪。

"如果是苍溪……就可以帮她了……"维维伤心地想。他只是个不知人间疾苦的少年，一点谋生的本领都没有。如果是苍溪，一定会想办法赚钱，不让君怜为生活费发愁的。

听到君怜的房间里的声音渐小，维维小心翼翼地打开门，只见君怜侧躺在床上睡着了。

他爬上了床，软软的身体贴近她也躺了下来。

"君怜。"他轻声喊她。

"我不会离开你的，你赶我出去，我也会回来找你。"

"真的？"君怜的嗓音微抖。

"我只有你啊。"维维把头贴到她的手上。

"你要养我一辈子，喝米粥也可以，不要赶我走。"他哀声说着，似乎要哭，"我只恨我没有本领赚钱养你，让你伤心。"

君怜摸着他的头发："没关系。等我领了身份证，就可以出去打零工了。"

"嗯。"维维轻声应着她，不想再说什么让她伤心的话，心里却打定主意为君怜分担解忧。

幸好第二天，不知道君怜的老爸是否有心电感应，寄了一笔钱给君怜。

君怜拿着钱丝毫没有高兴之情，只是摇头哀叹："不知道老爸又从哪里骗来的钱。这样下去，他迟早就会被人骂成'神棍'的。"

维维想告诉她，君叔没有那么糟糕，基本的抓鬼本领还是有的。但是看见君怜打电话给她老爸，他还是什么都没说。

"老爸，你哪来的钱？又去骗人了？"唉！为什么老爸不肯正经找一份工作呢？整日这样东游西逛地骗钱，会被人诅咒死的。

"谁说我去骗了！"君怜的老爸叫道。

"那你的钱……"

“我换职业了！”

“什么？”

“当小白脸！又轻松又舒服又钞票多多，很有前途！”

君怜觉得自己的头发都气得快要竖立起来，老爸竟然义正词严地告诉自己他跑去做小白脸了！“你发什么神经！你都多少岁了！谁还要你！”

“女儿，你难道就不允许别人喜欢大叔啊！不是有句话说，大叔有三好——成熟隐忍好推倒嘛！好歹我也是有魅力的大叔啊！不过我最近觉得有贞操危险，准备捞一票就跑路！”

“你早晚会被人打死的！”君怜大吼，“啪”的一声狠狠地挂断电话。

她用力揉着头发暴走，站在客厅里放声尖叫：“啊啊啊，他的职业一次比一次奇怪，下次不知道又跑去干什么了！我怎么有这样的老爸！”

维维傻笑，他也觉得伯父的职业每次都很奇怪。

一夜未归的苍溪这时回来了，心情似乎很好。竟然在笑，不过他再怎么笑，都会让君怜觉得诡异。

君怜有预感，这家伙夜游时一定又去干坏事了！

到了学校后，君怜发现班上的同学都一副萎靡的模样，恹恹地各自趴在课桌上，一点生气都没有，与平时热闹的景象真是天壤之别。

“我昨夜做了个好恐怖的梦，吓死我了。”有同学这样说着。

“我也是，害得我下半夜都没再敢睡着，你看我的黑眼圈。”一只“熊猫”指着自己的黑眼圈哭诉。

“我梦到自己被火活活烧死，感觉就像真的一样！”有人心有余悸地道。

君怜联想到夜游的苍溪，以及昨天苍溪那生气发狠的神情，不用思考都可以猜测出，“凶手”肯定是他！

“你做的？”维维也很生气，质问苍溪。

“是又怎么样？不是又怎么样？”苍溪一点悔意都没有，“她们那样对你，我没有杀死她们就已经是破例了，小小的折磨，又不会危害到她们的性命。也应了我对你的承诺，绝不杀生！”

“你这样会损害她们的精气神的，你不要再继续下去了！”依苍溪的性子，不可能只是损害她们的精气神，最后肯定会让她们受不了折磨而死。

“我只会玩一个月，本来打算折磨她们一年的！”苍溪冷淡地瞥了他一眼，

“你劝我也没有用,我看到她们就忍不住动怒。假如有谁再激怒我让我按捺不住大开杀戒,你可别怪我。现在的你可不比以前,没有起死回生的本领,到时候神仙也别想救她们!”

维维轻轻叹了口气,放弃了劝他的念头。苍溪一旦发起狠来,他也没辙。

体育课时间,夏季的校服没有可以装维维的口袋,君怜只好把他放到操场边的树上。

大家跑步之后做运动操,之后便是各自玩耍。

一大群人各自到草坪阴凉处补眠。君怜伸直双腿靠着大树,维维从树干上跳下来,安稳地坐在她的手心里。

“天气真好。”

“嗯。”

还没有开始聊天,梵音就朝君怜走过来。君怜见到他的身影,本想把维维藏起来。但是想了想,反正他知道维维和苍溪以及越朔夜不是普通人类的事情,就摊开手任梵音看。

梵音笑嘻嘻地跪到君怜身边:“君怜,我请了两天假,有没有想我?”他没有注意到维维。

“梵音!”维维喊他。

梵音见到变小的维维时,露出吃惊的表情。

“这……这是什么?”他指着君怜手心里的东西问。

“是维维啊!才两天没有见你就把他忘记了啊?”君怜把维维捧到他面前,让他仔细看。

梵音眉毛倒竖,陡然跳了起来,气愤地指着维维大叫:“啊啊啊!你这个卑鄙的家伙!你……你竟然变小了,还无时无刻都粘着君怜,真是太过分了!连我和未婚妻浪漫独处的时间都来打扰,太卑鄙了!”

“谁是你未婚妻!”维维摸着脑袋听到君怜在他上空,以阴森森的声音问着梵音。

“当然就是你啊!HONEY!”梵音直直跪了下来,双手握着君怜的一只手放到心口,“你就是我的心,就是我的肝,是我生命中的四分之三!你是玫瑰,你是花,你是我的阿娜达啊!”

君怜的鸡皮疙瘩齐齐抗议,有股要踹死他的冲动。还尚未行动,梵音的身后突然出现了一抹人影。

丢下一句“打扰了”，越朔夜从后面拎着梵音的衣领将他直接拖走。

“哇！我不要啊！”梵音抱着君怜的腿死不松手。

“老婆，救我！”

君怜一脚将他踹开，这家伙，嘴巴真该洗一洗了！

越朔夜弯腰，轻而易举地将梵音拦腰抱起，走到不远处的树下，让他休息。

“我不要睡觉！你放开我，我要抓紧时间和我的甜心培养感情！”

“你已经两天没有合眼了，快睡！”越朔夜按住他，不让他乱动。

“老子的事情不用你管！死变态给我滚开！”梵音叫嚣着，惹来越朔夜的不快。

“你敢骂我？是不是又要我提醒你，骂我的下场你会如何？”越朔夜的低语立刻让梵音捂着嘴巴，睁大眼睛紧张地盯着他的一举一动。

“我不要！”他唔唔地说道。

“那就快睡！”

梵音委屈地枕到他的腿上，侧过身不看他，像只可怜的小狗一样远远地看着君怜。

老婆，救我……

君怜看见他的嘴唇动了动，不用仔细看就知道他在说什么……但她懒得理他，径自躺倒在草坪上。

“梵音怎么了？为什么两天没有合眼？”维维也躺在树下，问她。

“他爷爷的公司好像出了什么问题，他这两天都在找文件里的错误，终于将损失挽回来了。”这都是他发短信跟她说的。梵音每天晚上都往她手机发一大堆的短信，大多数都是抱怨好辛苦，我好饿，甜心为什么你不在我的身边……

“睡一会儿吧！”君怜说。

“好。”

阳光斑驳的影子透过树叶落到地上。

君怜想，这样的日子多美好啊。

都是有维维在的原因吧。十七岁之前，君怜并不觉得有多幸福，自从认识了维维之后，她突然觉得那么容易满足。

别无所求。

迷迷糊糊睡了一会儿，君怜听到体育老师集合的哨声，直起身体，她打了个哈欠，半眯着眼睛看越朔夜低着头在干什么，心里微微叹气。梵音即使喜欢他，也不可能接受他，除非越朔夜步步紧逼，逼到梵音承认，可偏偏最舍不得让梵音伤心痛苦的人就是越朔夜。

下午回家的时候，越朔夜和梵音跟着她一起走。

"你到我家做什么？"君怜眯着眼睛毫不客气地问梵音。

"吃饭！"梵音答得理直气壮。

"不欢迎，你回你自己家去！"

"我出菜钱！"梵音早有准备。

"……噢，那行！"君怜让梵音买了排骨和青菜，让维维做好吃的，然后留了一块肉放到阳台上。

"不……不浪费吗？"维维很吃惊地看着她的举动。这不符合君怜"绝不浪费食物"的风格啊，家规呢？她把自己定的家规忘记了吗？

"啊？"君怜看了他一眼，"我想看看'肉团'和小白会不会闻到香味回来。"唉，耗子养久了还是有感情的，即使她讨厌老鼠！

"一定会回来的。"维维安慰她。

"小时候我也想过离家出走，可是后来又打消了这个念头。"君怜望着窗户外的黑夜说。

维维有些意外："你也想过离家出走？"

"老爸总是骗钱，有时候一出门就几个月不见人，把我丢给别人照顾。我很生气，觉得他不爱我，不把我当女儿看。我是他从孤儿院里领养出来的，是他的麻烦，所以我就想过离家出走。"

"那只是意气用事。"

"是啊，只是一时的想法，那时候那么讨厌老爸，但是最后还是没有真正的离家出走。"

"幸好你没有。"

"嗯，现在我长大了，才知道老爸不管如何，离我多远，心里还是爱我的。我很庆幸当初没有离开他。要是我真的出走，彼此之间就没有真正的信任可言了！"君怜捧着脑袋靠在窗户上，回想小时候老爸回来每次都带些小玩意给她，哄她开心。

“君怜，你再不过来我就吃光光了！”梵音在客厅里大叫。

“你敢，敢吃光光的话以后就不要出现在我面前！”君怜一想到梵音是个大胃王，赶紧冲到客厅里，可还是晚了，桌子上的饭菜，只剩下了一半……

“你……”

梵音看到君怜鼓着脸的样子，讨好地笑着：“我给你留了一大碗米饭……”

“噢……”君怜很冷淡地看了他一眼。

“我还是吐出来好了！”梵音闷闷地说。

“滚！”

“那么难吃的东西我是怕君怜吃了拉肚子，只好独自撑着吃完的！不然请我来我还不来呢！”梵音不满地甩门而去。

“他真走了？”君怜问越朔夜，越朔夜摇了摇头。

“君怜，厨房里还有！”维维把君怜拉到厨房，从锅子里盛了一碗香喷喷的排骨。

突然传来敲门的声音，不等君怜起身，越朔夜直接去开门，梵音站在门外，手里拎着东西。君怜从背后见是他，和维维笑了笑。

“刚才是谁说请他来他都不来的啊？”君怜笑眯眯地看着梵音进屋。

梵音的身体一僵，低下头将买来的东西推到君怜面前。君怜看了眼，是KFC的全家桶。

“请你吃。”

“没有维维做的好吃，我不要！”君怜拉长声音开玩笑道。

“那我给你做！”梵音起身，跃跃欲试，他好久没有为君怜下厨了，今天终于有机会一展他“神奇的厨技”！

君怜连忙拉住他：“不用了，我就吃这个好了！”上次梵音的蛋炒饭外表跟大厨的作品一样，但是吃一口后，她就上吐下泻了整整三天，差点把小命也赔了！如此“神奇的厨技”，也只有梵音一人能有了。

梵音看着她吃鸡，凑上去把如意算盘打了出来：“我请君怜吃好吃的，君怜今天晚上就让我住你们家里吧！”

一听这话，君怜立刻被鸡骨头卡住了。

“咳……咳咳！”无论怎么弄，那根鸡骨头都弄不出来。

“好……难……受……”君怜的眼泪都出来了。

看她难受的神色，维维慌张地大叫起来：“君怜，君怜你还好吧。这里有醋，你喝下去会不会好一点？”

“喝醋只对鱼刺有用吧？”越朔夜看着君怜被维维灌了一大瓶醋后突然说道。

你要说也不早点说！君怜含怨瞪了越朔夜一眼，嘴里酸得要死，好难喝。她暴起，按住梵音想将他扁一顿。

“都是你害的！”整整一瓶子的醋啊！君怜欲哭无泪。

“君怜，你冷静点啊……”梵音被打到头，连忙藏到了越朔夜的身后。君怜绕过去打他，梵音又跑到别处。打闹时，梵音一闪，君怜砰的一声直直栽倒在地上。那块鸡骨头也顺势滑到了肚子里。

“君怜，你好点没？”维维关心地看着她抬起脸。

血流满面……

“好像不太好……”她捂着嘴小声道。

“梵！音！”君怜咬牙切齿，使出蛮力扔垃圾一样将梵音扔了出去，并免费赠送他一个字——“滚！”

Chapter 11
少爷要退婚

维维不确定,他在外人的眼里,是不是混得太糟糕了……就连太白金星上君都前来打扰他,想为他分忧解难。

睡梦中,捻着白花花的胡子的老人慈爱地望着他,维维一时想不到他是哪位仙家,直到看见他手中持一柄光净柔软的拂尘,才醒悟到,原来是上君驾到。

“星君师父,你怎么来了?”维维施以师礼,虽然说他并非太白金星上君的弟子,但他曾经潜修过道教,并得到太白金星君的指点,称呼他为师父并不为过。

“神祈……”太白金星君从袖子里拿出一件法器给他。

“这是什么?”维维惊讶地捧着那个……破破烂烂的盆?

“聚宝盆啊!”太白金星摸了摸好徒弟的脑袋,“知道你最近为钱财烦恼,我从仓库里找来好东西给你送来。”他热心推荐,“这聚宝盆可以钱生子,子又生子,子又生孙,子子孙孙无穷匮也……”

维维失笑地看着那个法器:“星君,这东西只能磨损人的意志,让人无进取之意,我不需要这个。”

“那我这还有个黄金拂尘,只要被这拂尘碰过的东西,都会变成黄金,送给你吧!”太白金星君又拿出一件东西给他。

维维好奇地拿过拂尘看了看,真奇怪,向来清修的道教还有这种东西?

太白金星得意地笑:“我这黄金拂尘可是人人想得的宝物,你是我最心爱的徒儿,若不是你一心情爱,我早就逼你入我道教成仙,日日与我游山玩水,享尽世间一切美好事物。见你如此清苦,师父我好心疼啊!”

“师父,这黄金拂尘与那聚宝盆没什么不同啊,我也不能要!”

“那我教你点石成金术？”

维维很无语了。他过得很清苦吗？并不觉得啊，为什么师父那么热衷地推销给他这些东西。

“师父，你走吧，把东西都带走！”

太白金星君泪奔了：“你……你赶我走！你知不知道世间有多少人日日夜夜期盼我的垂怜……”

“师父，你用错词了！”

“那怜爱？”

“……”

“怜悯？”

“——你走吧，师父，不要玩了，我还要睡觉。”

“哼哼哼！竟然赶我走，你根本就没把我当师父来看待。我不管，这两件法器已经是你的了！我在上面刻了你的名字，你不收也得收！”语毕，太白金星消失了。

维维睁开眼睛，坐直身体，环顾了四周，只见身边放着一个破盆和一件拂尘。

“噩梦！”他捂着眼睛重新躺了下去，没理会师父硬扔下来的东西。

一大早，维维喜见“肉团”和小白回来了。正吃着君怜放在窗户上的排骨，维维依偎了过去，感动地磨蹭了“肉团”一会儿：“你们终于回来了。”

“我们才走了一夜而已！”“肉团”很酷地甩了下尾巴，“看你的样子，真没出息！”

“你们去了哪里？”不知道他们有没有被人追打？不是说耗子过街，人人喊打吗？

“花前月下……”“肉团”尾巴一伸，与小白的尾巴缠绕在一起，打了个同心结。

“我宣布，从今天起，小白正式成为我‘肉团’的老婆！”

维维踉跄地跑回屋里，将君怜喊了起来。

“什么事啊？”君怜睁着睡意惺忪的眼睛，打了个哈欠。

‘肉团’和小白回来了！”

“那很好啊！”

“‘肉团’说，从今天起，小白正式成为他的老婆！”

“告诉那只死耗子，兔子不吃窝边草。小白是我带来的，不嫁给他！”君怜吼道，“再说了，小白是公的啊！”说到这，她陡然清醒，转过头瞪着地上比她还吃惊的维维，问他，“‘肉团’要娶小白？”

维维点了点头。

君怜立刻从床上跳了起来，大声嚷嚷道：“那只耗子脑子有问题啊，干吗娶只公的耗子啊！小白是公的啊！我从宠物店里买回来的时候，特意让老板给我挑了只公的！”

“日……日久生情吧……”维维想，他还是很开明的。

“学什么不好，偏偏赶流行搞断背山。那两只耗子呢？”君怜火大地杀到客厅，看着窗台上正缠绵的两只耗子。

“小白，你不能跟它在一起！”君怜上前分开他们。

“为什么！”小白的黑豆子眼睛立刻涌出泪水，样子好不可怜。

君怜回过头问维维：“小白说什么？”

维维转述：“它问‘为什么？’”

“你是公的！”

“公的有什么关系，我不嫌弃它就好！”“肉团”很博爱地插嘴道。

“你给我闭嘴！”君怜恶狠狠地瞪了它一眼。她虽然听不懂“肉团”说什么，但是不必问维维，看它那动作就知道是什么意思。她一直觉得“肉团”十分让人讨厌，一身灰毛，又狡猾又恶心。若不是看习惯了，它又是维维从小养到大的，她真想拿扫帚拍死它！

君怜从厨房里拿出菜刀，一刀甩到桌子上，抱胸看着那两只耗子：“你们自己做决定吧！要么死在我的刀下，要么分开！”

小白磨蹭着跑到君怜前面，身体直立抱住她吱吱叫。

“撒娇也没有用！”君怜冷哼，“今天中午就吃红烧耗子肉，我吃不下，我会请梵音过来吃！”

“肉团”闷声不吭，跑到君怜的菜刀下，翻了个身，四只小爪子朝天，倔强的小眼珠子瞪着君怜，意思是：“砍吧，砍吧，砍死了算了！”

“你以为我不敢砍！不就是只死耗子，嚣张什么！还敢给我离家出走！你见过哪家人把一只下水道的老鼠当宝贝一样养着的，你对得起维维吗？你还拐了我花大价钱买来的小白,你对得起我吗!”君怜发出狮子吼。

小白学“肉团”,也跑到菜刀底下。它害怕得将眼睛闭了起来不敢看菜刀上锋利的刀锋。

君怜看到小白一抽一抽的身体,立刻心软了。

维维劝道:“君怜,你不要生气了。”

君怜的脑子里不知道想些什么,瞪着尾巴缠绕在一起的“肉团”和小白,手慢慢伸向菜刀。维维本想阻拦她,但是他心里清楚君怜绝对不会做过分的事情,于是就安心在一旁看着。但是君怜把菜刀举起来,猛地朝桌子上砍了下去时,维维还是忍不住叫了一声。

“君怜,不要!”

菜刀夹杂着一股凛冽的风,镶入了木制的桌面。停留在“肉团”和小白的脑袋上空。小白吓得厉害,吱吱尖叫后,尾巴啪地松软下来,脑袋一歪,昏死了过去。

“哎呀,手抽筋了,维维,快点帮我看一看。”君怜哎哟哎哟惨叫着捧着右手进了卧室。

“怜,你叫得太假了!”

“不然你叫我怎么办,真的砍下去?我舍得踩掉‘肉团’还舍不得小白呢!”

“你放过它们了?”

“我又不是女魔头,什么放不放过的?既然‘肉团’那么护着小白,我也拿那两只死耗子没办法,随它们了!”

“我周围除了维维没有一个正常的!”第二天一早,咬着面包的君怜瞪着那两只睡着了的死耗子,愤愤地说道。

“君怜我也去!”

“今天不行!测验!”

维维打扫完房间时,“肉团”和小白已经醒了,啃着桌子上的面包。

“好无聊!”

他看着“肉团”和小白顺着桌子腿爬到卧室里,但他没去管它们,一心想着今天中午烧什么给君怜。忽然一只“肉团”从屋子里跑了出来,停留在桌腿下仰望着他。

接着,另一只“肉团”又从屋子里跑了出来。

紧接着，又一只……

维维惊讶地望着地上十几只的“肉团”：“你举行婚礼也不用把方圆几百里的耗子都请来吧？”

“肉团”吱地尖叫了一声。

维维脸色猛变，想起屋子里放着的东西。

生平第一次，他有了慌张的感觉。等他看到无数只“肉团”和小白挤在屋子里的时候，真的有股想要吐血的冲动。

聚宝盆……

太、白、金、星！

你果然给我留下了“好东西”啊！天啊，这下子君怜想吃多少红烧耗子肉都有了。

君怜回家后看到如此“翻天覆地”的变化后，胃里一阵不适，先到院子里吐了一番。

“到底发生了什么事情？怎么会变成这样？”吐完之后，她连回头看的勇气都没有，冲着捏着耳朵的维维吼道。

“聚宝盆……”

“什么？”君怜一时没听清楚。

“夜里，太白金星上君来找我，给我留下了聚宝盆和黄金拂尘。”维维把事情的前因后果简单地说了一遍，“‘肉团’和小白新婚，想找个新窝，就跳进了聚宝盆里，结果就变成了你现在看到的这个样子了！”

君怜的眼睛立刻变成了金光闪闪的样子：“神啊！感谢你！”她双手合十跪在地上，无比虔诚地向送维维聚宝盆的神仙道谢后，跳起来一把抓住维维问：“聚宝盆，在哪里！在哪里！发财了！哈哈哈——”

“房间里……”维维的小手指着屋子里的耗子山说，“在那里。”

君怜看了一眼，又扭过头吐得连绵不绝。“你去拿！”她吩咐维维。

“不要！很恶心！”维维紧紧抱住门，他都想吐了。

“你不是很喜欢‘肉团’吗？”

“我只喜欢一只，不喜欢一群！”维维猛摇头。

“算了！为了聚宝盆，恶心死我也是值得的！”君怜拿只扫帚，豪气地一挽袖子冲进屋子里。

“发财了！”君怜摸着宝贝,好棒！聚宝盆耶！

“君怜,房子怎么办？”

“我们有聚宝盆,买多少房子都行！这破房子一把火烧了！”君怜喜滋滋地掏出十元放到聚宝盆里,等待钱生钱。

“咦？”人民币放到聚宝盆里竟然消失了。

君怜不相信地再放一张人民币在聚宝盆里。

又消失了。

“维维,维维我的钱没有了！那是我明天中午的饭钱啊！”君怜抱着脑袋惨叫,“这聚宝盆该不会是假冒伪劣产品吧？”

维维伸过头看了看:“大概失灵了吧。”

“那我的钱？”

“被法器给吞掉了……”

“给我吐出来！”君怜敲打着聚宝盆,抬头怒视着维维,“把那个什么太白破星给我叫出来,让他还我钱！”

维维看了眼房子,又看了看正怒气冲天的君怜,看来一定要把太白破星……不,太白金星上君叫来一趟。

他在院子里画了个五星阵法,念着道教的咒语。忽然一道白光出现在五星阵内,白光退去,太白金星的身影出现在五星阵法里。

“好徒儿,你是专门请师父来喝酒的吧？真是太客气了！看,果然还是有钱比较好吧！”太白金星扬起下巴,捻着他的白胡子得意洋洋道。

“臭老头,还我钱！”君怜上前一把抓住他的衣领。神仙有什么了不起的！欠她的钱一定要还！

“哪里来的黄毛丫头！放肆！”太白金星生气地甩开她的手。

“这位是君怜。”维维伸手介绍。

“噢……她就是君怜！”

“怜,这位是太白金星上君,是我的半个师父。”

“即使是你师父,那也要还我钱。不然我明天吃什么！”

太白金星君一头雾水:“什么？还钱？我什么时候欠她钱了？”

维维先让太白金星往屋子里看,太白金星看了一眼后也吐了,维维就边等他吐完边告诉他:“这都是聚宝盆带来的后果,聚宝盆还吞了君怜明天的午饭钱，师父，你想办法恢复原样吧！”

“这……”

太白金星抬起衣袖遮着眼睛闪躲：“我突然想起家中有事，先走一步！”

维维笑眯眯地伸出一只脚踩住他的衣摆。

太白金星低下头望着表情在笑其实是在生气的徒儿，为难地蹲了下来：“神祈，不是师父我不帮你，只是我怕耗子啊！”

“想办法，师父！我很信任你的，你可不要让徒儿失望啊！”

太白金星在院子里绕来绕去，直到绕得维维和君怜的眼睛都花了，这才停了下来：“这样吧，我先把这群耗子移到我的神殿里。”不能杀生，只好这样做了。

维维点了点头：“好。我帮你！”

两个人在屋子外施传送术，然后让君怜把门打开，无数只“肉团”和小白从屋内跑到传送阵里，消失到另一个空间。

“呼——”太白金星君擦了擦额头上的汗。

“我的钱！”君怜提醒他。

太白金星拿着聚宝盆，放在耳边敲敲打打的，也没有将君怜的钱吐出来。

他放下聚宝盆：“我给你黄金吧！”

“我不要！把我的钱还给我，你把你的聚宝盆和黄金拂尘都带走！”君怜拒绝，人不可贪心，她已经受过教训了，绝对不会再上当的！

“我没有人间的钱……”太白金星为难地看着她。

“那你帮维维干两个星期的活吧！”君怜一甩头，进了房子里。

维维眯着眼睛笑，就连师父也不是君怜的对手，君怜有时候真的很厉害！

“也罢，反正现在有家不能归，一想到神殿里有那么多只老鼠，我就害怕得不敢回去。徒儿，只好打扰你了！”太白金星哀叹了一声后，对着维维道。

“师父，人间很有趣的。你会喜欢这里的！”维维引太白金星进屋。进屋的那一刹那，太白金星恢复了他本来的模样——一个俊美得过分的男人。金色的长发，眉心印着红色的奇怪图案，星子一样的美目……

君怜抬头一望，便停止了呼吸。

太白金星一看到君怜的眼神，立刻低下头哀叹一声：“好惨，被个黄毛小丫头威胁！”

“你……”他的周围散发出来的夺目光彩，让君怜都感觉肌肤被灼痛了。太耀眼了！她定了定神，“你干什么变成这个样子！你不是老头子吗？你的胡子呢？”

“这才是我本来的样子啊！”太白金星有些委屈地拉长音调，他转过头问着维维，“果然大家都以为我很老……一直以老人家的样子出现，是为了让世人对神更加尊重嘛！再说老人家的外表总比年轻人更有说服力，对吧？”

“是的！不过师父你本来的模样不是更好？”维维以前见过太白金星的真身，当时他像君怜一样，无法相信眼前这样耀眼夺目的英俊男人会是太白金星。

太白金星拿着君怜放在桌子上的小圆镜照了照，摇了摇头说：“不好，太年轻了！别人会说我骗人！”

君怜仍然沉浸在太白金星的美貌中，这是她见过的所有俊美男子中最有杀伤力的一位。她原本以为维维和苍溪的容貌已是绝无仅有，没想到太白金星更吸引人。

“维维，我心跳得好快……”君怜喃喃叫了一句，她真的怕自己会不小心喜欢上这个太白金星。糟糕，在他的身边，就连呼吸都困难起来。

“君怜，你若看到他的样子，心跳不快才是不正常呢。”维维安慰她，“我第一次见他时，也无法呼吸，只能呆呆地看着他。终究是上君啊！”

太白金星从这个屋子里转到那个房间里，摸清了每个房间后，他坐到桌子边，倒了杯水。

“神祈虽然叫我一声师父，其实并非我的徒弟。我对他来说，亦师亦友。唉，原本以为他会名列仙班，到时候就住在我的神殿附近，我连设计图稿都给他画好了，没想到他在人间有了牵挂，无论如何都不肯继续修炼。”

他喝了点茶，似乎觉得不好喝，就放回桌子上，又看了君怜一眼道：“他的牵挂就是你啊。小丫头！你可要好好珍惜他啊！”

“不用你说我也知道。”

“大家都在为他惋惜。”太白金星又叹了一句。

“星君！”维维不悦地打断他的话。

太白金星醒悟过来，看着君怜难看的脸色，连忙笑道：“不过比起成仙来，我也愿意像神祈一样，不是说只羡鸳鸯不羡仙吗？当神仙很无聊的！”

君怜勉强笑了笑:"看你的样子,也知道当神仙有多无聊了。"

太白金星突然跳起来,朝园子里看了过去。他跑到窗户前对着院子招了招手。

"他在干什么?"君怜看着维维问。

"日游神刚好到我们家里,太白金星和他打个招呼。"

"日游神?"

"嗯,他每天都来的,有时候送我点特产,我都放到了二楼的储藏室了,你有兴趣就去看看,或许有你喜欢的东西。"

"……我不知道你还认识日游神。"君怜很好奇,"那有夜游神吗?"

"当然有,不过夜游神是女的。"

"我可以见一见吗?"

维维看着院子,然后展开笑颜:"当然可以,太白金星约了日游神和夜游神晚上打牌,到时候你就可以见到他们了。"

"啊?"君怜吃惊地张大了嘴巴。打牌?

当天晚上,维维准备了丰盛的晚饭。君怜饿着肚子忍耐,因为太白金星邀请的日游神和夜游神要在十二点以后才能来。

"为什么要那么晚才来啊?"君怜有些不太明白。

"因为晚上夜游神还要工作啊,不过她只需要工作到深夜十二点。深夜十二点之后,小鬼活动得比较多,地府会有专门的工作人员接替夜游神的工作的。"

深夜十二点,日游神和夜游神如约而至。日游神是个很普通的男人,一身青衣,相貌平凡无奇。夜游神算是个比较漂亮妩媚的女人,只不过一袭轻便的白色衣裙,不仔细看还以为是个女鬼……

君怜连忙恭敬地把碗筷摆好。

三个神仙一台戏。君怜默默听着他们说着她听都没有听过的事情,饮着日游神带来的美酒。正好轮到夜游神唱歌,那天籁般的声音飘荡在君怜耳里,像是从另一个世界里传进来的。君怜侧过头,使力盯着某一点,发觉自己已不能看清维维的身影。

"她醉了吧?"太白金星指着君怜问维维。

"我才没醉!"君怜伸手"啪"地打掉眼前碍眼的爪子,日游神、夜游神和太白金星一愣,相继笑了起来。

“醉了醉了!”日游神和夜游神齐声笑道。

“没醉没醉!”维维也笑着,他连连摆手,“君怜说没醉就没醉!”

吃完饭,太白星从乾坤袖里拿出牌,准备开战。

“你要玩吗?”他问着君怜。

“五个人也可以一起玩?”

“随便多少人都可以啊。这里有118张神仙牌,不够的话我可以再拿一副啊。”

君怜摇了摇头:“不必了,你们玩吧。我向来牌运不好。”

“我也是。”太白金星俊美的脸皮抽动了一下,“总是输!”

他所言不假,玩了几次后,一点悬念都没有,都是他输得惨兮兮的,额头上被人贴满了纸条。君怜很惊奇,竟然有人比她的牌运还烂。

“我也来玩一次吧。”她申请加入了牌局,一局下来,仍然是太白金星惨败。

君怜感觉不可思议……这个人的牌运真的比她还烂。

“你输了那么多次还有勇气玩,佩服你。”君怜跟别人玩的时候也是每把必输,所以刚才太白金星邀请她一起玩的时候,她想都不想就拒绝了。

“上君也不是一次没有赢过。”夜游神像刻意提起什么似的,掩唇笑道。

几个人听夜游神那样说,都纷纷露出好笑的神情。太白金星似乎有点尴尬:“不要说!不要说!”

“他赢过谁啊?”君怜问着夜游神。

夜游神看了太白金星一眼,他正瞪着她,只好说:“你不要问我,问他自己!”

“谁那么惨,竟然输给了你?”君怜被勾引出了好奇心。

“是死猴子啦!”太白金星赌气般洗着牌道,“不就那一次,我不小心赢了他一局,死猴子就乖乖听话到天庭做了弼马瘟。后来反悔说我耍老千诈他。真是的,我好不容易赢了一次的说。竟然说我耍老千,太没有牌品了,以后绝对不能跟猴子玩牌!”

几个人听了他的话都忍不住偷笑,又接着玩了几把,已经凌晨三点了。几人约好晚上再来。

“你去休息吧，我来收拾。”维维劝君怜早点休息。

“噢。那我先休息了。”君怜蜷缩在藤椅上就要睡，“我今天要睡这里。”

“不要闹。”

“你每天都睡这里，为什么我就不可以睡？”君怜睁开大眼问。

“你会不舒服的，不要闹，我身体变小了，无法抱动你，快点回房里。”

“我没有闹。今天你睡床，我睡这里。”君怜咕哝地说了一句，侧过身就睡着了。

“还是喝醉了。”意识不清地听到维维低声说了一句，“真拿她没办法，上君，一会儿能帮我把她抱进去吗？”

“啊，好。她怎么了？”

“有些醉了吧……”

“但她……”太白金星似乎诧异先前君怜的表现。

“她意志力很好，不过估计是想问你们一些事情，才撑着不睡。但是又忘记了，明天肯定会恼。”维维的声音带笑。

“想问我们事情？什么事啊。”

“关于我的吧，她最近脑子里总想怎么将我恢复原样。”

第二天一早，在维维的喊叫声，君怜才醒了过来。

“要迟到了！”维维说。

君怜一看闹钟，连忙快速起床，洗漱，早饭都来不及吃，幸好维维已经将豆浆和素包子放到袋子里。

“你今天不跟我去？”君怜上课有了维维的陪伴，两人在一起的时间渐渐长了，竟然舍不得离开他一会儿。

“我今天要陪上君找些草药。”

“做什么？”

“他昨天问我借了苍溪的《秘药采集》，想制造将动物变成人的药。”

“啊，我昨天忘记问他们了。他们有没有办法帮你恢复原状？”说话间正好看到太白金星从楼上下来。

“那是苍溪记录的，他记录的那些东西连天庭都未必知道，我们怎么会有解药？不过我会帮他打听的。”听到君怜的问题，太白金星连忙回道。

“君怜你要迟到了。”维维催促了一句。

“啊啊啊,真的来不及了!”君怜来不及细问,风风火火往学校里赶去了。

“君怜,君怜你听说了吗?”

刚进教室,就有女生抓住她不放。难道发生了什么大事吗?

“什么啊?听说什么?”

女生先是小心翼翼地看了她的脸色,然后才道:“梵音公子订婚了,听说是上海四大家族之一叶家的千金。”

订婚了?君怜先是愣了一下,梵音怎么可能订婚了?

“什么千金,这都什么年代了。梵音怎么会同意?”更让她奇怪的是,越朔夜怎么会允许?

“叶家是上海名门,配梵音刚好。”又一个女同学凑过来加入她们的话题。她有意无意看了君怜一眼,不知道是说给君怜听还是说给自己听:“像我们这种小麻雀,不可能变成凤凰的。王子注定要和公主在一起幸福地生活。”

君怜看到越朔夜的身影从窗前闪过,她霍然起身,跑出教室追赶他。而越朔夜已经不见了,她只好到处寻找。

君怜终于在小树林里找到了越朔夜,他的手里拿着一小截木头,正在低头认真地雕刻着什么。

“越朔夜!”君怜缓缓靠近他。

越朔夜身体一僵,抬起头来看了她一眼,又低头认真地对待着手里的木头。君怜见他那么认真,不由得向他手里的东西望去,原来他雕刻的是个小人。那小人,不用猜,也知道一定是梵音。

小小的梵音在他手里栩栩如生,眉目如画,很是可爱。

“越朔夜,你知道梵音的事情吗?”话刚出口君怜就想咬掉自己的舌头。真是的,梵音的事情越朔夜怎么可能会不知道?

“嗯。”本以为越朔夜不会回她,哪知道他应了一声。

“你怎么想?”

“我怎么想很重要吗?”越朔夜抬头冷笑,阴郁的神色吓了君怜一跳。她从未见到过越朔夜这种神色。

越朔夜停下手里的动作,靠着树干,神情有些疲惫:“梵音无法违背他爷爷的命令,只好答应了。若不是他拉着我,那场宴会我会把那一切变成修罗炼狱。哈哈哈……除了我，凡是接近梵音的人都该死！”

“你……你不要乱来！”君怜想劝慰他，却毫无办法。

越朔夜睁开眼睛直勾勾地盯着她：“乱来？哼，这个世界上没有人比我更爱他，我绝不可能放开他，即使死，他也要在我的身边。让他离开我比挖了我的心还难。君怜，师父是你的心上人，那梵音就是我的心上人。他住在那里，让他离开，我的心也就死了。就如同师父离开你，你也绝不会活下去。活下去，也不会是现在的君怜了！”

他的一番话说得君怜黯然：“你说得对！我已经离不开维维了。”

“所以，我也无法离开梵音，只要我想到他将来抱那个女人的景象，我就无法抑制，想要杀了他，将他生吃入腹，让他和我骨肉相随，融为一体。你觉得这个提议好不好？”

君怜看见他因嫉妒而血红的双眼，倒退了一步。

“你不要这样。”

“我也不想变成这样。魔王的儿子都不会有幸福可言的。我可以等梵音回头看我，只是他若一直不回头，我该怎么办？”那语调，竟似哭。

君怜双手抱膝陪伴着越朔夜。她望着蓝天白云，这天这么大，云那么高，为什么有些人想要一段爱情就那么难呢？

沉思中，越朔夜突然起身走开，渐行渐远。这时下课铃响了，校园里又重新热闹起来。

本来那么安静，突然变得这么热闹，真让人有些不适应。

“君怜！”

听到熟悉的声音，君怜连忙抬头，果然看到不远处的墙上，梵音正坐在墙头冲自己挥手。

“君怜……君怜！”梵音从墙头上跳了下来，夹着一小股风，旋到了君怜的面前。他扁着嘴巴抱住君怜，上来就求婚：“君怜，嫁给我吧！”

君怜歪着头看着他漂亮的脸蛋，随口应了下来：“好啊！”

“嫁给我，我们结婚！我们可以去西藏隐居，我要去当西藏活佛，活佛是可以娶老婆的，我们一起到西藏结婚吧！”

“我说好啊！”

“不要带维维，也不要带越朔夜！”

“……”君怜不理他了，这孩子自说自话的毛病越来越严重了。

“等……等等……你刚才说什么？”梵音终于意识到，刚才君怜竟然答……答……答应了他的求婚。他吓得嗖地收回双手，瞪大了眼睛，紧张地抱住自己。

君怜目光镇定，微笑：“我说好啊……”

梵音那有些可爱的脸颊上嘴唇抖啊抖：“君……君怜，你不要说出那么可怕的字眼好不好……呜哇哇……”他回头抱住大树哭了起来。

“太可怕了，君怜，你怎么变得那么可怕……”

君怜很想上前对着他的屁股踹上一脚。一直以来烦她缠着她不放的那个人是谁啊！怎么她答应了他却感觉可怕？她冲他喊道：“你和叶家小姐退婚！我和你结婚，我们去私奔。”

“我不要和你去！你想把我骗到没有人的地方偷偷埋掉是不是？”

哇咧！他还真猜中了！

“是你自己提议的！”君怜提醒他。

“我……我只是习惯性地说说而已啊，你以前肯定不会答应我的，我哪知道你这次会答应嘛！”梵音不服气地辩道。

“花花公子！”

“我‘花’到你了吗？”

“那你‘花’到谁了？越朔夜！”君怜提高嗓音，“你知不知道他恨不得杀了你！”

“哪有那么严重！又不是我想和叶小姐订婚，一切都是爷爷擅作主张。我又没有办法……”梵音咕哝个不停，他抹掉眼角上刚刚才滴进去的眼药水，突然下定决心：“君怜，你会为朋友两肋插刀的对不对？”

君怜斜视他：“那要看那刀是插在我身上还是你身上了。”

梵音咧嘴：“果然是跟我同一个精神层次的。我想让你帮忙演出戏，我要退婚。”

“既然要退婚你当初干吗答应？”君怜不解地问。

“我爷爷的六十大寿，我能不答应吗？惹他不高兴我可就罪过了。”

“惹我和越朔夜不高兴你不觉得更罪过吗？”君怜冷笑，抬腿用力踹了梵音一脚，“有人可是很伤心的啊……”

那一脚踹得又快又狠，饶是一向动作灵活的梵音都没来得及闪开，只能硬生生地承受了下来:“痛……”

他跪在地上，缓了一会儿，爬过来抱住君怜的腿:“老婆，就让我们携手并进，夫妻同心，齐力断金！耶——”他故作开朗地打了个胜利的手势。

君怜抱胸居高临下地看着他:“喂，你是真的不喜欢叶小姐？”

“见都没有见过几次面，哪来的喜欢？”梵音诧异地看着她，然后谄媚地笑，“不过我对君怜可是一见就很喜欢，喜欢到想带回家当老婆噢！”

“越朔夜呢？”她很想知道梵音对越朔夜的感受。

“你为什么总提他？我不知道，你不要问我！”梵音觉得自己无法理清对越朔夜的感情。相比下，跟君怜在一起，他觉得愉快多了。至于越朔夜，还是当朋友好了。

“君怜，说定了，明天你跟我去见爷爷，我要退婚！”

“为什么要我去？”

“刚才是你答应我求婚的啊……”

“你玩真的？”君怜这下终于花容失色了。

晚上，君怜一边写作文一边指使太白金星帮维维做饭。太白金星边蹲在厨房门口刮土豆皮，边不满道:“你怎么这样对待神仙啊？”

“是你邀请来的客人，怎么可以只让维维一个人忙？还有，菜钱你出啊！要不是我老爸这次汇的钱够多，你就喝凉白开吧！”君怜一说起老爸就觉得特别的悲凉……老爸不知道让人“吃掉”没有，晚点打电话问问老爸最近日子过得怎么样吧。

“我还要炼丹呢……”

太白金星一说，君怜看着桌子上不知道是时候摆起的小丹炉，眼睛一亮。“你炼什么丹？炼好了送我一颗吧。菜钱和住宿费以及我的二十元午餐钱就不用你还了！”

“……你好会算计。”

“我若是跟你一样过着神仙过的日子，我绝对不会像现在这么会算计。”君怜面无表情地回道。

“可是你要了又没有什么用，那是给老鼠吃的。”太白金星“啊”了一声，低头一看，削到手了。见手指出血了，他抬手放到唇边舔了一下，伤口眨眼间就恢复了。

“啊？”

似乎觉得伤口还是在痛，他吹了吹后说道：“我神殿里那一窝老鼠，你忘记了？现在它们害得我有家不能回，吃了我配的丹药，起码可以让他们变成人形，这样我就不用怕了！”

“真可惜。”

太白金星望着君怜摇头，不知道她是在叹息他有家不能回，还是在叹息他的丹药不能送她一颗呢？

准备好饭菜，维维让饿了一下午的君怜先喝点汤。君怜打开电视看，想到明天还要跟梵音去见他爷爷，心绪乱了些，不由自主地偷偷瞄了维维一眼。

“怎么了？”维维抬头，两个人的目光恰巧撞到了一起。

“没……没什么……”还是不要告诉他这件事情好了。

娱乐节目中出现了有奖竞答，太白金星不知道是不是第一次看这样的节目，很兴致勃勃地催君怜也给电视台发条短信回答问题。

“那是收费的。”君怜小气道。

“上面说有奖品啊，我很想要啊。”太白金星眼光闪闪发亮。

“不发。”

话虽这样说，君怜还是掏出手机扔给了维维。维维抱着手机，摁了几个键，然后冲太白金星笑道：“发好了。”

“……那凶丫头不是不让发吗？”太白金星和维维咬耳朵。

君怜拿起旁边的抱枕飞了过去，正中他的脸，然后抱枕落到了维维头上。

维维双手顶着抱枕，笑道：“她是懒得发，你莫要偷偷说她，她耳朵很尖的。”

“君怜，你人好好噢，一点也不凶！简直就像是我的亲生女儿一样可爱乖巧……”太白金星坐到君怜旁边，怜爱地摸着她的脑袋。

“你就是抛弃我的那个死人爹？”她冷声问。

“……应该不是。我只是打个比喻，我尚未成婚，哪来的女儿？”君怜的脸色在电视机的光照下显得异常可怕，太白金星连忙缩手，离她远远的。

幸好日游神与夜游神已经来了，太白金星连忙迎他们进来。今天玩猜谜，君怜绞尽脑汁一个谜语都猜不出来。然而每一个谜语维维都能笑着将谜底说出来,一点都不费脑筋的样子。

“维维你真的好聪明啊!”

“真的吗?真的吗?”维维笑得见牙不见眼。下面一句话就让众人的心情急剧转变:“这些谜语都是我跟苍溪玩过的。”

“你见过苍溪?”太白金星震惊地看着维维。

维维和君怜对视了一眼。维维开口回他,道:“苍溪一直就在我们附近,偶尔会住在这里。只不过最近几天没有见到他。”

“神祈,你是想我了吗?”说曹操,曹操到。或许苍溪一直都在,只是大家没有发觉。众人看着倚在墙边,已经恢复成狐狸容貌的苍溪。

“恶狐苍溪!原来你躲在这里!”太白金星丢下手中的谜语牌,他看着苍溪,沉声道,“你束手就擒吧!”

苍溪毫不畏惧地走了过来,一脸邪笑地逼近太白金星:“就连你都出动了,西王母当真要置我于死地啊。”

太白金星出手,君怜只看见他金色长发在空中划出美丽的弧度,仅仅一招,然后就见他已经抓住苍溪。

“苍溪,你看守千年雪莲失职,逃离仙界,竟又敢回来偷盗西王母的长生不死药。”

“星君!”维维紧张地看着这一幕,正要出手相救,却听到旁边传来苍溪的一阵大笑:“你以为依你的本领就可以抓住我吗?”

苍溪的手里攥着几丝太白金星的金色发丝。他魅惑地吹了一口气,将发丝吹开。

“我苍溪不畏鬼神,没有人能抓住我。告诉你,就连西王母也无法制裁我,我已经跳离三界外。你想抓住我交给西王母制裁?那也要先打倒我再说!”

他吹的那口气,将那几根发丝吹到了太白金星身边。太白金星察觉不妙的时候,已经被金丝死死地困在阵法里。

金丝如蛇缠身,越束越紧。

太白金星念着解咒之法。可惜苍溪的咒术一向难解,念了几个解咒语都没有效果。太白金星正发愁的时候,发现维维双手合紧,拇指与食指靠在嘴边喃喃念着什么,缠绕在身上的金丝散了开来。

“神祈!”苍溪见维维出手,狐狸眼一眯。

可是来不及多说什么,太白金星已经从身后拿出他的武器。长长的银枪在半空中划出了半个月亮的形状,凛冽的杀气直刺苍溪。

苍溪往后倒滑了一米远,跃到半空,太白金星直追而上,银枪刺入屋顶,手腕指力,屋顶都晃了几下,让人产生有震塌的错觉。

眼花缭乱之间,苍溪已经安稳地落入了太白金星的身后,两个人背对着背,太白金星眉毛抽动了一下,身体已经被苍溪扬起的右手穿过,他弯腰向前扑,最终还是没有躲开,腹部受了伤。

他震惊地捂着伤口,看着神色冷漠的苍溪,似乎不敢相信他竟然能伤到自己。

要知道,太白金星主杀戮,从未有过败绩。

苍溪,你到底经历过什么?怎么能强到如此地步?

太白金星正准备起身再战时,苍溪嘴边的诡笑让他心凛。

“上君!不要动!”

“师父,你不要乱动!”

日游神和维维的警告让太白金星定下神来,这时他才发现自己的周围布满了银色的线。他不敢妄动,在不明白苍溪布了什么阵的情况下,保持不动才是正确的。

一滴红色的血珠兴许是在刚才激战时溅到了一条银线上,此刻已缓缓地流动到了太白金星的眼前。依附在银线上的血珠停止不动,但也并未掉落到地上。这样奇异的场景让在场所有的人都屏住了呼吸。

太白金星感觉到苍溪朝他伸出了手,却仿佛又并没有见到他有任何的动作。但是,当他看到他的银枪被苍溪握在手中的时候,他可以确认,苍溪的确是出手了。

突然,苍溪毫不犹豫地将手中的银枪朝太白金星的心脏刺去。

“住手——”日游神和夜游神同时大叫。

银枪停留在太白金星的胸前不再往下刺去。苍溪冷下俊颜,看着银枪的尖端没入维维的身体……他什么时候进入阵法里的?

维维?君怜也是一惊。

“真是奇怪啊……”苍溪似是烦恼地抚着自己的额头,不知道是懊恼还是觉得好笑,“我的阵法为什么总是对你无效呢?每一次都是这样……如果我失手杀了你怎么办？你不想要命了吗，神祈？”

维维认真地看着他：“我又不是笨蛋，我相信你不会刺下去的。苍溪，你不能杀他！”

“我要非杀他不可呢？”

“他是我师父！”

“与我何干？”苍溪并不领情。

“好吧，你若想杀他的话，先把我杀了吧！”维维双手握着银枪。

苍溪看着他，两个人对望了一会儿，最后还是苍溪败了下来。

“真是讨厌啊，每一次，你都站在别人的面前，与我对峙。”他一副“太讨厌了”的样子松开了手。

“总有一天，我会站在你的面前。”维维松了一口气笑道。

“维维，你有没有受伤？”君怜立刻冲上来检查他的情况。

苍溪解开了布在太白金星周围的阵法对他说道：“看在神祈的分上，我不会杀你。下一次与我对决时，可不要掉以轻心啊。”

“多谢提醒。”太白金星淡淡地道谢。

“我对你那么好，你这样冷淡地对待我，好一个薄情郎啊……”苍溪伸手捏着太白金星刚毅的下巴，将他那张俊美的脸蛋提高，眼神闪过不怀好意的光芒。

太白金星被他的举动搞得毛骨悚然，像是被色狼轻薄的感觉袭上他的心头。

“他在干什么？”夜游神惊吓到了。

日游神也是目瞪口呆。

“哎呀，长得还不错！”苍溪离开太白金星的身边时，手指故意划到太白金星白玉般的胸口。

被……被轻薄了……

从来不生气的太白金星这次真的发怒了！怒火让他全身发颤，他狠狠地握紧拳头，咬牙切齿地骂道：“你这只死狐狸精！我要杀了你！”

“HOHOHO……我正无聊着呢，来杀我呀！”苍溪大剌剌地挑衅他。

“你以为我不敢剁了你！你站那不要动，我把你砍成肉酱做成包子喂孝天犬！”太白金星拿起银枪就要扑上去杀掉死狐狸，却被日游神和夜游神拦住。

“我站在这不会动，你来砍吧！看我们两个最后是谁被做成狗不理包子。”苍溪气定神闲。

“星君，星君你不要中了他的激将法！”日游神连忙劝说。

“是啊是啊！他故意惹你生气的，不就是被狐狸咬了一口，打一针防疫针就好啦，莫气莫气！”夜游神也加入了劝说的行列。

太白金星喃喃念着《莫生气》：“莫生气莫生气，气出病来谁得意……死狐狸得意……”

但是当苍溪哼着小曲挤了点牙膏在三个神仙面前刷牙时，那气焰无比嚣张的举动成功地将太白金星的怒气惹得更上一层楼。

太白金星只觉得血气上涌，他压下第一口血气，一压再压。只是当对上苍溪故意抛来的媚眼时，最终还是没有挺住……

“噗——”太白金星喷出一口鲜血来。

日游神和夜游神慌忙上前替他顺气，一个帮他顺胸口，另一个按人中。

“哇！他吐血了！神仙都可以被死狐狸气得吐血……”君怜不可思议地看着眼前的这一幕，虽然自己一直被苍溪气到郁闷，但是苍溪还从来没有将她气到吐血的地步……看来苍溪气死人不偿命的功夫已经修炼到最高境界。

她低头望了望维维：“他以前就是这样的烂性格吗？”

维维苦笑：“我不理他的时候，他就会将注意力转移到别的地方，让别人倒霉……”

“……”天雷劈死他吧！

“现在神仙的心理素质承受力怎么都那么差……幸好我当初没有去接任仙职。”苍溪一副“不敢领教”的样子，漱了漱口，然后出门去了。

“唉——”苍溪与太白金星的对决，恐怕是在所难免了。

“死狐狸！我绝对不会放过你！你给我记住——给我记住！那可是我的第一次……呜呜……我要杀了你……杀了你！”太白金星继续发飙中。

“星君请息怒！”

“应该说请节哀吧……”

清晨，日游神和夜游神离开后，君怜小睡了一会儿就打算悄悄地溜出去。

客厅里没人。真是太好了！她轻轻掩上门，一溜烟跑过客厅。就在她以为自己成功溜出去的时候,突然发现维维正坐在园子里的花藤架下喝茶。

见君怜跟小偷一样鬼鬼祟祟的,维维小小的眼睛里满是笑意。

“君怜!要喝茶吗?”

“啊……不用了……”君怜在想用什么借口比较好容易混过去。

“这么早就出去运动啊……难得见你这么勤奋呢。”维维见她慌张的模样,很好心地帮她想了个借口。

“是啊是啊!”君怜强自镇定地走过他面前,她打开大门,“我要出去运动了!中午不用等我回来吃饭了……”

“我今天跟你一起去!”维维打断她的话。

“啊……啊——”君怜大叫,“你跟我去干什么!”

“跟你一起运动啊!”维维对着她的眼睛,温柔地笑了笑,“我也很久没有运动了,我们互相打气吧……”

“不必了,我不去了!”君怜气馁地坐到他桌子旁。让维维跟着去,如果他知道她不小心答应了梵音的求婚,不知道会不会生气?

像是考验她的心脏承受能力一样,维维也不再说什么,就这样默默地喝着茶。君怜偷窥了他一眼,自己摸着桌子上的茶具倒了一杯水喝。耳边却听见维维难得没有声调起伏的声音问:“你答应梵音帮他解除婚约,还不去?梵音等久了会杀到家里来的噢!”

“噗——咳咳!”君怜的一口茶喷了出来。她瞠目结舌地望着他:“你……你……你知道了?”

维维笑眯眯地看着她:“是啊,我还知道你答应了他的求婚……现在正在想办法怎么破坏这个美丽的约定呢……去西藏……啊,好地方啊……”

维维……生平第一次,我觉得你好可怕——君怜看着他在花架下笑容满面的表情,在心底默默念着。

根本不能反驳的,君怜只能带着维维一起去梵音家。

“请问,阿姨,这个地址在哪里?”君怜拦住一位老妈妈问路。

老妈妈对着纸条看了半天,又把纸条还给了君怜:“对不起,我不认识字噢……”

“是这样的,我想找梵音,他就住在这附近,阿姨你认识他吗?”

“啊!你找少爷啊!这就是少爷的家啊!”老妈妈指着后面的“宫殿”道。

“……这不是皇宫吗?”君怜失语了好久,才重新找回声音。虽然她对梵音家的富裕程度有所了解,但是这么大面积的房子? 怎么可能?

“哈哈! 小丫头你太会开玩笑了,人民大会堂在北京啊。这个房子就是少爷的家。啊,你瞧少爷正好过来了。”

梵音等了好久还不见君怜过来,正急着呢。

“君怜! 君怜你终于来了! ”他热切地扑了上去。

“少爷……这位小姑娘是你同学。”老妈妈问。

“魏嫂? 你不是买菜去了吗? ”梵音喜滋滋地抱着君怜的胳膊宣布,“她是我未来老婆啊……”

君怜连忙大叫:“不是! 不是的……”

还未解释清楚,君怜就被梵音用蛮力拖走了,造成了“已定事实”。

“君怜,我好紧张。”站在大门口,梵音双手合十,含情脉脉、心花朵朵开地凝望着君怜,“我第一次带女孩子见爷爷……”为什么他感觉好幸福噢!

君怜掉头就走。

“哇啊啊! 君怜,君怜你不要生气,我是开玩笑的啦! ”梵音连忙拉住她。

“我警告你啊! 我只帮你演戏退婚,可没有打算假戏真做! ”君怜不放心地警告他。

“我知道,知道啦! ”梵音直起身体,整理下衣服,“我们进去吧! ”

君怜跟在他身后,进了大门更觉得这房子大得不像话。跟自己的蜗居比起来,简直是天壤之别。

她看着前面的梵音,发现梵音的个子又长高了,脸蛋长得漂亮,身材纤细修长,又是富家公子,如果不是那么爱玩就更完美了。

“你再看,再看眼睛就粘住他下不来了! ”维维不满地抓住她的手使力咬。

“看看又有什么关系,太白金星那么帅我都没有感觉,你不要吃醋啦,不要咬我……疼……”君怜慌张低头叫道。

维维气嘟嘟地从衣袋口爬出来瞪着她。

“维维是最好的,除了维维,我谁都不会喜欢的啊。”君怜笑着安抚他。

“真的? ”维维笑得开心。

“真的。喂,你干什么?”君怜见他竟然爬出来坐到自己的肩上,吓了一跳,“你快下去,会被人发现的! ”

“我施了隐身咒，不会有人发现我的。”

说话的时候，三个人已经到了屋子里，有门童在门口开门，梵音转过身，对着君怜做了个请进的姿势。

“你先坐，我去请爷爷出来。”梵音笑着说完这句话，上了二楼。

“维维，我好紧张。”君怜的屁股下仿佛有钉子一样，坐立不安。

维维吸着桌子上的柳橙汁。幸好大厅里没有别人，他看了君怜一眼：“放心，事情我都已经安排好了。”

什么事情？君怜不知道维维做了什么。但是她担心的事情好像和维维所说的事情有所差别。

“不……不是的……”君怜紧张地吞了口口水，“我是怕头上的大吊灯掉下来……”她刚巧坐在吊灯正下方。

“君怜，君怜！”梵音拉着一位表情严肃的老人从二楼下来。

君怜慌忙站起来，紧张地跟梵音的爷爷打招呼。

“爷爷好。”

梵音替君怜做着介绍：“爷爷，这是君怜。”

梵音的爷爷这才对君怜点了点头。

梵音跟着君怜坐在一起，老爷子威严地坐在对面。在他严肃的目光下，君怜连手放在哪里都不知道了。

“梵音，怎么办？直说吗？”

“嗯，我喜欢干脆一点的。爷爷发火的时候你做好心理准备！”梵音小声交代一句后，笑眯眯地端了杯茶给爷爷。

“爷爷。”

“嗯？”

“我是第一次带你见我的好朋友，你不要这么严肃好不好？”

老爷子哼了声：“就是因为你第一次带女孩来见我，我才这么严肃好不好？说吧，你有什么话想对我说？”

“我想退婚。”

老爷子霍地站了起来：“不行！”

“我喜欢的人是君怜，不是叶婉婉，拜托爷爷，帮我退婚吧！”梵音拉着爷爷的衣服哀求。

“这小丫头配不上你。”老爷子斜视了君怜一眼,想也不想地拒绝道,“不行,爷爷给你挑的新娘是最好的。不能退婚!”

“最好的又不是我最喜欢的,我要君怜!你不答应我就绝食!私奔!跳楼!割腕!喝王水!上吊……”

“你……你这孩子!”老爷子把梵音当心头肉一样疼着,梵音的威胁简直让他心惊肉跳。

“爷爷……”君怜想说两句话,却被老爷子冰冷的目光打断。

“你叫君怜?”老爷子重新坐了下来,目光直视君怜。

“是的,爷爷。”君怜双手放在膝盖上,很是紧张。

“你喜欢梵音吗?”

“喜欢。”喜欢又不是爱,我还喜欢我老爸呢!君怜毫不犹豫地回道。

“那你爱他吗?”

老爷子说话也不打声招呼,这么快就直入核心。君怜迟疑村抬起眼睛,看到梵音企求的目光,不敢看维维的脸色,硬着声音说:“爱。”

“我不信!”老爷子冷声道。

“说不定你是梵音找来,为了帮他退婚在我面前演戏的。我不信你!”

好精明的爷爷!君怜暗叹了口气。

“那爷爷,你要怎么才肯相信我和君怜是真心相爱的。我真是很喜欢她。”梵音握住君怜的手。

爷爷看了看他们两个双手交握的地方,目光闪动:“梵音,你一向是个好孩子,我也相信不是你喜欢的女孩你碰也不会碰。”他又看看君怜,道:“我也看得出你是个好女孩,不是我不喜欢你,只是我想让梵音配上最好的。”

“但是你们相爱,我也不能拆散你们。”

只是,在听到老爷爷的下一句话时,两个人都呆住了——

“只要你们在我面前印下彼此相爱的吻,我才会真正相信你们。”

梵音呆了呆,害怕自己没听清楚:“爷爷,你说什么?”

“吻。”

“……我没听清,你再说一次好吗?”小心翼翼地求证。

“吻,英文 Kiss,你耳朵不好,要不要我找医生给你看看?”

“我这次听清楚了……” 梵音犹如下定决心般, 突然转过身猛地抱住君怜。

“喂……喂，你不会来真的吧？”君怜忍住将他踹飞的冲动。

“君怜，请你牺牲一下。”

“我不要！”

“只要 Kiss 完就没事啦！”

“要牺牲你自己牺牲！我才不要跟你 Kiss，你离我远一点！”君怜最终还是没有忍住将他一脚踹开，挣扎一番后，她气喘吁吁地站在老爷爷的面前道歉。

“对不起，爷爷，我骗了你！”

“哼哼！”老爷子得意地哼了哼。

“但是，梵音真的是有位喜欢的人。”君怜双手按在桌子上，大声地说道，“他很喜欢梵音，愿意不惜一切，只求你让梵音留在他身边。他可以为梵音舍弃性命，是真的！”

“君怜，你说的那个人是谁啊？”看她说得那么认真，不仅是老爷爷，就连梵音自己都呆了。

君怜猛地吸了一口气，冲着门外大声叫道：“越朔夜，你进来吧！”

当梵音和老爷爷看到门外进来的人时，吓得胆子都破了。

“哇！人妖——”梵音大叫。

老爷爷则是痛苦地按着胃。梵音紧张地看过去：“爷爷，爷爷你不要紧吧？”

梵音瞪着越朔夜吼叫道：“你搞什么！有你这样玩的吗？爷爷都被你吓出心脏病了！干什么打扮成人妖的样子，鬼都被你吓跑了！”

个子修长的越朔夜穿着带着花边的公主裙，手戴白色手套，打着蓬蓬伞站在门口。

其实不仅是梵音和老爷爷吓了一跳，就连君怜都吓得不轻。

“越……越朔夜……他的牺牲可真够大的！”君怜忍不住暗暗在心底佩服，就连她这个女生都没有勇气穿上那件公主裙呢。

越朔夜打着蓬蓬伞，走进屋子，站在梵音的面前，然后转过身对着坐在沙发上的老爷子道歉。

“对不起，爷爷，我与梵音彼此相爱，请你不要让他属于别人。”

“你说什么你！谁跟你彼此相爱……你说谎都比我厉害，爷爷你不要信他！"梵音跳脚。

越朔夜推倒梵音,呈现一人在上一人在下的姿势。

"你干什么……唔——"

"你只属于我。梵音,我很高兴,你没有拒绝我。"君怜听到越朔夜低声对梵音说道。

"老子是没有防范,cao……"梵音怒骂。

"啊啊啊……爷爷,爷爷,你不要翻白眼啊……"

场面不知道为什么乱成一团。

经过一番抢救,梵音的爷爷终于悠悠地转醒了。

"爷爷,你觉得怎么样?"梵音还来不及询问情况,越朔夜已经快手快脚地握住躺在床上的老爷子的手,一脸真挚关切地询问道。

"噗——"老爷子的答案是喷了他一脸的血。

越朔夜冷静地擦掉自己脸上的血珠子,下了评论:"看样子爷爷很不好……"

"这都是谁害的!"梵音真想不蘸盐直接把越朔夜活活吃了!

越朔夜望了他一眼,又低下头,不吭声。

"梵……梵音啊……"老爷子的话音都是颤抖的。

"爷爷,我在。"

"这个女……孩子……就是你喜欢的人?"

"我喜欢母猩猩也不会喜欢他!你放心吧爷爷。"

"哎,相比之下,那个叫君怜的丫头……起码还像个人样啊。"

"……"

"维维,老爷子的话,是在夸赞我么?"一直就站在一旁的君怜听到这话,扭过头问着肩膀上的维维。

"应该……是……吧……"

"为什么我一点都不高兴?"

"我想,我听到别人这样对比,我也不会高兴的。"维维劝慰她。

君怜眼尖地看到越朔夜拉开房门,于是跟了上去。

越朔夜正站在栏杆前,面无表情地看着地面。

"唉,你不要在意梵音刚才所说的话。"君怜劝道。

"怎么可能不在意?"就算喜欢母猩猩也不会喜欢他,他难道连只母猩猩都不如？

“也是，越是喜欢越是在意对方。也亏得你有胆，就连裙子也敢穿！”一个男人……不，一个外表英俊冷酷的男人穿裙子，难怪吓得梵音的爷爷连心脏病都发作了。

“我还刮了腿毛……”

“……呃……”

君怜惊愕地和维维对视了一眼，然后两人忍住笑声不要狂泄而出。

门被打开，梵音先是瞪了越朔夜一眼，然后才硬硬地道：“爷爷让你们进去，他有话要和你们说。”

君怜先进去，梵音靠着门，在越朔夜经过的时候，咬牙恨恨地问：“你在发什么疯？”

“我发疯，也是为你而疯。”越朔夜低低地说了一句，然后直直走到老爷子的床边。

梵音怔了一下。

“你们两个，谁才是喜欢梵音的那一位？”

“我！”越朔夜立刻答道。

“他！”君怜指着旁边的越朔夜。

老爷子眼看又要抽过去了。只见他缓了半天，才定下心神。

“你叫什么名字？”他看着越朔夜问。

“爷爷，我叫越朔夜！”

“小夜子啊……”

“噗。”君怜忍不住笑出声来，连忙掩口，努力做到面无表情。

“你既然有勇气站在我面前，就说明你真的很喜欢梵音。梵音可是我的宝贝孙子，叶家小姐温柔美丽，你……说句伤人的话吧，你哪一点比得上叶家小姐。我说的你能明白吗？只要你不再和梵音在一起，你需要钱的话，让我给你多少钱我都愿意啊。”

什么啊！君怜义愤填膺，老爷子被刺激过头了是不是，以为这是三流小说还是泡沫电视剧，竟然用那千篇一律的一套。

房间里只听到越朔夜语气缓慢，但是又坚定的反驳：“我知道，无论如何，我都比不上温柔美丽的叶家小姐。但是爷爷，叶家小姐没有了梵音，还可以继续活下去。我没有了梵音，就是死也是痛苦的。我不需要金钱，什么都不需要，我只需要梵音。”

语毕，他想了想，又加了一句话：“请你不要让我离开他，若是他一定要和叶小姐结婚的话，我只希望爷爷能收留我，让我在你们园子里当个花匠或者司机，每天可以看到他就可以了。”

老爷子沉默地看着他，幽幽叹出口气。

“小夜子，若不是你的相貌实在难以维持家族面子，我差一点就被你感动，允许你和梵音在一起了。长成这样不是你的错，但是你想跟梵音在一起，就是个错误的存在了。”

“我真的配不上梵音？”

“很生猛……我怕你们婚后家暴……啊——”完了，老爷子不小心把心里的想法也说出来了。

老爷子尴尬地看着越朔夜带着笑意的眼神和君怜忍笑的表情。他有些恼怒地道：“本来就是，‘她’那么高大威猛，家暴的时候一定是梵音吃亏！”

“哈哈……”君怜对着墙大笑。

“老爷子，你多虑了，我以后绝不会对梵音出手的。”

“爷爷，我要和你断绝关系！”梵音磨牙。真是糗大了！

“哎？唉，梵音，不要生气。大不了我同意你们在一起好了。”

“爷爷！”越朔夜惊喜地喊道。

“爷爷，你说什么啊？”梵音大叫，“我才不要和他在一起。我喜欢的是君怜啊！”

“……那丫头又不喜欢你，你还是死了这条心吧。”老爷子人老心明。

“你，可是……可是我也不能和他在一起啊。你知不知道他是……”梵音的话被君怜死命堵住。越朔夜和君怜合伙将他拖出房间。

“爷爷，你好好休息吧，我想抓紧时间和梵音培养感情。”越朔夜有礼地笑道。

“嗯。”老爷子点点头，看着越朔夜轻轻关上放门，心里想着，其实看久了，个子高的女孩子蛮有安全感的……

“恭喜你！”君怜按住梵音的嘴巴，朝满脸掩盖不住喜悦的越朔夜道贺。

越朔夜紧紧抱住梵音。

“太好了。”他低声道。

“你干什么……你……”梵音原本大叫的声音，渐渐安静下来的。他可以感觉到越朔夜正激动得全身颤抖。

“值得吗？”他很疑惑。本来就困难重重的感情，为什么不从一开始就放弃呢。

“值得。”

“我也值得。”维维也低声说道。等了千年是为了等重新相拥的一刻，舍尽所有也不后悔，怎么会不值得？

君怜唇边含笑，将他的话记在心里。

“啊！我忘记了，你这混蛋！”梵音突然又是大叫，“你怎么可以欺骗我爷爷。你是男生啊！”

“一辈子就这样穿也无妨。”越朔夜的心情非常好。

“你果然是个变态！”梵音食指愤然指向某人的鼻梁。

“梵音。”越朔夜的嗓音喑哑。

“干……干吗……”奇怪，心为什么跳那么快？

“我好高兴。”越朔夜第一次得到梵音家人的认可，那种幸福的感觉简直是无法言喻的。

“我好高兴……我是可以配得上你的……”

“你高兴关我什么事，我可没有答应。君怜，我的心永远都是你的！”梵音要扑到君怜身上，无奈被越朔夜拉走了。

“啊……终于是一对了啊。”君怜也为越朔夜高兴。

“是啊，一切等待都是值得的。小夜苦尽甘来。”

“那倒未必。梵音那个惹祸精。”君怜的理智还是存在的，对于梵音，永远都不要期望他是乖宝宝。

没过几天，梵音解除婚约的消息如同他订婚的消息一样，飞快地传遍校园。

“太好了，梵音公子，我还是有机会对你发起进攻的！”有女生双手合十感谢神的眷顾。

“我的情书早写好了，一直没有敢交出去。我也要对梵音发起进攻！”元气女生握拳对着太阳宣誓。

“真搞不懂梵音为什么那么受欢迎。”进了教室，君怜发现梵音正对着窗台上的花朵痴痴凝望。

“噢，现在开始走忧郁气质路线了。梵音，你很萎靡啊。”

“哎——”梵音懒洋洋地回过头看了君怜一眼,从旁边的女生抽屉里摸出小圆镜揽镜自照。

“我这么帅……”

自恋也是一种病啊。有没有什么药方可以医治？君怜在脑子里搜索了一番,发现自恋这种病好像是无药可救。

“跟越朔夜在一起……简直就是一朵鲜花插在牛粪上啊！”

“谁是鲜花？”

“这还用问？当然是我！”

“我倒觉得是越朔夜。”

“切！我看他扮人妖扮得挺开心的。”梵音捏着鼻子阴阳怪气地说着话。

“爷爷,我给你炖的人参汤,趁热快喝。”

“爷爷……晚上天冷,多加件衣服！”

“小夜子,你真是贤惠。”

梵音表情一转,拍着桌子叫道:“他叫我爷爷叫得比我叫得还亲热,别人以为他是亲生的,我是抱养来的呢！到底是他爷爷还是我爷爷？”

“噢,越朔夜这个儿媳妇当得真称职啊。”君怜点点头,“不过你爷爷若是知道越朔夜是男生的话……恐怕不止会飙血吧……”

她看到梵音脸色怪异,立刻关心地问:“怎么了？”

“完蛋了！”梵音“腾”地站了起来。

“什么事情完蛋了？”见他脸色不妙,君怜也不由得紧张起来。

“我爷爷……我爷爷知道我和越朔夜是同班的话，一定会派人到学校里调查他的为人。到时候……”

“到时候……越朔夜是男生的事情,就瞒不住了！”君怜也变了脸色,顺着他的话接了下去,“这次果然是完蛋了！”

Chapter 12
退婚遭绑架

老爷子的面前摆着一张学生档案表，当他看到越朔夜的档案里，性别那一栏上写着“男”的时候，眼珠子差点爆了出来。

梵音提着书包猫着腰，双手贴在地板上，准备施展“凌波微步”躲回自己的房间里。

“梵音！”老爷子发出怒吼，“你给我站住！”

被抓到了！

“这是什么？”老爷子将手里的学生档案贴到梵音的面前。

“那个家伙！那个家伙竟然是个男的！你们竟然敢联合骗我！”亏他好不容易接受了那只母猩猩。

梵音摸着被爷爷戳到的地方：“我想告诉你啊，但是君怜捂着我的嘴不让我说。”

“你们……你们合着伙来骗我！”

“哪有啦！爷爷，我只是没有说出一部分事实……”

“还没有？你故意的！存心的！刚巧遗漏的是最重要的那一点！他是个男的！你和他……你和他……”老爷子像只喷火的暴龙一样，在房间里暴走。

梵音吊儿郎当地站在那里。反正都已经被发现了，这下子越朔夜只能离开他家了。从另一个方面来说，梵音也算是解脱了。

老爷子一回头，看到梵音无所谓的样子。

“梵音！你给我正经点！”

“我……我很正经啊……”

“你的腿在抖什么？”

“没。”赶紧立正站好。

“你在偷笑什么，嘴巴都裂到耳根上了。”

“……”他可不可以说，他在偷笑他终于可以摆脱越朔夜那小子了，然后他就可以光明正大地追求君怜?

“你老实说，那个越朔夜是不是你找来骗我的?”

“不是。”他找来骗爷爷的人是君怜，越朔夜是自己插进来的。

“他……喜欢你?”老爷子领悟到了，脸色发黑。

“没办法，谁让我人见人爱呢。”梵音自恋地做着V型手势放到下巴，脸蛋微微低垂，呈现自己最完美的角度。

“你招蜂引蝶的特质还是没有变啊……” 老爷子感叹了一句，“从小你就特招叔叔爷爷辈的喜欢，小学的时候还被怪叔叔偷偷抱走，幸好有警察碰巧看见把他抓住。初中的时候还有不少男生给你写情书，是不?”

梵音大窘：“爷爷，你怎么连这事都知道。”情书明明被他偷偷烧掉了啊!

“你有什么事情能瞒得了我?”

“老狐狸精!”梵音暗道。

“你说什么?”爷爷一记凶光扫了过来，然后威严地道，“把那个越朔夜赶出去，我不想再见到他!”

梵音想说些什么，顿了顿，又放弃了。

君怜挂上电话，梵音来电说越朔夜已经被爷爷赶出去了。而且爷爷非常生气，不想再见到他。

君怜刚合上手机，就见越朔夜怒气冲冲地推门进来，身上的蝴蝶结被他扯掉，扔到了地上。

见君怜看着他，又怒气冲冲地跑到楼上。

维维端着茶杯，问君怜道：“被发现了?”

“是啊。”

“迟早会被发现的。现在不过是早了点。”维维吹着热气，看茶杯里的绿叶缓缓飘上来。

下午经常来找君怜一起上学的梵音，也没有到她家。君怜看了看楼上，带着维维去了学校。

“梵音。”君怜去到学校，发现梵音已经来了。

梵音回过头，见是她，目光忍不住往后面看。没有发现那个人影时，奇怪地问她：“越朔夜呢？”

“不清楚。”君怜摇摇头。

两个人并行于学校的小道上，梵音烦恼地抓了抓头发：“赶他走又不是我的意思。爷爷不喜欢别人欺骗他，我也没有办法啊。”

“可是他为什么不考虑考虑，越朔夜为你付出了多少。”君怜停住脚步。

梵音为难地靠着树干，捂着眼睛道：“我真的很烦。如果他没有出现在我面前就好了。待在你身边很舒服。我想以后一直跟你呆在一起，偏偏维维占据了你整个心神。有时候，也会看看他。看着看着，觉得喜欢他也不错。但是我毕竟是……”下面的话隐去了，即使不说出来，君怜也明白他想说的是什么。

“爱一个人，顾虑的事情太多的话，最后会什么都得不到。”君怜笑道，“你不妨安慰安慰他。”

“你说什么呀。”梵音的脸竟然微微红了起来。

“你不是喜欢他吗？”君怜反问。

“我没有说过我喜欢他，是你说的！”梵音死不承认。

他们正说着，他们背后行驶过来一辆高级轿车。停到了两个人的身边，君怜和梵音诧异地看着那辆轿车的主人。

一位直发美女出现在两个人的面前。杏眼，小巧的鼻子，红润的嘴唇，如瀑布般的黑发披在身后，怎么看都是一位惹人注目的大美女。

“你就是梵音？”那位大美女站在梵音的面前。

“是啊。今天不接受告白，明天再来。”梵音嬉笑地道。

“啪——”一道耳光连招呼都不打地甩到了梵音的脸上。君怜吃惊地瞪大眼睛，来不及阻止眼前的这一幕。

梵音也没有防备，但是当那位美女再次扬起手甩过来的时候。梵音眼明手快地擒住她的手腕：“你这疯女人，干什么打我？”

“放开我！”那位美女挣扎着大叫。

“你是谁？为什么打我？”梵音生气地质问。

“我是谁？你连我是谁都不知道？”美女一听到梵音这样问他，停止了挣扎，红着眼眶看着他，“我……我是叶婉婉。”

梵音和君怜都吃惊地张大嘴巴:“叶……叶婉婉……”

梵音已经退婚的未婚妻?

君怜揉着眉心,问着梵音:“你怎么连你未婚妻长什么样子都不知道?”

“爷爷私自定下的,我哪里知道?小时候是见过几次。”梵音捂着被打成发面馒头的脸,看着伤心哭成一团的美女,迟疑地问,“叶……叶婉婉,你找我有事?”

叶婉婉扑上去抱住梵音的脖子:“梵音,你为什么不要我?”

君怜撇过脑袋不看眼前这一幕,害得梵音想找个人求救都不成。

“我……我喜欢的女孩子……是她,不是你呀!”既然求救不成,只好拉君怜下水了。梵音指着君怜告诉梨花带雨的叶婉婉。

“梵音,你少陷害我!”君怜拔腿就跑。可惜梵音手长,一伸就拉住她的衣领。

“谁让你见死不救的!”梵音在她耳边冷笑了一声。

“你就是梵音喜欢的女孩子?”叶婉婉优雅地擦干眼泪,燃烧着战火对着君怜。

君怜不想硬撑场面,但是梵音在后面堵住她的逃生之路。她只能软绵绵地应了一声:“是。”

“要相貌没相貌,要身材没身材,要家世没家世。”叶婉婉上下打量一番后道,“你哪一点配得上梵音?”

“我是配不上他。”君怜惭愧地低下头,“可是他每天上学接我放学送我回家,中秋节送月饼端午节送粽子,过年的时候给我放烟花,偶尔还陪我老爸喝小酒,叫我老爸岳父大人。即使我配不上他,他也要跟我在一起。我真的很烦恼很烦恼,但是也没有办法舍弃他。只能对不住您了!”

叶婉婉被君怜的一番话刺激得一口气险些没提上来。

“说得好!”梵音在君怜身后为她打气。

“这样听来,梵音似乎把我该做的事情统统都做完了?”小小的维维坐在君怜的肩膀上,无奈地说道。

“梵音……你真的那么喜欢她吗?”叶婉婉泪眼婆娑地问着梵音,“难道你不认为我是更好的选择吗?”

“我心不变。”梵音歉意地拒绝她的提议。

“呜啊啊啊……”叶婉婉哭着跑掉了,晶莹的泪水就像少女漫画一样,在她的身后留下一串串“珍珠”……

“危机解除。”君怜缓了一口气。

“死而复生。”梵音拍了拍胸口。

这么恰北北的女孩子，他才不敢要咧！

虽然不想去安慰下越朔夜，但是一切问题的核心都源于自己，该做还是要做。梵音，你真是罪恶之源！自恋完之后，梵音敲了敲君怜的家门。

门被打开，没有人。

梵音低头一看，才发现是维维给自己开的门。

“请进。”维维笑道。

梵音跟在维维后面，君怜正在屋子里做功课。看见他，君怜露出假笑：“贵客啊！梵音，我们不是刚在学校里见过面吗？这么快就想我了？”

“我……是来找他的。”

看到梵音的头快要低到桌子上，君怜也不再捉弄他，挥挥手让他赶紧上楼。梵音轻手轻脚地爬上去，回头看到维维趴在楼下的桌子上看书，君怜也没有注意自己的一举一动。他在越朔夜的门前踌躇了一会儿，才鼓起勇气敲门，结果手刚碰到门板，门自己就打开了。

再回头看了看楼下，维维仍然很认真地看书，君怜也一直没有看向这边，梵音这才推开门小心地进去。他刚进去，君怜和维维立刻抬起头，互视一眼，彼此露出会心的微笑。

没过一会儿，楼上传来了梵音的尖叫声：“啊，你放开我！君怜！君怜！救命啊——”

没有人上去解救他，谁让他自己“羊入虎口”的？

梵音踹着桌子腿，看着桌子对面的君怜和维维脸上露出一种秘而不宣、意味深长、暧昧到不能再暧昧的笑容，心情十分不爽。

“笑什么笑！再笑我掀桌子了！”火大的梵音佯装很有气势地叫道。

“掀啊，大不了让越朔夜赔我一张桌子好了。”君怜继续很有“深意”地微笑。

“你有病啊！为什么要他赔？”

“你摔坏的东西，我不让越朔夜赔，那让谁赔偿我的损失？难道去找你爷爷？那可不行。想来想去，最佳人选当然就是越朔夜啊！维维，你觉得我说的对吧？”

“嗯，很对！”维维用力地点头。

“啪！”梵音拍着桌子吼，“你干吗总是提越朔夜？”

“这样就吃醋了？”君怜以促狭的眼光看着他。

“谁吃醋了！谁吃醋了！你才喜欢吃醋！”梵音哇啦哇啦大叫。

“梵音好可爱。”维维也是笑眯眯地。哈！梵音的反应太直接了吧？

这时，越朔夜把饭菜端了上来。自上次在梵音的爷爷家吃过他烧的饭菜后，才知道越朔夜他原来有着一手不亚于维维烧菜的手艺。

因为梵音的“安抚”十分有效，越朔夜破天荒地主动要求烧菜给大家吃。

放好碗筷以后，越朔夜自然而然地坐到梵音的旁边。

君怜的脸上又出现那种暧昧的笑容，梵音见状暗生闷气，手握成拳，大力地敲着桌子：“你滚一边去坐，干吗非要坐在这里？”

越朔夜被吼得莫名其妙，伸手摸了摸他的额头：没有发烧吧？怎么情绪那么暴躁？

梵音一把拉下他的手，吼道：“乱摸什么你，本少爷金贵的额头是你能随便乱摸的吗？”

“喷。”君怜大笑，“金贵的额头，你是金子镶的啊，那么金贵。”

“你不舒服？”越朔夜不在意梵音的态度，小声地问着他的感受，“要不要去休息一下？”

“休息你个头啊！”梵音拾起碗筷猛扒饭菜，讨厌的家伙！咦，这红烧肉做得真好吃。梵音刚想再夹一块时，越朔夜已经往他的碗里堆满了好多的美味。

“当我是猪啊。”忍不住嘀咕一声，还是认命地扒饭。

已经数日不见的太白金星，杀气腾腾地前来“搜人”。维维打开各房间任他找某只阴险狡诈的狐狸精。

“他呢？”太白金星眉毛倒竖。

维维露出牙齿：“苍溪好几日都没有回来了。师父，你不要再跟他斗气了。”

太白金星气呼呼坐了下来：“跑得了和尚跑不了庙！我就在这里等他！”

“这里又不是和尚庙。”君怜笑呵呵地插嘴。

“丫头你给我闭嘴！我跟苍溪的梁子结下了。不是他死就是我活，不是我